텔레니

텔레니

2018년 2월 23일 초판 1쇄 인쇄
2018년 3월 2일 초판 1쇄 발행

지은이	오스카 와일드
옮긴이	조동섭
펴낸곳	큐큐
펴낸이	최성경
편집	장지은
디자인	[서—랍: 최성경]

출판등록	2015년 3월 11일 제300-2015-43호.
주소	(04035) 서울시 마포구 양화로11길 64, 401호
전화	02-6494-2001 팩스 0303-3442-0305
홈페이지	ittaproject.com 이메일 itta@ittaproject.com
ISBN	979-11-962832-1-6 03840

큐큐는 인다출판사의 퀴어 문학 출판 브랜드입니다.
이 도서의 국립중앙도서관 출판예정도서목록(CIP)은 서지정보유통지원시스템 홈페이지(http://seoji.nl.go.kr)와 국가자료공동목록시스템(http://www.nl.go.kr/kolisnet)에서 이용하실 수 있습니다.(CIP제어번호: CIP2018001310)
책값은 뒤표지에 있습니다. 잘못된 책은 구입하신 곳에서 바꾸어 드립니다.

• 일러두기

1. 이 책은 Teleny, or The Reverse of the Medal을 우리말로 옮긴 것으로, *Teleny, or The Reverse of the Medal: A Gay Erotica Classic attributed to Oscar Wilde*(e-artnow, 2013)를 저본으로 했고, en.wikisource.org/wiki/Teleny,_or_The_Reverse_of_the_Medal를 참고했다.
2. 본문의 주는 모두 옮긴이의 것이다.

차 례

텔레니   7
옮긴이의 글   310

1

그가 내 말을 가로막으며 말했다.
—이야기를 맨 처음부터, 그분을 어떻게 알게 되었는지부터 들려주시죠, 데그리외 씨.
—대규모 자선 연주회에서였어요. 그 사람이 연주했죠. 아마추어 공연은 현대 문명의 여러 전염병 가운데 하나지만, 그래도 저희 어머니가 후원한 공연이라 저도 의무적으로 참석했어요.
—그분은 아마추어가 아니지 않나요?
—아 그렇죠! 하지만 당시는 이제 막 이름이 알려지기 시작한 때였어요.
—네, 계속하시죠.
—제가 stalle d'orchestre(상등 관람석)에 갔을 때, 그

사람은 이미 피아노 앞에 앉아 있었어요. 처음 연주한 것은 제가 좋아하는 가보트였죠. 하얗게 분칠한 얼굴에 노란 새틴 드레스 차림으로 부채를 들고 장난치는, 어쩐지 륄리와 바토[1]의 작품을 떠올리게 하는, 숙녀들의 lavande ambrée(라벤더 용연향) 같은, 가볍고 우아하고 쉬운 멜로디의 곡이었죠.

─그래서요?

─곡이 끝나갈 때쯤, 그 사람이 몇 번 객석을 곁눈질하더군요. 저는 여성 후원자를 본다고 생각했죠. 그 사람이 일어서려고 할 때, 제 뒤에 앉아 있던 어머니가 부채로 제 어깨를 톡톡 쳤어요. 여자들은 뜬금없는 말을 던져서 사람을 성가시게 할 때가 많잖아요. 어머니가 저를 불러서 꺼낸 말도 그런 것이었어요. 제가 박수를 치려고 다시 몸을 앞으로 돌렸을 때, 그 사람은 이미 퇴장한 뒤였죠.

─그다음은 어떻게 됐나요?

─어디 보자. 성악 공연이 있었을 겁니다.

─그 사람 연주는 더 없었고요?

─아, 아녜요! 연주회 중반이 다 돼서 다시 나왔어요.

---

[1] 장-밥티스트 륄리Jean-Baptiste Lully, 1633~1687는 프랑스 바로크 음악을 완성한 음악가로 일컬어지며 무용과 오페라 등으로 문학과 미술에도 영향을 주었고, 장 앙투안 바토Jean Antoine Watteau, 1684~1721는 프랑스 로코코 양식의 대표적 화가로, 귀족의 모습을 화려하고 아름답게 그렸다.

피아노에 앉기 전에 인사하면서 오케스트라석에서 누구를 열심히 찾는 것 같았어요. 제가 생각하기로는 바로 그때 우리 시선이 처음으로 마주쳤어요.

―그 사람은 어때 보였나요?

―키가 꽤 크고 호리호리한 스물네 살 청년이었어요. 배우 브레상이 유행시킨 구불구불하게 만 짧은 머리를 하고 있었고, 머리카락 색은 독특한 회색이었습니다. 나중에 알았는데 그 머리색은 항상 알아차릴 수 없을 만큼 세심하게 분칠한 덕분이었어요. 어쨌든 그 옅은 색의 머리가 진한 눈썹이나 짧은 코밑수염과 대조되었어요. 낯빛은 따뜻했고, 병약해 보이지는 않게 옅었어요. 젊은 예술가의 얼굴에서 많이 볼 수 있는 낯빛이었죠. 눈동자는 언뜻 보았을 땐 검은색 같았지만, 실은 짙은 푸른색이었어요. 아주 고요하고 평화로워 보이면서도 자세히 살펴보면 흐릿하고 먼, 끔찍한 환영을 응시하는 듯 겁먹고 아쉬워하는 눈빛이 가끔 비치곤 했습니다. 그렇게 가슴을 찌르는 매력을 발산한 끝에는 항상 더없이 슬픈 표정을 지었죠.

―슬픔의 원인은 무엇이었나요?

―처음에는 제가 물어볼 때마다 항상 어깨를 으쓱하고 웃으며 대답했어요. "유령 본 적 없어요?" 조금 더 가까운 사이가 된 뒤에는, 한결같이 이렇게 대답했어요. "내 숙명,

끔찍하고 끔찍한 나의 숙명!" 그렇지만 그다음에는 미소를 짓고 눈썹을 치켜세우며 항상 중얼거렸어요. "Non ci pensiamo(그런 것은 생각하지 말아야지)."

─우울하거나 음울한 성격은 아니었죠?

─전혀 아니었죠. 미신을 많이 믿는 것뿐이었어요.

─예술가들은 다 그렇지 않나요?

─아니요, 더 정확히 말하면, 사람들, 음, 우리 같은 사람들이 다 그렇죠. 악덕한 사람들이야말로 미신에 가장 잘 빠져들고…….

─무지한 사람들도 그렇죠.

─아! 그때는 미신의 종류가 달라요.

─그 사람, 눈빛이 특별히 남다르던가요?

─제가 보기에는 물론 그랬습니다. 홀린다고 할 만한 눈은 아니었어요. 날카롭다거나 노려본다기보다 꿈꾸는 시선이었어요. 그러면서도 꿰뚫어보는 힘이 있어서 맨 처음 본 순간부터 제 마음 깊은 곳으로 뛰어들 수 있을 것 같았죠. 결코 관능적인 표정은 아니었지만, 그래도 그 사람이 저를 볼 때마다 제 혈관 속 피가 전부 환히 빛나는 느낌이었어요.

─그 사람이 아주 잘생겼다는 말을 많이 들었는데, 사실인가요?

―네. 외모가 빼어났죠. 그런데 눈에 띄게 잘생겼다기보다 독특하다는 말이 훨씬 맞아요. 게다가 옷이 늘 흠잡을 데 없으면서도 약간 별났죠. 예를 들어, 그날 저녁에는 윗옷에 하얀 헬리오트로프 다발을 꽂고 있었어요. 당시 유행하던 동백꽃이나 치자꽃이 아니었죠. 태도는 더없이 신사적이지만, 무대에서, 또 낯선 사람들과 있을 때에는 약간 거만했어요.

―자, 시선이 마주친 뒤에는요?

―앉아서 연주를 시작했어요. 프로그램을 보니 이름도 발음하기 어려운 무명 작곡가의 격렬한 헝가리 랩소디였어요. 사실, Tsigane(보헤미아의) 음악만큼 강렬한 감각적 요소를 갖춘 음악은 없죠. 있죠, 단음계부터…….

―아! 전문용어는 부디……. 저는 음표도 구별 못 한답니다.

―어쨌든 차르다시를 들어본 적 있다면 틀림없이 이해할 겁니다. 헝가리 음악은 진귀하고 리드미컬한 효과로 가득하지만, 어쨌든 우리의 정해진 화음 법칙과 상당히 달라서 귀에 거슬리죠. 이 멜로디는 처음에 충격을 주었다가 점차 차분해지고, 마침내 우리를 사로잡죠. 이를테면 멋진 피오리투라[2]가 헝가리 음악에 풍부한데, 아라비아 특유의

[2] 연주자나 성악가가 멜로디에 넣는 작은 장식적 요소

화려함이 두드러지고…….

―저기, 헝가리 음악의 피오리투라는 내버려두고 이야기를 계속 들려주세요.

―그게 어려운 지점입니다. 그 사람의 조국의 음악과 그 사람을 분리할 수 없으니까요. 그래요, 그 사람을 이해하려면 우선 Tsigane의 모든 곡에 보이지 않게 배어 있는 마법을 느껴야 합니다. 신경 조직이 차르다시의 매력에 한 번 감명을 받으면, 그 마법의 노래를 접할 때마다 황홀경에 빠지게 되죠.

그 선율의 시작은 대부분, 헛된 희망을 품고 구슬피 흐느끼는 것 같은 부드럽고 낮은 안단테입니다. 그다음, 속도가 점점 빨라지면서 리듬이 '연인들의 작별 인사 투로 격렬하게'[3] 계속 바뀝니다. 그리고 그 감미로움은 전혀 잃지 않고, 그러면서도 새롭게 활기를 띠고 또 엄숙해지면서, 한숨 소리에 박자를 맞춘 프레스티시모가 불가사의한 열정을 폭발시키고, 어느새 녹아서 애절한 만가挽歌가 되고, 그다음에는 맹렬하고 호전적인 노래로 여봐란듯이 폭발합니다.

그 사람은 성격으로 보나 아름다운 외모로 보나 이 황홀한 음악의 화신이었습니다.

---

3 바이런Lord Byron의 시 〈아비도스의 신부The Bride of Abydos〉(1813) 중에서

저는 그 연주를 들으면서 넋을 잃었죠. 곡 때문인지, 연주 때문인지, 그 사람이라는 연주자 때문인지 구별할 수 없었습니다. 동시에, 더없이 이상한 환영이 눈앞에 떠오르기 시작했어요. 먼저, 화려하게 아름다운 무어 양식 알람브라 궁전이 보였습니다. 돌과 벽돌의 호화로운 교향곡. 그 진기하게 화려한 집시 멜로디와 아주 비슷했죠. 그러다가 이글거리는 미지의 불이 제 가슴속에서 저 혼자 불붙기 시작했습니다. 사람을 광기에 몰아넣어 죄악을 저지르게 하는 강력한 사랑, 모든 것을 불사를 듯한 태양 아래 살아가는 남자들의 폭발적인 욕정을 느끼고 싶었고, 사티로스의 춘약春藥을 쭉 들이켜고 싶었습니다.

환영이 변했습니다. 스페인 대신 황폐한 땅, 햇빛에 빛나는, 완류하는 나일강에 젖은, 이집트의 모래밭이 보였습니다. 그곳에 하드리아누스가 너무나 사랑하는 청년을 영원히 잃어버리고 비탄에 잠겨 통곡하며 허망하게 서 있었습니다. 부드러운 음악에 매료되어 모든 감각이 예민해진 저는 그때까지 너무 이상했던 것들이 이해되기 시작했습니다. 막강한 황제가 어여쁜 그리스인 노예, 그리스도처럼 주인을 위해 죽은 안티누스에게 느끼는 사랑.[4] 피가 심장

---

4 안티누스는 연인이었던 로마 황제 하드리아누스의 병을 낫게 하기 위해 스스로 나일강에 투신해 익사했다고 전해진다.

에서 머리로 솟구쳤습니다. 그리고 끓는 납물처럼 모든 혈관으로 빠르게 흘러갔습니다.

장면은 다시 화려한 소돔과 고모라로 바뀌었습니다. 기이하고 아름답고 웅장했습니다. 그때부터는 피아니스트의 멜로디가 뜨거운 욕정의 거친 숨소리, 가슴 뛰는 키스 소리를 제 귀에 속삭이는 것 같았어요.

그리고 환영 한가운데에서 피아니스트가 고개를 돌리고 멀리서 나른한 표정으로 저를 한참 응시했습니다. 우리 시선이 또 마주쳤습니다. 하지만 그 남자가 그 피아니스트였을까요? 안티누스였을까요? 하느님이 롯에게 보낸 두 천사 중 하나가 아니었을까요? 어쨌든 그 거부할 수 없이 아름다운 남자가 어찌나 매력적인지, 저는 거의 꼼짝도 못할 지경이었죠. 그리고 바로 그때, 음악이 이렇게 속삭이는 것 같았어요.

> 그의 시선을 포도주처럼 마시지 않을 수 있겠는가?
> 그 반짝임이 고요하고 나른하게
> 한 선율에서 다른 선율로 넘어가며
> 황홀함에 도취되어 있다면[5]

---

[5] 로세티Dante Gabriel Rossetti, 1828~1882의 시 〈카드 딜러The Card-Dealer〉 중에서. 원문의 '그녀의her'를 오스카 와일드는 '그의his'로 개작했다.

제가 느낀 가슴 뛰는 갈망은 점점 더 강렬해졌어요. 채울 수 없는 열망은 고통으로 바뀌었습니다. 뜨거운 불이 거세져서 어느새 세찬 불길이 되었죠. 제 온몸이 미친 욕망으로 부들부들 떨리고 뒤틀렸어요. 입술이 바싹 마르고, 숨이 가빴습니다. 관절들이 뻐근하고, 핏줄이 부어올랐죠. 그럼에도 저는 주위 모든 관객처럼 가만히 앉아 있었습니다. 그런데 갑자기 육중한 손이 제 무릎에 놓여서는 제 거시기를 붙잡고 움켜쥐고 조이는 것 같았어요. 저는 욕정으로 졸도할 것 같았죠. 손은 처음에는 천천히, 그러다가 곡의 리듬에 맞춰 점점 더 빨리, 아래위로 움직였습니다. 머리가 빙빙 돌기 시작했고, 혈관마다 뜨거운 용암이 세차게 흘러갔고, 이윽고 몇 방울 뿜어져 나왔고…… 저는 숨이 차올라…….

돌연 피아니스트가 굉음과 함께 곡을 끝마치고, 극장 가득 우레 같은 박수 소리가 일었어요. 우렛소리만 가득한 가운데 저는 불타는 우박을, '들판의 여러 성읍'[6]에 휘몰아치는 루비와 에메랄드의 비를 보았죠. 또, 그 사람, 휘황한 조명에 맨몸으로 서 있는, 천국의 번개와 지옥의 불꽃에 스스로를 드러낸 피아니스트를 보았어요. 그 사람이

---

6   성서에서 창세기 13장 12절에 처음 등장하며, 소돔과 고모라를 비롯한 다섯 도시를 가리키지만 주로 소돔과 고모라를 지칭한다.

서 있는 동안 광기에 싸인 제 눈에는 그 사람이 순식간에 개의 머리를 한 이집트 신 아누비스로 변했다가 서서히 역겨운 푸들로 변하는 게 보였어요. 저는 깜짝 놀라 몸이 떨리고 속이 메스꺼워졌고, 그 사람은 금세 다시 자기 모습으로 돌아가더군요.

박수를 칠 기운도 없었죠. 말없이, 움직임 없이, 감각도 없이, 기진맥진 앉아 있었어요. 제 눈은 저쪽에 서서 가소롭다는 듯 무심하게 인사하고 있는 연주자에게 고정되어 있었습니다. 그사이 그 사람은 '열렬하고 간절한 애정'을 가득 담은 눈으로 저의 시선을, 저의 시선만을 찾고 있는 것 같았습니다. 제 안에서 환희가 깨어났어요! 그렇지만 그 사람이 나를, 오직 나만을 사랑할 수 있을까? 순식간에 환희는 씁쓸한 질투 뒤로 물러났습니다. 저는 자문했습니다. 내가 미쳐가나?

그 사람을 보니, 그 이목구비에 짙은 비애가 드리운 것 같았어요. 그리고 끔찍하게도 그 사람의 가슴에서 작은 단검이 요동치고 상처에서 피가 후드득 떨어졌습니다. 저는 공포에 몸서리가 쳐졌을뿐더러 하마터면 비명까지 지를 뻔했어요. 정말 실감나는 환영이었습니다. 머리가 빙빙 돌고, 점점 더 기절할 것 같고 토할 것 같았어요. 탈진해서 의자에 파묻혀 손으로 눈을 가렸습니다.

―아주 이상한 환영이군요. 왜 보게 되었을까요?

―사실 그건 그저 환영이 아니었어요. 나중에 다시 들려줄게요. 제가 다시 고개를 들었을 때, 피아니스트는 없었어요. 고개를 돌렸더니 어머니가 제 창백한 얼굴을 보고 아프냐고 물었어요. 저는 더위에 숨이 막힐 것 같다는 식으로 얼버무렸어요.

어머니가 말했죠. "휴게실에 가서 물을 마셔."

"아뇨, 집에 가는 게 낫겠어요."

사실, 그날 저녁에 음악은 더 이상 들을 수 없었어요. 신경이 완전히 곤두서서 감상적인 노래라면 짜증 날 것 같았고, 반대로 흥분되는 멜로디를 또 들으면 기절할 것 같았어요.

일어서는데, 너무 지치고 힘이 없어서 최면에 걸린 것 같았습니다. 어디로 걸음을 옮겨야 할지도 정확히 모르는 채 기계적으로 앞에 있는 사람들을 따라갔죠. 몇 분 뒤에 저도 모르는 사이에 제가 휴게실에 와 있더군요.

안은 거의 비어 있었어요. 저쪽 끝에 신사 몇 명이 연미복을 입은 어떤 젊은이를 둘러싸고 있었어요. 젊은이는 저를 등지고 서 있었죠. 그중 한 명은 제가 아는 사람이었어요. 브리앙쿠르였죠.

―아니, 그 장군의 아들요?

─맞습니다.

─기억나요. 늘 눈에 띄게 차려입었죠.

─그렇죠. 그날 저녁만 해도 남자들이 모두 검정색 옷차림이었는데, 브리앙쿠르는 대조적으로 흰색 플란넬 슈트를 입고 있었어요. 평소처럼 바이런이 즐겨 입던 옷깃이 아주 넓은 셔츠에, 빨간색 라발리에르 크라바트[7]를 큰 나비 모양으로 목에 매고 있었죠.

─맞아요. 그 사람 목이 누구보다 매력적이죠.

─아주 잘생겼죠. 저는 항상 피해다녔지만요. 그 사람만의 추파가 있는데, 저는 그게 아주 불편했거든요. 웃으시는군요, 하지만 정말이에요. 여자를 빤히 볼 때 그 여자의 옷을 벗기는 것 같은 남자들이 있어요. 브리앙쿠르는 모든 사람을 그렇게 외설적인 시선으로 보죠. 제 몸 곳곳에 브리앙쿠르의 시선이 닿는 게 은근히 느껴졌어요. 몸서리나더군요.

─그래도 서로 아는 사이 아닌가요?

─네. 어릴 적에 같은 교육기관에 다녔죠. 그렇지만 제가 세 살 어려서 반은 늘 달랐어요. 어쨌든 그날 저녁에 브리앙쿠르를 발견하고 휴게실을 나가려고 하는데, 연미복을 입은 사람이 몸을 돌렸습니다. 그 피아니스트였어요.

[7] 넥타이처럼 매는 남성용 스카프

그 사람과 시선이 다시 마주치자, 이상하게 마음이 떨렸어요. 그 사람의 매력이 너무 강력해서 저는 움직일 수도 없었어요. 휴게실에서 나가는 대신, 마음이 끌리는 대로 천천히, 본의 아니게 그 사람들 쪽으로 걸어갔어요. 그 음악가는 저를 빤히 보지는 않았지만, 눈길을 저한테서 돌리지도 않았어요. 저는 머리끝부터 발끝까지 떨고 있었죠. 저를 천천히 끌어당기는 것 같았어요. 그 느낌이 아주 좋아서 완전히 항복했다고 밝히지 않을 수 없네요.

아직 저를 보지 못했던 브리앙쿠르가 바로 그때 몸을 돌려서 저를 알아보고 퉁명스럽게 고개를 까딱했어요. 그랬더니 피아니스트의 눈이 반짝였습니다. 그 사람이 브리앙쿠르한테 뭐라 속삭였고, 그러자 그 장군의 아들은 피아니스트한테 아무 대꾸도 없이 저한테 다가와 제 손을 잡고 말했어요. "카미유, 제 친구 르네 텔레니를 소개하겠습니다. 르네, 이쪽은 카미유 데그리외입니다."

저는 허리를 굽혀 인사했어요. 얼굴이 붉어졌죠. 피아니스트는 장갑을 끼지 않은 손을 내밀었습니다. 저는 긴장한 채 장갑을 양쪽 다 벗고 맨손으로 피아니스트의 손을 잡았어요.

남자의 손으로 완벽했습니다. 작지 않고 큰 편에 강하면서도 부드럽고, 끝으로 갈수록 가늘어지는 긴 손가락이 제 손을 침착하게 꼭 잡았습니다.

  손이 닿았는데 아무런 감정을 느끼지 못하는 사람이 어디 있겠습니까? 많은 사람들이 자신만의 손 온도를 가지고 있는 것 같습니다. 한겨울에 뜨겁고 열이 나는 손이 있는가 하면, 아주 더운 날 얼음 같이 차가운 손도 있죠. 건조하고 메마른 손이 있고, 늘 촉촉하고, 축축하고, 끈적끈적한 손도 있죠. 통통한 손, 폭신폭신한 손, 근육질 손, 마른 손, 해골 같은 손, 앙상한 손. 어떤 손은 철제 바이스처럼 꽉 쥐는가 하면, 넝마처럼 흐느적거리는 손도 있죠. 현대 문명에 의해 인위적으로 변형되기도 합니다. 중국 여자들의 발처럼 말이죠. 낮에는 늘 장갑 안에 들어 있고, 밤에는 종종 찜질을 받고, 손톱 손질도 받고. 얼음처럼 맑지는 않을지언정 눈처럼 하얗죠. 그 작고 쓸모없는 손이 깡마르고 거친, 지저분한 노동자의 흙투성이 손, 끝없는 고된 노동으로 말발굽 같이 변한 손에 닿기를 얼마나 꺼리겠습니까? 어떤 손은 내숭을 떨고, 어떤 손은 엉큼하게 수작을 부립니다. 어떤 손의 악수는 겉과 속이 달라 위선적이죠. 비단 같은 손, 음흉한 손, 사제 같은 손, 사기꾼의 손도 있죠. 씀씀이 헤픈 사람의 활짝 펼쳐진 손바닥, 고리대금업자의 움켜쥔 갈고리 같은 주먹, 내 손에 신기하게도 꼭 맞는 자석 같은 손도 있습니다. 그런 손에는 단순히 닿기만 해도 모든 감각이 살아나고 온몸이 기쁨으로 가득 차죠.

텔레니의 손이 닿았을 때 제가 느낀 그 모든 것들을 어떻게 표현할 수 있을까요? 그 손은 저에게 불을 질렀습니다. 그리고 이상한 말이지만, 그와 동시에 저를 진정시켰습니다. 그 어떤 여성의 키스보다 훨씬 달콤하고 부드러웠습니다. 그 사람의 악수가 천천히 제 온몸에 스며들었습니다. 제 입술을, 목을, 가슴을 애무하고, 머리부터 발끝까지 신경이 기쁨으로 떨렸습니다. 그리고 정맥을 타고 아래로 내려가서, 남경이 다시 깨어나 고개를 들었습니다. 제가 실제로 그 사람의 수중에 있는 느낌이었어요. 그 사람의 것이 되어서 행복했습니다.

연주를 잘 들었다고 예의 있게 인사를 해야 했는데, 어떤 참신한 말인들 제가 느낀 감탄을 온전히 표현할 수 있었을까요?

그 사람이 말했습니다. "저 때문에 여러분들이 연주회장에 다시 못 들어가고 계시는 것은 아닌지요?"

제가 말했죠. "저는 어차피 나가려던 참이었습니다."

"연주회가 지루했나 보군요."

"아뇨, 그 반대입니다. 연주하신 것을 들으니 오늘은 음악을 더 이상 못 듣겠더군요."

미소 짓는 그 사람의 표정은 기뻐하는 것 같았습니다.

브리앙쿠르가 말했습니다. "사실, 르네, 오늘 저녁에는 평소보다 뛰어나더군요. 그렇게 연주하는 모습은 여태 본 적이 없어요."

"왜인지 아십니까?"

"아뇨. 객석이 꽉 찼기 때문인가요?"

"아, 아닙니다! 가보트를 연주하는 동안 어떤 사람이 제 연주를 듣고 있다는 느낌이 들었기 때문입니다."

"아! 어떤 사람!" 젊은 남자들이 그 말을 되풀이하며 웃었습니다.

"프랑스 청중 중에, 더구나 자선 연주회에서, 듣는 사람이 많다고 생각하십니까? 제 말은, 마음과 영혼을 다해서 귀 기울여 듣는 사람 말입니다. 젊은 남자들은 여자들을 호위해서 왔을 뿐이고, 여자들은 서로 차림새만 관찰합니다. 아버지들은 연주회가 따분해서 주가 변동에 대해 생각하거나 가스등 수를 세면서 조명에 비용이 얼마나 들지 계산하고 있죠."

변호사 오디요가 말했어요. "그래도 그런 관객 중에 귀를 기울여서 듣는 사람이 한 명 이상은 확실히 있죠."

"아, 그럼요! 아까 연주하실 때에 손가락으로 박자를 맞추던 숙녀분도 있었죠. 그렇지만 들으면서 ─ 무슨 말이 적당할까 ─ 음, 들으면서 '공감하는' 사람은 한 명을 넘는 경우가 거의 없습니다."

증권 중개인 쿠르투아가 물었습니다. "'공감한다'는 게 무슨 뜻이죠?"

"어떤 기류를 함께 만드는 거죠. 제가 연주하는 동안 느끼는 것을 똑같이 느끼고, 제가 보는 것과 같은 환영을 보고……."

옆에 서 있던 사람이 놀라며 물었습니다. "뭐요! 연주할 때 환영을 봅니까?"

"반드시 그렇지는 않습니다만, 공감하는 사람이 있을 때에는 늘 봅니다."

저는 날카롭고 고통스러운 질투를 느끼며 말했습니다. "그런 경우가 자주 있나요?"

"자주요? 아, 아닙니다! 드물죠. 아주 드뭅니다. 사실, 거의 없죠. 그리고 또……."

"또 뭐죠?"

"오늘 저녁 같은 사람은 한 번도 없었습니다."

쿠르투아가 물었습니다. "그런 사람이 없으면요?"

"그러면 기계적으로 연주합니다. 단조로운 연주라고 할까요."

"오늘 저녁에 공감하며 들은 사람이 누구인지 알아볼 수 있나요?" 브리앙쿠르가 비꼬는 듯 말한 뒤에 음흉한 눈초리로 저를 보며 미소를 지었습니다.

오디요가 한숨을 쉬며 말했죠. "당연히 예쁜 여자들 중 한 명이겠죠. 행운아이십니다."

다른 사람이 말했죠. "맞아요, 여럿이 식사할 때 옆자리에 앉고 싶군요. 드시고 남은 음식을 받아먹게요."

쿠르투아가 수상하다는 듯이 물었습니다. "예쁜 여자였던 게 맞나요?" 텔레니가 제 눈을 깊이 들여다보며 희미하게 미소를 짓고 대답했습니다.

"어쩌면요."

브리앙쿠르가 물었습니다. "그 사람과 친해질 것 같나요?"

텔레니는 다시 눈을 제 눈에 고정하고 희미하게 덧붙였습니다.

"어쩌면요."

오디요가 물었습니다. "그렇지만 어떤 근거로 공감하는 사람이 있었다고 생각하시죠?"

"그 남자의 환영은 제 환영과 틀림없이 일치했습니다."

오디요가 말했어요. "저는 환영을 보지 않지만, 본다면 어떤 걸 보게 될지는 알아요."

"어떤 환영인가요?" 쿠르투아가 물었습니다.

"백합처럼 흰 가슴에 분홍색 장미 꽃봉오리 같은 젖꼭

지, 그 아래로 분홍색 조가비 같은 촉촉한 입술이 욕정에 깨어나서 벌어지고, 과육 같은 호화로운 세계가 드러나죠. 짙은 산홋빛 일색인 세계. 그리고 그 비죽 내민 입술을 둘러싸고 살짝 금색이나 검정색이 도는……."

"오디요, 그만, 그만. 침이 고이네요. 그 입술을 맛보면 소원이 없겠어요." 증권 중개인이 말했습니다. 사티로스처럼 눈이 희번덕거렸고, 발기한 게 분명했죠. "텔레니, 그런 환영 아니었나요?"

피아니스트는 수수께끼 같은 미소를 지었습니다.

"어쩌면요."

잠자코 있던 한 청년이 말했습니다. "저라면, 헝가리 랩소디를 듣고 넓은 평원을 떠올리겠습니다. 집시들, 또는 둥근 모자에 통 넓은 바지와 짧은 재킷 차림의 남자들이 사나운 말에 올라타 있죠."

다른 남자가 덧붙였습니다. "군화 끈을 졸라맨 군인들이 검은 눈동자의 여자들과 춤을 추고 있거나요."

저는 싱긋 웃었습니다. 제 환영이 그 사람들의 환영과 너무나 다르다고 생각하면서요. 저를 지켜보던 텔레니는 제 입술이 움직이는 걸 알아챘습니다.

텔레니가 말했습니다. "여러분, 오디요의 환영은 제 연주가 아니라, 오디요가 추파를 던지고 있었던 미모의 아가씨 때문에 떠오른 겁니다. 여러분들의 환영은, 그저 그림이나 발레에서 연상된 것들이고요."

브리앙쿠르가 물었습니다. "그럼, 어떤 환영이었나요?"

피아니스트가 맞받아쳤습니다. "제가 지금 그 질문을 드리려 했습니다."

"제 환영은 오디요의 것과 똑같지는 않지만 비슷합니다."

변호사가 웃으며 말했습니다. "그렇다면 틀림없이 le revers de la médaille, 즉, 뒷면이겠군요. 그러니까, 눈으로 덮인 아름다운 낮은 언덕 두 개와 그 아래 계곡 깊은 곳에, 우물 하나. 가장자리 색이 어둡거나 둘레에 갈색 후광이 있는 작은 구멍."

브리앙쿠르가 고집했습니다. "자, 이제 그 환영을 들려주시죠."

피아니스트가 대답을 피했습니다. "제 환영은 아주 어렴풋하고 흐릿합니다. 그리고 아주 빨리 사라지죠. 그래서 잘 기억나지 않아요."

"그래도 아름다운 것이겠죠? 아닌가요?"

그 사람은 수수께끼 같이 말했습니다. "그러면서 동시에 소름 끼치죠."

제가 말했습니다. "나일강의 검푸른 물에 떠서, 오팔 같은 달이 비추는 은빛에 드러난 안티누스의 신 같은 시체처럼요."

젊은이들이 모두 놀란 표정으로 저를 보았죠. 브리앙쿠르가 귀에 거슬리는 웃음소리를 냈습니다.

텔레니가 반쯤 감은 눈으로 저를 지그시 보며 말했어요. "시인 아니면 화가시군요." 그리고 잠시 기다렸다가 말을 이었습니다. "어쨌든, 저에게 질문하시는 것은 좋지만, 제 환영은 그만 잊으세요. 예술가라면 반드시 그 성품 안에 광인의 면모가 아주 많은 법이니까요." 그리고 슬픈 눈에서 흐릿한 빛을 저의 눈 깊이 던지며 말했습니다. "저와 더 친해지면, 제 안에 예술가보다 광인이 훨씬 많다는 것을 아시게 될 겁니다."

그리고 그 사람은 향수 냄새가 짙게 밴 얇은 리넨 손수건을 꺼내 이마의 땀을 닦았습니다.

"이제 실없는 소리로 여러분을 더 붙잡아두면 안 되겠습니다. 그랬다가는 후원하시는 여성분들이 화를 낼 테고, 정말이지 저는 여성들을 불쾌하게 만들 수는 없으니까요." 그리고 브리앙쿠르를 슬며시 보며 덧붙였습니다. "그렇죠?"

누가 대답했습니다. "그렇죠. 여성에게 그러는 것은 범죄죠."

"게다가 다른 음악가들은 제가 악의로 그랬다고 말할

겁니다. 배우건 가수건 연주자건, 아마추어가 가장 뛰어난 재능을 발휘하는 것은 강한 질투심이니까요. 그럼 au revoir(다음에 뵙지요)."

그리고 관객에게 인사할 때보다 더 깊이 몸을 숙여 절하고 휴게실을 나가려 하다가 다시 멈췄습니다. "데그리외 씨, 연주회에 남아 있지 않을 것이라고 말씀하셨으니, 동행하는 기쁨을 주시겠습니까?"

저는 열렬히 말했습니다. "기꺼이 그러죠."

브리앙쿠르가 또 비꼬는 듯한 미소를 지었습니다. 왜 그러는지 저는 이해할 수 없었죠. 그리고 당시 유행하던 오페레타 〈마담 앙고〉의 한 소절을 흥얼거렸습니다. 제 귀에는 몇 단어, Il est(그는), dit-on(소문), le favori(총애받는 사람) 정도만 들렸는데, 일부러 그것들만 강조했던 것이죠.

텔레니도 저처럼 그 말들을 듣고 어깨를 으쓱한 뒤, 혼잣말로 뭐라 중얼거리더군요.

텔레니가 저에게 팔짱을 끼며 말했습니다. "뒷문에 제 마차가 대기하고 있습니다. 그렇지만 걷는 걸 더 좋아하신다면……."

"걷고 싶습니다. 극장 안이 숨막히게 덥군요."

"네, 아주 덥군요." 텔레니는 제 말을 되풀이했죠. 다른 생각을 하는 게 분명했습니다. 그러다가 갑자기 어떤 생각에 사로잡힌 듯 돌연 이러더군요. "미신을 잘 믿나요?"

저는 기묘한 질문에 당황했습니다. "미신요? 글쎄요, 네, 그런 것 같습니다."

"저는 미신을 아주 굳게 믿습니다. 제 천성인 것 같아요. 보시다시피 제 안에는 집시의 피가 강하게 흐르죠. 배운 사람은 미신을 믿지 않는다고 흔히들 말하죠. 글쎄요, 우선, 저는 배움이 형편없습니다. 그렇지만 또, 저는 이런 생각도 합니다. 우리가 자연의 신비를 제대로 알면, 살면서 겪게 되는 온갖 이상한 우연들을 설명할 수 있을 거라고요." 그러고는 갑자기 멈춰 서서 말했습니다. "생각이나 감각이 전달될 수 있다고 믿나요?"

"글쎄요, 저는 잘 모르겠어요. 저는……."

텔레니가 명령조로 말했습니다. "믿어야 합니다. 우리는 동시에 같은 환영을 보았잖아요. 처음 본 것은, 내리쬐는 햇빛에 번쩍이는 알람브라 궁전이죠? 아닌가요?"

저는 깜짝 놀라서 말했습니다. "맞아요."

"그리고 몸과 영혼 모두 산산이 조각낼 강렬하고 압도적인 사랑을 느끼고 싶다고 생각했죠? 듣기만 하세요. 그 다음에는 이집트가 나타났죠. 안티누스와 하드리아누스. 그대는 황제, 나는 노예."

그다음, 생각에 잠기며 거의 혼잣말처럼 덧붙였어요.

"누가 알겠어요. 언젠가 제가 그대를 위해 목숨을 바칠지!"
그러자 그 얼굴에는 반신반인의 조각상들에서 볼 수 있는 다정한 체념의 표정이 떠올랐어요.

저는 어리둥절하여 그 사람을 보았습니다.

"아! 제가 미쳤다고 생각하는군요. 미치지 않았어요. 사실을 말하는 것뿐이죠. 스스로를 하드리아누스라고 느끼지는 못한 것은, 단지 그런 환영에 익숙하지 않기 때문입니다. 틀림없이 언젠가 이 모든 것을 더 분명히 보게 될 겁니다. 저로 말하자면, 확실히 말하지만, 제 혈관에 아시아의 피가 흐르고, 그래서……."

텔레니는 말을 끝마치지 않았습니다. 우리는 잠시 침묵 속에 걸었죠. 그러다가…….

"가보트 연주 중에 제가 두리번거렸는데, 못 봤나요? 그때부터 그대를 느끼기 시작했는데, 누구인지 딱 찾아낼 수 없었죠. 기억하죠?"

"네, 제가 앉은 쪽을 바라보는 모습, 봤습니다. 그리고……."

"그리고 질투했군요!"

"네." 저는 거의 들리지 않게 말했습니다.

텔레니는 대답 대신 제 팔을 자기 몸에 붙이고 꼭 눌렀습니다. 그다음 잠시 멈춘 뒤, 급하게, 또 속삭이는 목소리로 덧붙였습니다. "분명히 말하지만, 저는 이 세상 어떤 여자도 신경 쓰지 않습니다. 그랬던 적도 없고, 저는 여자를 전혀 사랑할 수 없었습니다."

제 심장이 세차게 뛰었습니다. 누가 제 목을 조르는 것처럼 숨이 막혔습니다.

저는 혼자 생각했습니다. 왜 나한테 이런 말을 할까?

"그때 향은 못 맡았나요?"

"향이라…… 언제요?"

"가보트를 연주할 때요. 잊었나보군요."

"어디 보자, 맞아요, 무슨 향이었죠?"

"Lavande ambrée."

"맞아요."

"좋아하지 않는 향이죠? 저도 싫어합니다. 어떤 향을 좋아하나요?"

"Heliotrope blanc(흰 헬리오트로프)."

그 사람은 아무 대꾸도 하지 않고 손수건을 꺼내서 저에게 냄새를 맡게 했습니다.

"우리는 취향이 똑같죠?" 그 말을 하며 저를 바라보는 그 눈길이 어찌나 격정적이고 관능적인 갈망에 차 있었는지, 그 눈에서 이글거리는 정욕에 저는 현기증이 났습니다.

"있죠, 저는 늘 흰 헬리오트로프 다발을 꽂고 다닙니다.

이걸 드리죠. 그 향으로 오늘밤 저를 떠올리기를. 어쩌면 제 꿈을 꾸게 될지도 모르죠."

그리고 단춧구멍에서 꽃을 빼서 한 손으로 제 옷에 끼웠습니다. 그러면서 왼팔로는 제 허리를 감고 저를 꽉 끌어당겨서, 저를 온몸으로 몇 초 동안 안았습니다. 그 짧은 순간이 저에게는 영원 같았습니다.

그 사람의 뜨겁고 가쁜 숨결이 제 입술에 느껴졌습니다. 그 아래 무릎은 맞닿고, 딱딱한 것이 제 허벅지를 누르며 움직거렸습니다.

그 순간, 저는 감정이 벅차 서 있기도 힘들 정도였습니다. 잠시 저는 그 사람이 키스를 할 거라고 생각했죠. 아니었습니다. 코밑수염의 빳빳한 털로 제 입술을 살짝 간지럽혀서 더없이 기분 좋게 하긴 했지만, 망령에 씐 듯 반한 눈빛으로 제 눈을 깊이 들여다보기만 했습니다.

그 눈길의 불이 저에게 내려앉았습니다. 제 가슴 깊이, 그리고 더 아래로. 피가 끓기 시작했어요. 끓어오르듯 부글거렸죠. 저의 그것, 이탈리아 사람들이 '새'라 부르는 것, '날개 달린 천사'로 묘사하는 것이 감옥 안에서 몸부림쳤어요. 고개를 들고, 작은 입술을 벌리고, 크림 같은, 생명을 잉태시키는 액을 한두 방울 또 뿜었습니다.

그러나 그 눈물은 진정시키는 연고가 아니라 화상을 입

허서 참을 수 없이 심한 고통을 가하는 부식성 용액 방울 같았습니다.

　몹시 고통스러웠습니다. 마음이 지옥이었습니다. 몸은 불탔습니다.

　저는 생각했습니다. '이 사람도 나만큼 고통받고 있을까?'

　바로 그때, 그 사람은 제 허리를 감고 있던 팔을 풀었습니다. 그 팔은 잠든 사람의 팔처럼 맥없이 툭 떨어졌습니다.

　그 사람은 뒤로 물러서서 심하게 감전된 듯이 부르르 떨었습니다. 잠시 어지러운 듯하더니 축축해진 이마를 닦고 소리 내어 한숨을 쉬었습니다. 그 사람의 얼굴에서 색이란 색은 다 빠져나갔죠. 죽은 사람처럼 창백했습니다.

　"제가 미쳤다고 생각하나요?" 그 사람은 그렇게 말한 뒤에 제 대답을 기다리지 않고 말했습니다. "그렇지만 누가 제정신이고 누가 미쳤나요? 지금 이 세계에서 누가 고결하고 누가 저열한가요? 아십니까? 저는 모릅니다."

　머릿속에 아버지가 떠올랐어요. 그리고 저는 몸서리치며 생각했습니다. 나도 미쳐가나?

　말이 끊어졌습니다. 저도 그 사람도 한참 입을 열지 않았어요. 그 사람은 제 손가락을 자기 손가락에 깍지 꼈습니다. 우리는 잠시 침묵 속에 걸었습니다.

제 물건의 혈관은 모두 여전히 강하게 팽창해 있었고, 신경은 경직되고, 정관은 꽉 차서 넘칠 것 같았습니다. 발기가 계속되고, 무지근한 아픔이 생식 기관들 전체와 주변으로 퍼져 있었습니다. 한편 신체의 나머지 부분은 탈진 상태였어요. 하지만 통증과 나른함에도 불구하고, 손을 맞쥐고 그 사람이 제 어깨에 머리를 기대다시피 한 채로 조용히 걷는 기분은 더없이 즐거웠습니다.

한참 뒤, 그 사람이 숨소리가 섞인 낮은 어조로 물었습니다. "언제 처음 제 눈길을 느꼈나요?"

"두 번째로 등장했을 때요."

"맞아요. 그다음에 우리 시선이 마주쳤고, 우리 사이에 전류가 흘렀죠. 전선을 따라 흐르는 스파크처럼요. 그랬죠?"

"네, 끊기지 않는 전류였어요."

"그렇지만 저를 제대로 느낀 건 제가 퇴장하기 직전이었죠? 맞죠?"

저는 대답으로 그 사람의 손가락들을 꽉 잡았습니다.

"저와 이렇게 느낌이 잘 통하는 남자는 여태 본 적이 없어요. 말해봐요, 이렇게 강렬한 느낌을 주는 여자가 있을 것 같나요?"

저는 고개를 숙였습니다. 아무 대답도 할 수 없었어요.

텔레니가 제 양손을 잡으며 말했습니다. "우리, 친구가 될까요?"

제가 수줍게 말했습니다. "네."

"네, 좋은 친구, 절친한 친구."

"네."

텔레니는 저를 자기 가슴에 당기고 제 귀에 제가 모르는 언어를 몇 마디 속삭였습니다. 아주 나직하게 음악처럼 속삭인 그 말은 주문처럼 느껴졌습니다.

텔레니가 물었습니다. "무슨 뜻인지 아십니까?"

"아뇨."

"오 친구여! 내 심장은 그대를 갈망하노라."

2

 마침내 정신이 들었습니다. 잠에서 완전히 깨어나서 어머니의 말을 알아들을 수 있었습니다. 어머니는 제 신음과 비명을 듣고 아픈 건 아닌지 보러 들어왔다고 했습니다. 물론 저는 서둘러 어머니에게 저는 아주 건강하며, 무서운 악몽의 제물이 되었을 뿐이라고 말했죠. 그러자 곧장 어머니는 시원한 손을 제 뜨거운 이마에 댔습니다. 부드러운 위안의 손길이 닿자, 제 머릿속에서 타던 불은 식고, 제 피에서 맹위를 떨치던 열은 누그러졌습니다.
 제가 진정되자, 어머니는 저에게 오렌지꽃 방향유를 넣은 설탕물을 많이 마시게 하고 방을 나갔습니다. 저는 다시 깜빡 잠들었어요. 그러나 예닐곱 번 깼고, 그때마다 앞에 피아니스트가 보였습니다.

이튿날에도 마찬가지로 정신이 들었을 때, 귀에는 그 이름이 울렸습니다. 제 입술은 그 이름을 중얼거렸습니다. 머릿속에 맨 처음 떠오르는 것도 그 사람이었습니다. 저의 눈—마음의 눈—에는 그 사람이 보였습니다. 무대에 서서 관객에게 절하는 그 사람. 제 두 눈에 시선을 고정한 그 사람의 불타는 눈길.

침대에 한참 누운 채, 졸면서 그 달콤한 환영을 응시했습니다. 아주 어렴풋하고 흐릿한 환영. 제가 그때껏 본 여러 안티누스 조각상들과 이미 뒤섞여버린 그 사람의 이목구비를 떠올리려고 애썼습니다.

제 감정을 분석하고 있는데, 느껴보지 못한 기분이 밀려왔습니다. 막연한 걱정과 불안. 제 안에 공허가 자리 잡았습니다. 그러나 그 텅 빈 구석이 생겨난 자리가 제 가슴속인지 머릿속인지 알 수 없었습니다. 잃어버린 것도 없는데 외롭고 쓸쓸했습니다. 아니, 가까운 사람과 사별한 지 얼마 되지 않은 기분이었습니다. 제 병증의 심각성을 스스로 가늠해보려 했습니다. 그러나 고향이나 어머니가 그리워 시름하는 것과 비슷한 기분이라는 점만 알아낼 수 있었습니다. 차이점이라고는 오로지 망명자는 자신이 무엇을 갈망하는지 알지만, 저는 몰랐다는 점입니다. 독일인들이 입으로는 많이 언급하지만 실제로 느끼는 일은 거의 없는

Sehnsucht(그리움, 동경) 같이 불명확한 것이었죠.

텔레니의 환영은 저를 사로잡았습니다. 르네라는 이름은 계속 제 입술에 맴돌았습니다. 수십 번 되풀이하고 또 되풀이했습니다. 이 얼마나 달콤한 이름인가! 그 소리에 심장은 더 빨리 뛰었습니다. 피가 더 따뜻해지고 더 진해진 것 같았습니다. 저는 천천히 일어났습니다. 옷장으로 느릿느릿 걸어갔습니다. 거울 속의 저를 보았습니다. 제 모습 대신 텔레니가 보였습니다. 그리고 텔레니 뒤로 우리 두 사람의 그림자가 한데 뭉쳐 떠올랐습니다. 전날 저녁 길에서 보았던 그림자의 모습 같았죠.

곧 하인이 문을 두드렸습니다. 그 소리에 정신을 차렸습니다. 거울 속 저를 보았습니다. 흉측했습니다. 난생처음 제 외모가 번듯하기를 바랐습니다. 아니, 황홀하게 잘생겼기를 바랐습니다.

노크한 하인은 거실에서 어머니가 제가 괜찮은지 확인하라 했다고 전했습니다. 어머니에 대한 언급을 듣자 꿈이 떠올랐고, 처음으로 어머니를 만나기가 싫었습니다.

―그렇지만, 그때는 어머니와 잘 지내지 않았나요?

―물론 잘 지냈죠. 어머니에게 어떤 결점이 있든, 어머니처럼 다정한 사람은 없습니다. 조금 가볍고 쾌락을 좋아한다는 평판이 있지만, 어머니는 저한테 소홀했던 적이

없습니다.

―처음 그분을 만났을 때, 저는 정말이지 재주가 많은 분이라고 생각했습니다.

―그렇습니다. 상황이 달랐다면, 어머니는 더 훌륭한 여성으로 평가받았을 겁니다. 살림을 아주 철저하게 꾸려 나갔고, 모든 일에 시간을 많이 쏟았습니다. 우리가 흔히 '도덕률'이라고 부르는 것, 아니, 기독교의 위선에 부합되지 않는 삶을 살았다 해도, 그 잘못은 어머니가 아니라 아버지에게 있죠. 그 이야기는 제가 나중에 들려드릴지도 모르겠네요.

거실로 들어서자, 어머니는 평소와 다른 제 모습에 놀라며 몸이 좋지 않냐고 물었습니다.

제가 대답했습니다. "열이 조금 있나봐요. 게다가 날씨가 너무 후텁지근하고 갑갑해서요."

어머니가 빙긋 웃으며 말했습니다. "갑갑해?"

"아닌가요?"

"아니, 오히려 꽤 상쾌한걸. 봐, 기압계가 꽤 올라갔잖아."

"글쎄요, 그럼, 어머니의 연주회 때문에 제 신경이 날카로워졌나보네요."

"내 연주회!" 어머니는 빙긋 웃으며 저에게 커피를 건넸습니다.

커피를 한 모금도 마실 수가 없더군요. 보기만 해도 속이 메슥거렸습니다.

어머니는 걱정스럽다는 듯이 저를 보았습니다.

"괜찮아요. 얼마 전부터 커피에 신물이 났어요."

"커피에 신물이 나? 그런 말은 한 적 없잖니."

저는 아무 생각 없이 대답했습니다. "그랬나요?"

"코코아나 홍차를 마실래?"

"이번 한 번만 그냥 거르면 안 될까요?"

"되지, 아프거나, 아니면 속죄할 큰 죄를 지었다면."

저는 어머니를 보며 부르르 몸을 떨었습니다. 내 머릿속을 꿰뚫어보셨나?

저는 놀란 표정을 지으며 말했습니다. "죄요?"

"글쎄, 알다시피 아주 올바른 사람이라도……."

"그런 사람이라도 뭐요?" 제가 퉁명스럽게 어머니의 말을 끊었습니다. 그러나 건방진 말을 무마하려고 부드러운 말투로 덧붙였습니다.

"배는 안 고프지만, 어머니 기뻐하시라고 샴페인에 비스킷은 먹겠어요."

"샴페인이라고 했니?"

"네."

"아직 이른 아침이고, 빈속인데?"

저는 성마르게 대꾸했습니다. "그럼, 아무것도 안 먹어요. 제가 주정뱅이가 될까 봐 겁나시나 봐요."

어머니는 아무 말도 하지 않고, 잠시 걱정스럽게 저를 보았습니다. 어머니의 얼굴에는 깊은 슬픔이 드러났어요. 그리고 다른 말은 덧붙이지 않고 종을 울려 샴페인을 가져오라고 했습니다.

—어머니가 왜 그렇게 슬퍼했나요?

—나중에 알았지만, 어머니는 제가 벌써 아버지처럼 되는 게 아닐까 하고 두려워했던 겁니다.

—아버지는……?

—그 얘기는 나중에 들려드리죠.

샴페인을 한두 잔 마신 뒤 들뜨게 하는 술기운에 활기를 되찾았습니다. 대화는 연주회로 이어졌습니다. 저는 어머니에게 텔레니에 대해 아는 게 없는지 물어보고 싶은 마음이 간절했지만, 제 입술 끝에 올라 있는 그 이름을 차마 내뱉을 수 없었습니다. 아니, 그 이름을 소리 내서 되뇌지 않으려고 스스로를 억눌러야 했습니다.

마침내 어머니가 먼저 그 사람 이야기를 꺼냈습니다. 우선 연주를 칭찬하고 그다음에 외모를 칭찬했습니다.

제가 퉁명스럽게 물었습니다. "네? 잘생겼다고 생각하신다고요?"

어머니는 깜짝 놀란 듯 눈썹을 치켜세우며 대꾸했습니다. "당연하지. 그렇게 생각하지 않을 사람이 있겠니? 여자들은 모두 그 사람이 아도니스 같다고 생각해. 그러고 보니 남자들은 남자를 보는 눈이 우리 여자들과 사뭇 다르지. 남자들은 우리가 안달하는 이들을 보고 멋없다고 생각할 때가 꽤 있더라. 어쨌든 그 사람은 예술가로 확실히 성공할 거고, 여자들은 모두 그 사람을 사랑할 거야."

저는 그 마지막 말에 얼굴을 찡그리지 않으려고 애썼습니다. 그렇지만 아무리 안간힘을 써도 얼굴이 움직이는 것을 막기란 불가능했습니다.

어머니는 찌푸린 제 얼굴을 보고 빙긋 웃으며 덧붙였습니다.

"어머, 카미유, 유명한 여자들 중에는 다른 여자 칭찬을 들으면 자기가 받아야 할 칭찬을 빼앗겼다고 느껴서 참지 못하는 사람들이 있는데, 너도 그런 여자들처럼 오만한 사람이 되는 거니?"

저는 퉁명스럽게 대꾸했습니다. "어떤 여자라도 원한다면 그 사람을 사랑할 수 있죠. 제가 제 외모나 연애 상대 때문에 자존심이 상해서 화낸 적이 없는 건 어머니도 잘 아시잖아요."

"그래, 사실이지. 그래도 오늘은 네 심보가 나 먹자니 싫고 개 주기는 아깝다는 것 같아. 여자들이 그 사람한테 반하거나 말거나, 더구나 그게 그 사람 경력에 도움이 되는데, 무슨 상관이니?"

"그렇지만 예술가는 재능만으로는 명성을 얻을 수 없나요?"

어머니는 왜 이런 얘기를 하고 있는지 모르겠다는 듯 웃으며 대답했습니다. "그럴 수 있지만, 아주 드물어. 그러려면 초인적인 인내심이 꼭 필요한데, 재능 있는 사람한테는 그런 인내심이 없게 마련이지. 그리고 텔레니는……."

어머니는 말을 끝마치지 않았지만, 얼굴 표정, 무엇보다 입꼬리에서 생각이 엿보였습니다.

"그리고 어머니는 텔레니가 어떤 여자에게 자신을 소유물로 내어줄 만큼 타락한 사람이라고 생각하시는군요. 마치……."

"음, 소유물로 내어준다는 말은 딱히 맞지 않아. 적어도 텔레니는 그렇게 생각하지 않을걸. 게다가 수천 가지 방면으로 도움을 받을 거야. 그저 돈만 받는 게 아냐. 어쨌든 피아노가 그 사람의 수단이지."

"무대가 발레하는 여자들한테 수단이듯 말이죠? 그렇다면 저는 절대 예술가가 되지 않겠어요."

"아! 부인이건 정부건, 여자한테 기대서 성공하는 남자들이 예술가뿐인 줄 아니?《벨아미》를 읽으면 제아무리 성공한 남자, 유명하다는 말로 부족한 남자라도 그 업적은……."

"여자 덕이라고요?"

"바로 그거야. 항상 그렇지. Cherchez la femme(사건 뒤에는 여자가 있는 법)."

"역겨운 세상이네요."

"그 세상 안에서 살아가야 하니까, 최대한 좋은 면을 봐야 해. 너처럼 너무 비극적으로 받아들이면 안 돼."

"어쨌든 연주는 잘하더군요. 사실, 어젯밤 같은 연주는 어디서도 못 들었어요."

"그래, 나도 인정해. 어젯밤 연주는 뛰어났지. 아니, 선풍적이었어. 그렇지만 네 몸과 정신이 조금 아픈 상태여서 그 음악이 네 신경에 특별한 효과를 냈던 거야. 그것도 인정해야 해."

"아! 성경에 나오듯, 악령이 저를 괴롭혀서 비파를 솜씨 있게 타는 사람만이 제 신경을 진정시킬 수 있었다고요?"[8]

어머니가 미소를 지었습니다.

"음, 요즘은 누구나 사울과 비슷하지. 우리 모두 가끔 악령에 괴로워한단 말이야."

그러자 곧 어머니의 표정이 침울해졌어요. 그리고 말을 멈췄죠. 죽은 아버지의 기억이 떠오른 게 분명했어요. 그리고 어머니는 생각에 잠겨서 덧붙였습니다.

"그리고 사울은 정말 동정받아야 해."

저는 대꾸하지 않았습니다. 왜 다윗이 사울의 호감을 얻었을까, 그것만 생각하고 있었습니다. '볼이 불그레하고 눈매가 아름다운 잘생긴 아이'였기 때문인가? 요나탄이 다윗을 보자마자 '다윗에게 마음이 끌려 그를 자기 목숨처럼 사랑하게' 된 것도 그 때문인가?[9]

나도 텔레니에게 마음이 끌린 걸까? 사울이 다윗을 사랑하고 증오했듯, 나도 텔레니를 사랑하고 증오하게 되려나? 어쨌든 저는 저의 어리석음이, 제 자신이 경멸스러웠습니다. 저의 넋을 빼놓은 음악가가 원망스러웠습니다. 무엇보다 모든 여성이 혐오스러웠습니다. 세상의 골칫거리.

갑자기 어머니가 저를 어두운 생각에서 끌어냈습니다.

어머니가 말했습니다. "몸이 안 좋으면 오늘 사무실에 가지 마."

― 뭐요! 그때 일하고 있었군요?

― 네, 아버지가 아주 수익이 좋은 사업을 저에게 물려

[9] 사무엘상 16:12, 18:1

줬죠. 오랫동안 집안의 중심이었던 더없이 믿을 만하고 유능한 지배인도요. 저는 당시 스물두 살이었고, 수익의 알짜배기를 제 주머니에 넣는 것이 저의 가장 큰 관심사였죠. 그래도 절대 게으르지 않았고, 무엇보다, 제 환경을 고려할 때, 그 나이의 젊은 남자치고 진지한 사람이었음을 밝혀두고 싶습니다. 취미는 하나뿐이었습니다. 아주 무해한 것이죠. 오래된 마욜리카 도자기, 오래된 부채, 오래된 레이스를 좋아합니다. 꽤 많이 수집했죠.

—제가 본 중에서 가장 훌륭하더군요.

—어쨌든, 저는 평소처럼 사무실에 갔습니다. 그렇지만 어떤 일에도 집중할 수 없었어요.

뭘 하든 텔레니의 환영이 섞여서 뒤죽박죽됐습니다. 더구나 어머니의 말이 마음속에 박혀 있었습니다. 모든 여자들이 텔레니를 사랑하고, 텔레니에게는 그 사랑이 필요하다. 저는 머릿속에서 텔레니를 몰아내려고 무척 애썼습니다. 스스로에게 말했죠. '뜻이 있는 곳에 길이 있다고, 이 어리석고 감상적인 사랑의 열병을 곧 떨쳐내겠어.'

—그렇지만 성공하지 못했죠?

—네! 생각하지 않으려고 애쓸수록 더 생각났어요. 반쯤 기억에 남은 곡의 일부가 귀에서 계속 울리는 경험을 해본 적 있나요? 어디를 가건, 무엇을 듣건, 그 곡이 계속

귀를 간지럽히죠. 전체를 떠올릴 수도 없고, 머릿속에서 떨칠 수도 없어요. 누워도 잠이 안 오고, 선잠이 들면 꿈에서 들리죠. 깨어나면, 가장 먼저 들리는 것은 그 곡이에요. 텔레니가 그랬습니다. 정말로 저는 텔레니에 씌었습니다. 아주 달콤하고 낮은 그 목소리가 낯선 억양으로 계속 되풀이됐습니다. 오 친구여! 내 심장은 그대를 갈망하노라.

그리고 이번에는 그 사랑스러운 모습이 제 눈앞을 떠나지 않았습니다. 그 부드러운 손이 여전히 제 손에 닿아 있었습니다. 입술에 닿던 향기로운 숨까지 느껴졌습니다. 간절한 갈망에 텔레니를 붙잡아 안으려고 수시로 팔을 뻗었습니다. 환각이 어찌나 생생했는지 정말 제 몸에 텔레니가 느껴지는 것 같았습니다.

그러자 곧 강한 발기가 일어났습니다. 온 신경이 딱딱하게 굳고, 저는 미칠 지경이었습니다. 그 고통은 괴로웠지만, 그래도 달콤했습니다.

―말을 끊어서 미안하지만, 텔레니를 만나기 전에는 사랑에 빠진 적이 없었나요?

―전혀 없었어요.

―특이하군요.

―왜요?

―스물두 살에요?

―음, 저는 여자가 아닌 남자를 사랑하는 성향이었어요. 의식하지 못한 채 항상 그런 천성과 싸우고 있었죠. 사실 그전에도 여러 번 사랑에 빠졌다고 생각한 적이 있었습니다. 그렇지만 텔레니를 만나고 나서야 비로소 진짜 사랑이 무엇인지 깨닫게 됐습니다. 다른 남자 아이들처럼 저도 분명히 여자한테 관심이 있다고 믿으려 애썼죠. 그리고 이런 게 홀딱 빠진 거라고 스스로를 타이르려고 최선을 다했습니다. 한번은 웃는 눈의 여자를 만났는데, 그야말로 둘치네아[10]라고 결론지었죠. 그 여자를 줄곧 따라다니고, 만나고, 가끔 혼자 있을 때 그 여자를 생각하려고 애쓰기까지 했어요. 달리 할 일이 아무것도 없을 때에요.

―그 일은 어떻게 끝났나요?

―아주 어이없이 끝났습니다. 아마 고등학교를 졸업하기 한두 해 전이었을 겁니다. 네, 기억나요. 여름방학 중이었어요. 처음으로 혼자 여행했을 때였죠.

좀 수줍은 성격이라서, 팔꿈치로 사람들을 헤치고 가야 하고, 표를 달라고 재촉하고, 다른 방향의 기차를 타지 않도록 조심하고, 그런 과정에 당황스럽고 긴장됐어요.

그 결과 저는 미처 알아차리기도 전에, 어떤 여자 맞은

---

10 세르반테스의 소설 《돈키호테》에서 돈키호테가 이상적인 애인으로 삼고 모험을 떠나는 상상 속의 여인

편에 앉아 있었습니다. 저는 그 여자를 사랑하게 됐다고 믿었죠. 그런데 하필 그 객차는 여성 전용 칸이었습니다.

유감스럽게도 그 객차 안에 남자가 탄 것을 견디지 못하는 것 같은 인물이 있었습니다. 그 인물도 여자가 맞긴 한지 확신할 수 없습니다만, 공정한 사람이 아니라는 건 제가 맹세할 수 있습니다. 사실, 지금 기억나는 것을 최대한 더듬어보면, 떠돌아다니는 영국 노처녀의 참 표본으로, 얼스터코트 비슷한 레인코트를 입고 있었습니다. 유럽 대륙에서 계속 마주치는 외래종 중 하나로, 영국을 제외하고 어디에나 있는 것 같습니다. 그래서 저는 영국이 특별히 수출용으로 그 사람들을 양산한다는 결론에 이르렀습니다. 어쨌든, 제가 자리에 채 앉기도 전에, 그 여자가 으르렁거리고 호통치는 듯 말했어요.

"무슈, 이 객차 담므 술르dames soules."[11]

아마 그 여자는 'dames seules(오직 여자들)'이라는 뜻으로 말했던 것 같은데, 당황한 저는 여자의 이상한 발음이 들리는 대로 받아들였습니다.

"Dames soûles!(술 취한 여자들!)" 저는 그렇게 말하며 겁먹은 채 여자들을 둘러보았습니다.

---

[11] 원문에 영어와 철자가 틀린 프랑스어가 혼용되어 쓰였다. 뒤이어 이 인물이 하는 말에는 원문에 모두 영어와 틀린 프랑스어가 섞여 있다.

칸에 있는 여자들이 킥킥거리기 시작했습니다.

제가 사랑에 빠진 여자의 어머니가 설명했어요. "저분 말은 이 칸이 여성 전용이라는 겁니다, 그래서 당연히 젊은 남자는 타면 안 된다는, 음, 여기서 담배를 피울 일은 없겠지만, 그래도……."

"아! 그게 문제라면 담배는 절대로 피우지 않겠습니다."

노처녀는 크게 충격을 받은 얼굴로 말했습니다. "노, 노! 나가, 나가, 아니면 소리 지를 거요!"

노처녀는 창에 대고 소리쳤습니다. "경비! 이 무슈 내보내요!"

차장이 문에 나타났습니다. 저에게 나가라고 명령했을 뿐만 아니라 제가 제2의 베이커 대령[12]인 양 창피하게도 저를 그 칸에서 쫓아냈습니다.

저는 너무 수치스럽고 자신이 너무 모멸스러워서 배가, 늘 예민하던 배가 그 충격 때문에 아주 뒤집어져서, 기차가 출발하자마자 처음에는 불편한 정도였다가, 조금 지나자 꾸르륵 소리가 나며 통증이 오고 마침내 아주 급해졌습니다. 앉지도 못한 채 최대한 배를 움켜잡고 있었어요.

---

12 영국 장교 밸런타인 베이커 대령 Valentine Baker, 1827~1887은 1875년 런던행 기차 안에서 이십 대 여성에게 강제로 키스하려 했다가 체포되었다. 이 사건 이후 영국에서 기차에 복도와 칸막이가 생겼다고 전해진다.

그다음에 벌어질 일이 두려워서 몸을 움직일 수도 없었죠.

시간이 좀 흐른 뒤에 기차가 몇 분 동안 정차했어요. 객실 문을 열어주는 차장도 없었죠. 저는 간신히 일어났어요. 차장은 안 보이고, 제가 볼일을 볼 수 있는 곳은 찾아볼 수 없었어요. 기차가 다시 출발할 때까지 저는 계속 어떻게 해야 할지만 고민했습니다.

제가 있는 객차에 다른 승객은 늙은 신사 한 명뿐이었습니다. 그 신사는 저한테 편히 있으라고 말하고, 저를 편하게 해주려 했는지, 잠들어서 팽이처럼 코를 골았습니다. 저는 혼자 있는 것이나 다름없었죠.

제 배를 비울 계획을 몇 가지 세웠습니다. 배는 매 순간 더 요동치고 있었습니다. 하지만 답이 될 만한 계획은 한두 개뿐이었죠. 그것도 실행에 옮길 수는 없었어요. 제 사랑하는 아가씨가 몇 칸 옆에서 수시로 창밖을 내다보았어요. 그 아가씨가 갑자기 제 얼굴 대신 제 엉덩이를 보게 할 수는 없었습니다. 같은 이유로 모자를 이탈리아 사람들이 부르는 comodina(요강)로 쓸 수도 없었어요. 바람이 그 아가씨 쪽으로 세차게 불고 있었어요.

기차가 다시 멈췄어요. 그렇지만 3분뿐이었어요. 3분 안에 뭘 하겠어요? 게다가 그런 복통에 말이죠. 또 정차. 2분. 속은 저를 쥐어짰고, 저는 더 이상 못 참을 지경이었어요.

기차가 출발하고, 또 정차했습니다. 6분. 지금이 아니면 절대 안 돼. 저는 뛰어내렸습니다.

시골 역이었고, 환승역인 게 분명했죠. 사람들이 쏟아져 나왔어요.

차장이 소리쳤습니다. "Les voyageurs pour XXX en voiture(XXX행 열차가 곧 출발합니다)."

저는 차장에게 물었습니다. "화장실이 어디죠?" 차장은 저를 기차 안으로 몰아넣으려 했습니다. 저는 빠져나와서 다른 역무원에게 똑같이 물었습니다.

역무원이 화장실을 가리키며 말했죠. "저기요. 그렇지만 서두르세요."

저는 거기로 달려갔습니다. 눈에 뵈는 것도 없었어요. 마구 달렸습니다. 문을 거칠게 확 열었습니다.

제 귀에 들린 것은, 처음에는 편안하게 내뱉는 신음이었습니다. 곧이어 첨벙 소리와 폭포 소리. 그리고 비명. 그제야 제 눈에 그 영국 노처녀가 보였습니다. 앉아 있는 게 아니고, 변기 위에 쭈그리고 있었습니다.

엔진 소리가 들리고, 종소리가 울렸습니다. 차장이 경적을 울리고, 기차가 움직이기 시작했습니다.

저는 최대한 빨리 달렸습니다. 그 뒤에 벌어질 일은 생각할 겨를도 없이, 흘러내리는 바지를 손으로 잡고 달렸죠. 뒤에서 영국 노처녀가 격분해서 빽빽거리며 쫓아왔습니다. 늙은 암탉한테 쫓기는 아주 작은 닭 신세였습니다.

―그리고…….

―사람들이 전부 객차 창 너머로 저의 불행을 비웃고 있었습니다.

며칠 뒤, 부모님과 함께 N 온천에 있는 벨뷔 펜션에 있을 때였죠. 저녁때 여러 사람이 앉는 넓은 식탁으로 갔는데, 앞서 말한 그 아가씨가 자기 어머니와 함께 앉아 있는 게 아닙니까. 게다가 그 모녀는 제 부모님이 평소에 앉던 자리 바로 맞은편 쪽에 앉아 있었습니다. 그 아가씨를 보자 당연히 제 얼굴은 시뻘게졌고, 제가 자리에 앉자 그 모녀는 서로 눈빛을 주고받으며 웃었습니다. 저는 더없이 불편해서 의자에서 꼼지락거리고, 손에 쥔 스푼을 실수로 떨어뜨렸습니다.

어머니는 제가 점점 벌게졌다가 핼쑥해지는 것을 보고 물었습니다. "왜 그러니, 카미유?"

"아, 아무것도 아니에요! 그냥…… 그냥…… 그러니까 그게, 제가…… 속이 안 좋아요." 저는 더 나은 핑계를 못 찾고 순간적으로 그렇게 속삭였습니다.

"속이 또?" 어머니가 조용한 목소리로 말했습니다.

"뭐? 카미유, 배가 아파?" 아버지가 평소처럼 퉁명스럽게 우렁찬 목소리로 말했죠.

저는 너무 창피하고 너무 당황스러웠죠. 그러면서도 배는 고팠고, 배에서 아주 무시무시하게 꾸르륵거리는 소리가 나기 시작했습니다.

식탁에 있던 모든 사람이 킥킥거리는 것 같았어요. 그때 별안간 귀에 익은, 사납게 딱딱거리는 새된 소리가 들렸습니다.

"웨이터, 저 무슈 식탁에서 불결한 말 못 떠들게 해요."

저는 목소리가 들리는 쪽을 흘긋 보았습니다. 아니나 다를까, 그 떠돌아다니는 끔찍한 영국 노처녀가 거기 있었습니다.

모두가 저를 보고 있었습니다. 저는 수치스러워서 식탁 아래로 숨고 싶었습니다. 하지만 참아야 했습니다. 마침내 긴 식사가 끝났습니다. 저는 제 방으로 갔습니다. 그날은 아는 사람을 만나지 않았습니다.

이튿날, 그 아가씨 모녀가 산책을 나와 있더군요. 아가씨는 저와 마주치자, 평소의 그 웃는 표정의 눈을 더 즐거운 듯 반짝였습니다. 저는 그 아가씨를 감히 쳐다볼 수 없었습니다. 평소라면 아가씨를 따라다녔겠지만, 그런 행동도 하지 않았죠.

펜션에는 다른 아가씨도 몇몇 있었습니다. 아가씨들끼

리는 금방 친해지더군요. 그 아가씨는 누구에게나 호감을 주는 사람이었습니다. 그와 반대로 저는 모든 사람을 꺼렸습니다. 제 사건이 알려졌을뿐더러 이야깃거리가 되었을 것이 틀림없었으니까요.

며칠 뒤 어느 오후, 저는 펜션의 넓은 정원에 있었습니다. 감탕나무 덤불 뒤에 숨어서, 저의 불운을 곰곰 생각하고 있었죠. 그때 뜻밖에도 리타가 보였습니다. 그 아가씨의 이름은 마르그리트였고, 애칭으로 리타라 불렸죠. 리타는 몇몇 아가씨들과 근처에서 걷고 있었습니다.

제가 리타를 알아보자마자 리타는 친구들에게 계속 가라고 말하고 자신은 뒤처져서 천천히 가기 시작했습니다.

리타는 걸음을 멈추고 일행에게서 등을 돌린 뒤, 옷을 무릎 위까지 올렸습니다. 조금 가늘지만 아주 예쁘고, 딱 붙는 검정 실크 스타킹으로 감싸인 다리가 드러났습니다. 말하기 민망한 부분에 고정되어 있던 스타킹 끈이 풀려서 리타는 그것을 다시 묶기 시작했습니다.

제가 몸을 굽히기만 하면 몰래 리타의 다리 사이를 엿보고, 속바지 틈을 통해 그 속을 볼 수도 있었죠. 하지만 그럴 생각은 전혀 들지 않았습니다. 사실, 저는 정말이지 리타도 다른 어떤 여자도 전혀 신경 쓰지 않았습니다. 오로지 이 생각뿐이었습니다. 바로 지금이 나를 보며 킥킥거릴 여자들 없이 리타에게 인사할 수 있는 때다, 리타가 혼자 있는 기회다. 그래서 저는 조용히 숨어 있던 곳에서 나와서 옆에 있는 길로 갔습니다.

모퉁이를 돌자, 제 눈을 믿을 수 없었습니다! 제가 반한 인물이 치마를 모두 조심스레 감아올리고, 다리를 넓게 벌리고, 땅에 쭈그리고 앉아 있었습니다.

─그럼 결국 본 것이…….

─분홍빛이 도는 살이 언뜻 보였고, 누런 액체가 쏟아져 내려서 거품을 많이 내며 자갈길로 흘러갔습니다. 물이 여러 줄기로 흘러가는 소리가 났습니다. 그리고 저의 등장을 반기는 것처럼, 뒤에서는 간드러지는 웅성거림이 들렸습니다.

─그래서 어떻게 하셨나요?

─언제나 우리는 해서는 안 될 일을 하고 해야 할 일을 하지 않죠. 저는 그게 기도서에 나올 법한 말이라고 생각하는데, 아닌가요? 눈치채지 못하게 사라져서 덤불 뒤에 숨은 채로 실개천이 흘러나오는 입구를 엿보는 대신, 저는 멍청하게도 그 자리에 가만히, 망연자실한 채, 말없이 서 있었습니다. 리타가 고개를 들었을 때에야 비로소 제 혀가 그 쓰임새를 되찾았습니다.

"오, mademoiselle! pardon!(아가씨! 죄송합니다!) 저는

정말이지 여기 계신 줄 몰랐습니다. 다시 말해서……."

"Sot…… stupide…… imbécile…… bête…… animal!(이런……바보 같은……멍청한……야만인……짐승!)" 리타는 프랑스 사람답게 야단스레 외치며 모란꽃처럼 빨개진 얼굴로 일어나 등을 돌렸는데, 그 노처녀가 앞에 딱 서 있었습니다. 길 반대편 끝에서 나타난 노처녀는 '오!' 하는 소리를 길게, 인사 대신 내뱉었습니다. 마치 요란한 무적소리 같았습니다.

―그래서…….

―그래서 제가 여성에게 품었던 유일한 사랑은 종말을 맞았죠.

3

―그럼, 텔레니를 알기 전에는 사랑을 해본 적이 없나요?
 ―전혀 없습니다. 그래서 한동안 저는 제 감정을 이해하지 못했죠. 나중에 돌아보면서, 이미 오래전에 사랑의 자극을 흐릿하게 느끼기는 했다고 결론지었지만, 늘 동성이 대상이었기 때문에 그것이 사랑이라고 의식하지 못했던 겁니다.
 ―동년배의 어린 남자에게서 느꼈습니까?
 ―아뇨, 늘 성인 남자들, 근육질의 다부진 이들에게 느꼈습니다. 어릴 때부터 거대한 팔다리, 잔물결을 이루는 근육, 강인한 힘의 권투 선수 타입 남자들을 갈망했습니다. 야수 같은 힘을 갈망했죠.
 처음 깊이 빠진 사람은 젊은 헤라클레스 같은 푸주한으

로, 저희 집에 하녀를 만나러 자주 왔었죠. 그 하녀는 지금 기억하기로는 예쁜 아가씨였습니다. 푸주한은 단단한 근육질 남자로, 팔이 우람했습니다. 황소도 한주먹에 쓰러뜨릴 것 같았죠.

저는 몰래 지켜보곤 했습니다. 구애하는 그 사람의 표정 하나하나를 눈여겨보고, 그 사람이 느끼는 욕정을 저도 느꼈습니다.

저 멍청한 하녀한테 농담을 걸지 말고 나랑 이야기하면 얼마나 좋을까! 저는 그 하녀를 아주 좋아했지만 질투를 느꼈습니다. 가끔 푸주한이 저를 안아서 간지럽힐 때도 있었습니다. 그렇지만 아주 드물었죠. 어느 날, 푸주한이 흥분해서 하녀한테 키스하려고 했지만 성공하지 못했어요. 그러자 저를 안아서 저의 입술에 자기 입술을 탐욕스럽게 눌렀습니다. 갈증으로 목이 타는 듯 저한테 키스했죠.

저는 아주 어렸지만, 그 일로 분명히 발기했던 것 같습니다. 심장이 팔딱거렸던 기억이 납니다. 제가 고양이처럼 그 사람 다리에 몸을 비비고, 허벅지 사이에 따뜻하게 앉고, 개처럼 그 사람의 냄새를 맡고, 혹은 그 사람을 쓰다듬고 다독거릴 수 있었을 때 느꼈던 즐거움이 지금도 떠오릅니다. 그렇지만 오호통재라! 그 사람은 저한테 거의 관심을 두지 않았습니다.

어릴 적 저의 가장 큰 기쁨은 목욕하는 남자들을 보는 것이었습니다. 남자들한테 달려가고 싶은 마음을 간신히 참았습니다. 남자들의 온몸을 만지고 키스하고 싶었는데……. 완전히 벗고 있는 남자라도 보면 정신을 못 차렸습니다.

저는 남근에 반응했습니다. 몸이 아주 뜨거운 여자들의 반응과 비슷할 것이라고 생각합니다. 남근을 보면 실제로 입에 침이 고였습니다. 특히 건장한 큰 것, 포피에 덮이지 않은, 두툼하고 굵은 귀두가 있는 것을 보면요.

그럼에도 불구하고 제가 여자가 아닌 남자를 사랑한다고는 전혀 생각하지 못했습니다. 제가 느끼는 것은 뇌의 경련이라고, 그 경련이 제 눈에 광기, 짐승 같은 쾌락, 맹렬한 욕정으로 가득한 불을 지피는 것이라고 생각했죠. 사랑은 응접실에서 조용히 시시덕거리는 것, 부드럽고 감상적이고 아름다운 것, 제 안에 불타고 있던 분노와 증오로 가득한 열정과 아주 다른 것이라고 생각했습니다. 한마디로 최음제보다 진정제에 훨씬 가깝다고 생각했죠.

―그렇다면, 여자와 잔 적은 없겠군요.

―아, 아닙니다! 몇 번 있었어요. 제가 원해서 하기보다 어쩌다 그렇게 된 일이었지만요. 어쨌든 제 또래 프랑스 남자들에 비해 제가 조금 늦됐죠. 저희 어머니는 쾌락을

더 추구하는 아주 가벼운 사람이라는 평판을 받고 있지만, 제 양육에 있어서는 고리타분하고 따분하고 까다로운 많은 여자들보다 훨씬 신중했습니다. 어머니는 늘 관찰력이 뛰어나고 눈치가 빨랐거든요. 저는 어떤 학교에서도 기숙사에 들어가지 않았습니다. 대개 그런 장소는 악의 온상일 뿐이라는 사실을 어머니가 잘 알고 있었기 때문입니다. 남자든 여자든 기숙생이라면 누구나 동성애와 자위로 인생을 시작하죠.

어머니는 제가 아버지의 방탕한 기질을 물려받았을까 봐 걱정했습니다. 유혹이 될 만한 것을 저와 가까이 두지 않으려고 일찌감치 애썼어요. 저를 나쁜 것들에서 떼어놓는 데에는 실제로 성공했죠.

그래서 저는 열다섯, 열여섯 살 때 제 동급생 누구보다도 훨씬 순진했습니다. 그렇지만 더 방탕한 척, 심드렁해질 만큼 다 겪은 척하며 제 완벽한 무지를 간신히 숨겼죠.

급우들이 여자 이야기를 할 때마다, 사실 급우들은 매일 여자 이야기를 했죠, 저는 다 안다는 듯 빙긋 웃고 있었습니다. 그래서 급우들은 '물은 깊을수록 소리가 없다'는 결론을 내렸습니다.

—아무것도 모르는 상태였고요?
—넣었다가 빼는 일이라는 것만 알고 있었죠.

열다섯 살 때, 저희 집 정원에 있을 때였어요. 저는 집 뒤쪽 도로와 면한 작은 공터를 배회하고 있었습니다.

이끼 낀 풀밭은 벨벳 카펫처럼 부드러워서 발소리도 들리지 않았죠. 제가 종종 걸터앉곤 하는 개집이 있었습니다. 쓰지 않는 낡은 개집이었죠. 어느새 그 앞이었습니다.

그 안에서 소리가 났습니다. 가만히 귀를 기울였어요. 그러자 여자아이의 목소리가 들렸습니다.

"넣었다가 빼. 또 넣었다가 빼고. 그렇게 한참 계속해."

대꾸하는 소리가 났습니다. "못 집어넣겠어."

다시 여자아이가 말했죠. "자, 내가 손으로 구멍을 넓게 벌렸어. 넣어. 쭉 넣어. 더, 더, 최대한 쭉 넣어."

"저기…… 손가락을 치워야지."

"자…… 다시 빠졌네. 넣어봐."

남자아이의 목소리가 투덜거렸죠. "못 하겠어. 구멍이 닫혔어."

"밀어 넣어."

"내가 왜 넣어야 돼?"

"음, 우리 언니가 어떤 군인이랑 아주 친한데, 둘만 있을 때 늘 그렇게 해. 수탉이 암탉한테 뛰어올라서 쪼는 거 못 봤어? 우리 언니랑 군인도 그렇게 해. 키스하고 또 키스하는 것만 달라. 한참 지난 다음에는 그걸 해."

"군인은 항상 그걸 넣었다가 빼고?"

"물론이지. 마지막에 언니가 군인한테 안에서 끝내면 안 된다고 말해. 애가 생길지도 모르니까. 너, 나랑 친해지고 싶다면서? 나랑 친하게 지내고 싶으면 그걸 넣어. 안 되겠으면 손을 써서 해. 그렇지만 안에서 끝내지 않게 조심해. 애가 생길지 모르니까."

그때 저는 안을 엿봤습니다. 저희 집 정원사의 막내딸, 열 살이나 열두 살인 여자애가 누워 있고, 일곱 살쯤 된 거지 아이가 그 위에 올라타서 여자애가 시키는 대로 하려고 애쓰고 있었어요.

그게 최초의 수업이었어요. 그때쯤에는 저도 연인인 남녀가 뭘 하는지 어렴풋이 눈치채고 있었죠.

—그 일을 더 알고 싶은 호기심은 느끼지 않았나요?

—아, 느꼈죠! 유혹에 굴복하고, 친구들이 여자들을 만나러 갈 때 동행할 뻔한 적이 많았죠. 친구들은 여자 얘기를 할 때면, 콧소리를 섞고 낮게 깐 음탕한 목소리로 여자들의 매력을 극찬하고 온몸을 이상하게 부르르 떨었어요. 하지만 친구들이나 여자들의 비웃음을 사지 않을까 두려워서 단념했어요. 저는 경험이 없어 여자와 무엇을 해야 하는지 아무것도 몰랐으니까요. 리카이니온이 다가와서 사랑의 신비를 접하게 만들기 전의 다프니스[13] 같았죠. 그

런 일에 갓난아이가 젖을 찾는 것 이상의 노력이 필요하지도 않은데 말이죠.

— 그래서 언제 처음 매음굴에 갔나요?

— 저희 이마에 신비한 월계관이 씌워진 대학 졸업 때였습니다. 각자의 인생길로 떠나기 전, 저희는 전통에 따라서 송별회 저녁을 먹으며 즐거운 시간을 보냈습니다.

— 네, 카르티에 라탱[14]에서 나눈 즐거운 저녁 식사들은 저도 기억합니다.

— 식사가 끝나고…….

— 모두 어느 정도 술에 취했을 때…….

— 맞습니다. 밤의 유흥을 주는 곳으로 가자는 데 의견이 모였죠. 저는 평소에 어떤 농담이든 잘 받아치는 사람이고 그날은 꽤 들떴지만, 그래도 좀 소심했고 친구들의 비웃음과 매독의 위험에 노출되는 것보다 친구들을 따돌리는 게 좋겠다고 생각했습니다. 그런데 무슨 수를 써도 친구들을 떼어낼 수 없었어요.

---

13   고대 그리스 작가 롱고스Longos의 소설 《다프니스와 클로에》에 등장하는 목동. 여자와 사랑을 나눈 경험이 없어 농부의 아내 리카이니온에게 배운다. 우여곡절 끝에 어려서부터 함께 자란 클로에와 결혼해 행복한 결말을 맞이한다.
14   파리 센강 왼쪽에 있으며, 중세 시대부터 학문의 중심지로 여겨지고 파리의 여러 대학교가 있는 곳

친구들은 저한테 음흉하다고 하며, 제가 정부, 예쁜 grisette(창녀), 화려한 cocotte(매춘부) — 아직 horizontale(윤락녀)라는 용어가 유행하지 않을 때였어요 — 와 저녁을 보내려 한다고 상상했죠. 어떤 친구는 제가 엄마의 치마끈에 붙잡혀 있고, 아빠한테서 집 열쇠를 못 받았다고 했습니다. 다른 친구는 아레티노[15]의 노골적인 표현을 빌려 제가 집에 가서 menarmi la rilla(성기를 흔들다. '자위'를 가리킨다)를 하려 한다고 말했죠.

저는 빠져나가는 게 불가능하다는 것을 깨닫고 동행에 선선히 동의했습니다.

나이는 젊지만 기교에서는 늙은, 열여섯에 벌써 — 나이 든 수고양이처럼 — 사랑의 싸움에서 한쪽 눈이 먼, 매독 바이러스가 눈에 들어갔죠, 비우라는 친구가 진짜 카르티에 라탱의 알려지지 않은 삶의 모습을 보여주겠다고 했습니다.

"우선, 아주 싼값에 재미를 볼 수 있는 곳으로 데려갈게. 거기서 시동만 걸고 그다음에는 다른 집으로 가서 권총을 발사해야지. 아, 연발총이라고 해야 하나? 내 총은 일곱 발을 쏠 수 있으니까!"

---

[15] 피에트로 아레티노 Pietro Aretino, 1492~1556. 이탈리아의 시인이자 극작가, 소설가. 당대의 권세가들을 풍자했고 외설 문학을 발표했다.

그 친구의 외눈은 기쁨으로 반짝였고, 그 말을 하는 동안 그 친구의 바지가 안쪽에서부터 들썩거렸습니다. 저희는 모두 그 제안에 찬성했죠. 특히 저는 꽤 기뻤습니다. 처음 집에서는 구경만 해도 될 것 같았으니까요. 그렇지만 어떤 광경이 펼쳐질지는 알 수 없었죠.

헝클어진 좁은 도로, 골목, 샛길을 끝없이 지나갔습니다. 형편없는 집의 지저분한 창문 너머, 화려한 옷을 입고 화장을 짙게 한 여자들이 보였습니다.

밤이 이슥해지면서 모든 상점 문이 닫혀 있었습니다. 식료품점들만 문을 열고 튀긴 생선, 홍합, 감자를 팔았습니다. 흙과 동물 지방과 뜨거운 기름에서 풍기는 역겨운 냄새는 길 한가운데에 있는 오수 구덩이와 시궁창 악취에 뒤섞였습니다.

가로등도 드문 도로의 어둠 속에서 음악이 들리는 카페와 비어홀들이 가스등의 붉은 빛을 뿜었습니다. 그 앞을 지날 땐 술과 담배와 시큼한 맥주 냄새가 밴 후텁지근하고 밀도 높은 공기가 느껴졌습니다.

거리마다 잡다한 사람들이 가득했습니다. 못생긴 얼굴을 찡그리고 취해서 비틀대는 남자들, 흐트러진 모습의 성질 못된 여자들이 있고, 파리한 혈색에 조숙하고 무기력한 아이들은 모두 찢기고 해진 옷을 입고 음탕한 노래를 불렀습니다.

마침내 빈민가 같은 곳에 도착했습니다. 마차들이 낮은 집 앞에 줄지어 있었습니다. 집은 어릴 때 뇌에 물이 차서 앓은 듯 눈썹이 돌출한 모습이었습니다. 겉모습이 괴상했고, 게다가 주홍색 페인트가 여러 군데 벗어져서 딱지가 마구 앉는 혐오스러운 피부병에 걸린 듯했죠. 이 끔찍한 휴양지가 스스로 그 벽 안에 병이 만연해 있다고 방문객에게 경고하는 것 같았습니다.

작은 문으로 들어가 미끌거리며 지저분한, 구불구불한 계단을 올라갔습니다. 가스등 불빛은 천식에 걸린 듯 깜박거렸습니다. 난간은 건드리기도 싫었지만, 계단이 미끌거려서 난간을 잡지 않고는 올라갈 수가 없었습니다.

층계를 오르자 잿빛 머리의 할망구가 퉁퉁하지만 핏기 없는 얼굴로 인사했습니다. 제가 그 노파에게 그토록 심한 혐오감을 느낀 이유가 무엇인지, 지금도 모르겠습니다. 아마도 벌겋게 부은 속눈썹 없는 눈, 심술궂은 표정, 그 여자의 직업 등이 이유였겠죠. 그렇지만 무엇보다 그렇게 굴ghoul[16]과 비슷한 존재는 평생 본 적이 없었기 때문이었습니다. 이 빠진 잇몸, 축 늘어진 입술. 입이 문어 빨판 같았어요. 너무 역겁고 더러웠습니다.

노파는 질 낮은 인사와 아부를 늘어놓으며 저희를 반긴 뒤, 천장이 낮고 야한 방으로 몰았습니다. 요란한 석유등 불빛이 방 전체를 상스럽게 밝히고 있었어요.

창에 드리운 지저분한 커튼, 낡은 안락의자 몇 개, 심하게 얼룩지고 닳은 긴 소파 하나가 가구의 전부였습니다. 사향과 양파가 섞인 악취가 났어요. 그렇지만 그때 저는 조금 강한 상상력을 발휘해서 다른 냄새들을 전부 뒤덮은 역겨운 사향 냄새 속에서도 페놀과 요오드 냄새를 감지할 수 있었습니다. 아니면 감지했다고 생각했는지도 모르죠.

그 방에는…… 뭐라고 불러야 할까? 세이렌? 아니, 하르피아아[17]가 좋겠네요! 하르피아이 여럿이 웅크리고 있거나 누워 있었어요.

무심하고 blasé(심드렁한) 표정을 지으려고 애썼지만, 제가 느낀 공포가 얼굴에 다 드러났을 겁니다. 저는 혼자 생각했습니다. '사람들이 그토록 격찬하던 그 즐거운 쾌락의 집이 이런 곳이었어?'

창백하거나 부은 얼굴에 화장을 짙게 한 이제벨[18]들이

---

17 그리스 신화에 나오는, 여자의 머리와 몸에 새의 날개와 발을 가진 괴물
18 열왕기에서 이스라엘 왕 아합의 아내 이제벨은 야훼를 믿지 않고 바알의 선지자들을 믿도록 강요한 인물로, 화장을 짙게 한 여성이나 매춘부를 가리키는 말로 쓰이기도 한다.

그 파포스[19]의 처녀들, 마법 같은 매력으로 감각을 기쁨에 떨게 하는 베누스의 아름다운 숭배자들, 가슴에 안긴 남자를 황홀경에 빠트려 극락을 맛보게 하는 요염한 여자들이라니.

완전히 어리둥절해진 제 표정을 본 친구들이 저를 놀리기 시작했어요. 그래서 저는 앉아서 멍청한 미소를 지으려 했죠.

그 괴물들 중 셋이 한꺼번에 저한테 다가왔어요. 하나는 제 목에 팔을 감고 키스하면서 더러운 혀를 제 입안에 찔러 넣으려 했어요. 다른 둘은 더없이 음란하게 제 몸을 더듬기 시작했죠. 제가 저항할수록 더 작정하고 덤비며 저를 라오콘[20]으로 만들려 하는 것 같았어요.

―그런데 왜 혼자 희생자가 되었습니까?

―모르겠어요. 제가 너무 천진난만하게 겁먹었기 때문이거나 겁에 질린 제 얼굴을 친구들이 모두 비웃었기 때문일 겁니다.

그 불쌍한 여자들 중 하나는 키가 크고 피부색이 짙었는데, 아마 이탈리아 사람이었을 거예요. 그 여자는 틀림없이 결핵 말기 환자였어요. 정말 그냥 해골 같았죠. 얼굴

---

19 로마 신화에서 미의 여신 베누스의 탄생지
20 그리스 신화에서 큰 뱀에게 칭칭 감겨 질식해 죽는 트로이의 제사장

을 온통 가면처럼 하얗고 빨갛게 뒤덮은 화장이 아니었다면 예전에는 미인이었을 것 같은 흔적이 남아 있었어요. 그렇지만 그때 그 여자의 모습은 그런 광경에 익숙하지 않은 사람한테 깊은 동정심밖에 불러일으킬 게 없었죠.

두 번째 여자는 빨간 머리에 수척하고 수두 자국이 있었으며 사팔뜨기에 역겨웠습니다.

세 번째 여자는 늙고 땅딸막하고 뚱뚱했습니다. 그냥 지방 덩어리 같았죠. 캉티니에[21]라는 이름으로 통했습니다.

첫 번째 여자는 prassino, 즉, 풀색 옷을 입었고 빨간 머리 매춘부는 예전에 파란색이었을 가운을, 늙은 창부는 노란색으로 몸을 감쌌습니다.

모두 아주 형편없는 옷들이었습니다. 게다가 걸쭉하고 끈적끈적한 액체로 곳곳에 커다란 얼룩이 있었어요. 부르고뉴의 달팽이들이 전부 그 위를 기어다닌 것 같았어요.

조금 더 젊은 여자 둘은 간신히 떨쳐놓았지만, 캉티니에에게서 벗어나는 데는 성공하지 못했습니다.

그 여자는 자신의 매력과 간단한 애무가 전부 저에게 통하지 않자, 더 필사적인 방법으로 저의 둔한 감각을 일

---

[21] cantinière, 프랑스 군대에서 매점이나 식당을 담당하는 여성을 가리키는 말로 쓰였으며 지금은 사라졌다. 1800년대 중반에는 프랑스 군을 상징하는 이미지로 알려졌다.

깨우려 했습니다.

앞서 말했듯이 저는 낮은 소파에 앉아 있었는데, 그 여자는 제 앞에 서서 옷을 허리까지 끌어올리고 그때까지 숨겨두었던 볼거리를 전부 드러냈습니다. 그때 처음으로 저는 벌거벗은 여자를 보았습니다. 아주 혐오스러웠죠. 지금 생각하면, 그 여자의 아름다움이란 '술람밋'에 비견할 만했어요.[22] 목은 '다윗 탑' 같고,[23] 배꼽은 '동그란 잔', 배는 '나리꽃으로 둘린 밀 더미'와 비슷했습니다.[24] 허리에서 시작해서 무릎까지 이어지는 털은—솔로몬의 신부의 머리털처럼—염소 떼 같지는 않았지만, 그 수량을 보자면, 분명, 커다란 검은 양의 거죽 같았습니다.[25]

그 여자의 다리는—성서에 묘사된 것과 유사하게—아래위 굵기가 똑같은 거대한 기둥 두 개로, 무릎이나 종아리의 표시는 어디에도 없었습니다. 몸 전체가 사실, 거대한, 흔들거리는 지방 덩어리였어요. 냄새는 딱히 레바논의 냄새라 할 수는 없었지만, 사향, 파촐리, 썩은 생선과 땀이

---

[22] 아가 7:1 "돌아와요, 돌아와요, 술람밋이여. 돌아와요, 돌아와요, 우리가 그대를 바라볼 수 있도록"
[23] 아가 4:4 "다윗 탑 같은 그대의 목은 층층이 잘도 지어졌구려"
[24] 아가 7:3 "그대의 배꼽은 동그란 잔 향긋한 술이 떨어지지 않으리라. 그대의 배는 나리꽃으로 둘린 밀 더미"
[25] 아가 6:5 "그대의 머리채는 길앗을 내리닫는 염소 떼 같다오"

섞인 냄새인 것은 확실했습니다. 그렇지만 제 코가 털에 더 가까워지자 썩은 생선 냄새가 지배적이었어요.

그 여자는 제 앞에 잠시 서 있다가 한두 걸음 더 가까이 다가와서, 한쪽 발을 소파에 올려서 다리를 벌리고, 축축하고 차갑고 살찐 양손으로 제 머리를 잡았습니다.

"Viens mon chéri, fais minette à ton petit chat(이리 와, 내 사랑, 내 보지를 빨아줘)."

여자가 그렇게 말하는 동안, 저는 검은 털 뭉치를 보았습니다. 거대한 검은 입술 두 개가 나타나더니, 벌어졌어요. 그 불룩한 입술―그 안쪽의 색과 모양은 푸줏간의 썩은 고기 같았어요― 안에 발기한 개의 음경 끝 같은 것이 제 입술 쪽으로 튀어나와 있는 게 보였어요.

친구들이 일제히 웃음을 터뜨렸습니다. 왜 그러는지 저는 이해할 수 없었죠. minette(귀여운 것)[26]가 뭘 가리키는 것인지, 아니, 늙은 창녀가 저한테 뭘 원하는지 전혀 몰랐으니까요. 그렇게 혐오스러운 것이 어떻게 농담이 될 수 있는지도 이해할 수 없었어요.

―자, 그래서 그 즐거운 밤은 어떻게 끝을 맺었나요?

―술을 주문했습니다. 맥주와 증류주를 주문하고, 이름만 샴페인인, 햇살 밝은 프랑스 포도밭에서 나오지 않은

---

26 'fais minette à'는 숙어로 '오럴 섹스를 하다'라는 뜻이다.

게 분명한, 그렇지만 여자들이 아주 많이 마시던, 거품 있는 술도 몇 병 주문했습니다.

여자들은 어떻게든 우리가 즐기지 않고 그 집을 나가지는 않도록 하려고, 또 우리 주머니에서 돈을 더 뜯어내려고, 자기들끼리 뭘 보여주겠다고 하더군요.

그건 확실히 보기 드문 광경이었습니다. 그리고 우리가 이 집에 온 이유이기도 했죠. 친구들은 만장일치로 좋다고 했습니다. 그러자 늙은 지방 덩어리가 옷을 벗고 완전히 알몸이 됐습니다. 그리고 엉덩이를 흔들었어요. 개미허리 동방 무희를 형편없이 흉내 내는 모습이었습니다. 결핵 걸린 말라깽이도 뒤따라 옷을 벗고 몸을 흔들었습니다.

돼지의 축 늘어진 거대한 지방이 엉덩이 양쪽에서 펄럭이는 광경에, 마른 창녀가 한 손을 들어서 그 돼지의 엉덩이를 찰싹 쳤습니다. 그 손은 버터 덩어리 안으로 들어가듯 쑥 들어갔어요.

캉티니에가 말했습니다. "아! 이런 거 좋아하시죠?"

그리고 캉티니에는 친구의 엉덩이를 더 세게 찰싹 때렸습니다.

그러자 결핵 여자는 방을 뛰어다니기 시작하고, 캉티니에는 아주 짜증나는 모양새로 뒤뚱뒤뚱 그 뒤를 쫓으며, 서로 때리려고 애썼습니다.

늙은 창녀가 비우 옆을 지나갈 때, 비우는 그 여자를 손바닥으로 소리 나게 찰싹 쳤어요. 그러자 곧이어 다른 학생들도 그걸 따라 했죠. 이 태형 놀이에 몹시 신이 난 것이 분명했어요. 두 여자의 엉덩이가 진홍색이 될 때까지 계속됐습니다.

마침내 캉티니에가 친구를 간신히 붙잡은 뒤, 앉아서 친구를 자기 무릎에 누이고, 말했습니다. "자, 친구, 이제 실컷 맛봐."

그리고 그 말대로 친구를 실컷 때렸습니다. 뚱뚱한 작은 손으로 있는 힘을 다해서 세차게 때린 겁니다.

그러다가 젊은 여자가 간신히 몸을 일으켰습니다. 그때부터 두 여자는 서로 키스하고 애무하기 시작했어요. 허벅지와 허벅지, 가슴과 가슴을 맞댄 자세로 한참 서 있었어요. 그다음에 소위 '베누스의 산'이라는 아랫도리를 덮은 무성한 털을 옆으로 빗고, 툭 튀어나온 두툼한 갈색 입술을 벌리고, 서로 클리토리스를 맞댔습니다. 여자들의 손길에 클리토리스는 기뻐서 흔들렸습니다. 그리고 서로 팔로 등을 어루만지며, 입을 가까이 대고 악취 나는 숨을 불어대며, 번갈아 상대의 혀를 빨며, 세차게 몸을 비비기 시작했어요. 몸을 꼬고 비틀고 떨며 온갖 기묘한 자세들을 취했는데, 한편으로 생각하면 두 사람이 느끼는 쾌감이 너무 커서 그냥 서 있기는 힘들었을 겁니다.

마침내 결핵 여자가 양손으로 상대의 둔부를 움켜쥐다가 거대한 엉덩이를 벌리고 소리쳤습니다.

"Une feuille de rose(장미 꽃잎)."

물론 저는 그 말이 몹시 아리송했습니다. 저는 혼자 자문했습니다. 집 안 어디에서도 꽃 한 송이 보이지 않는데, 어디 장미 꽃잎이 있다는 거야? 그리고 혼자 생각했죠. 장미 꽃잎이 있다면, 그걸로 뭘 하겠다는 거지?

그 궁금증은 오래가지 않았습니다. 캉티니에도 친구가 자신에게 한 그대로 친구에게 돌려주었습니다. 그때 다른 창녀 둘이 와서, 벌어져 있는 엉덩이 앞에서 무릎을 바닥에 댄 채, 검은색 작은 항문에 혀를 대고 핥기 시작했습니다. 애무를 하는 창녀들, 받는 창녀들, 그것을 구경하는 사람들 모두가 쾌락에 빠졌죠.

무릎을 꿇은 여자들은 서 있는 창녀들의 다리 사이로 검지손가락을 넣어서 그 입술 끄트머리를 열심히 문지르기 시작했습니다.

이렇게 결핵 여자는 애무하면서, 키스하면서, 혀와 손가락으로 자극을 받으면서, 격하게 몸을 비틀기 시작했습니다. 헐떡이고 흐느끼고 쾌감과 기쁨과 거의 고통의 비명을 지르다가, 반쯤 기절하는 상태에 이르렀습니다.

"Aïe, là, là, assez, aïe, c'est fait(아야, 거기, 거기, 그만, 아야, 그렇지)." 이어서 신음, 비명, 외마디 소리, 뜨거운 환희와 참을 수 없는 쾌락의 소리.

"이제 내 차례야." 캉티니에가 말하고, 소파에 누워서 몸을 쭉 뻗고 다리를 넓게 벌렸습니다. 두꺼운 검은색 입술이 넓게 벌어지고, 클리토리스가 드러났어요. 클리토리스의 크기가 어찌나 큰지, 당시 그런 것에 무지했던 저는, 그것이 발기 때문인 줄 모르고 그 여자가 남녀추니라고 단정지었습니다.

캉티니에의 친구인 다른 gougnotte(여자 동성애자) — 저는 이 표현을 그때 처음 들었습니다 — 는 아직 정신을 다 차리지 못했음에도 캉티니에의 다리 사이로 얼굴을 가져가서, 그 아래 입술에 입술을, 그 단단하고 붉고 축축하고 까딱거리는 클리토리스에 혀를 댔습니다. 그리고 자기 둔부에도 다른 창녀의 입이 닿을 수 있게 자세를 바꿨습니다.

꿈틀거리고 움찔거리고 문지르고 부딪치면서 털이 빠져서 소파뿐 아니라 바닥에도 흩어졌습니다. 서로 꽉 껴안고, 상대의 뒤쪽 구멍에 손가락을 넣고, 가슴의 젖꼭지를 비틀고, 상대의 몸에서 살이 많은 곳에 손톱을 박았습니다. 성적으로 격하게 흥분한 두 명의 마이나데스[27] 같았어

---

27 그리스 신화에서 디오니소스의 시중을 드는 여자

요. 그리고 두 사람의 울부짖음을 누르는 것은 격한 키스뿐이었습니다.

두 사람의 욕정은 끝없이 더 강해지는 것 같았지만, 꼼짝 못할 정도는 아니었습니다. 뚱뚱하고 거친 늙은 창녀는 더 즐기려는 갈망에 휩싸여 양손으로 온 힘을 다해 연인의 머리를 눌렀습니다. 그 머리를 자기 자궁에 다 집어넣을 기세였어요.

그 광경이 아주 혐오스러워서, 저는 보지 않으려고 고개를 옆으로 돌렸습니다. 그렇지만 주위에 보이는 모습이 오히려 더 역겨웠습니다.

창녀들이 젊은 남자들의 바지를 모두 벗겨놓은 상태였습니다. 생식기를 만지작거리거나, 고환을 애무하거나, 엉덩이를 핥는 여자들도 있었어요. 무릎을 꿇고 그 커다랗고 두툼한 남근을 탐욕스레 핥고 있는 여자도 있었습니다. 한 친구의 무릎 위에 다리를 벌리고 올라앉아서, 아기 점프 의자에 타고 있는 양 몸을 들썩이는 여자도 있었습니다. 그게 분명 창녀들의 경주였겠죠. 그리고 (매춘부의 수가 부족했는지, 아니면 재미로 그랬는지) 한 여자가 동시에 두 남자를 한 명은 앞으로, 한 명은 뒤로 상대하고 있었습니다. 다른 무시무시한 모습들도 있었지만, 전부 볼 시간도 없었습니다.

게다가 대다수가 이미 술에 취한 채 이곳에 와서 샴페인과 압생트와 맥주를 마신 터라, 속이 울렁거리고 메슥거리고 딸꾹질을 하고 결국 토하고 있었습니다.

이 구역질나는 광경 한가운데에서 결핵 창녀는 히스테릭한 발작을 일으키며 울부짖는 동시에 흐느꼈고, 뚱뚱한 창녀는 완전히 흥분해서 결핵 창녀가 얼굴을 빼지 못하게 했습니다. 결핵 창녀가 그때까지 혀를 대고 있던 곳에 코를 대자, 뚱뚱한 창녀는 그 코에 온 힘을 다해 자기 몸을 비비며 소리쳤습니다.

"핥아, 더 세게 핥아, 이제 기분이 좀 오르는데 혀를 빼지 마. 그래, 절정에 오르고 있어. 핥아, 빨아, 물어."

그러나 광란의 발작에 빠진 송장 같은 불쌍한 이는 간신히 머리를 뺐습니다.

"Regarde donc quel con(저 엄청난 보지 좀 봐)." 비우가 거품에 덮이고 끈끈한 검은 털 한가운데에서 떨고 있는 살덩어리를 가리키며 말했습니다. "내가 무릎을 넣어서 살살 문지를게. 자, 잘 봐!"

비우가 바지를 벗고 자기 말을 행동에 옮기려는 순간, 기침 소리가 약하게 들렸습니다. 기침 소리에 바로 뒤이어 귀를 찢는 듯한 비명이 울렸어요. 무슨 일인지 파악하기도 전에, 거친 늙은 창녀의 몸이 온통 피에 뒤덮였습니다. 발작하던 송장 같은 말라깽이의 혈관이 터졌고, 죽어가고…… 죽어가고…… 결국 죽어버렸어요!

굴 같은 여자가 핏기 없는 얼굴로 말했습니다. "아! la sale bougre(빌어먹을 년)! 저년이 죽어버렸네. 나한테 빚진 돈이……."

그 여자가 말한 액수는 기억나지 않네요. 어쨌든 캉티니에는 인사불성으로 스스로도 어찌할 수 없게 광분해서 계속 몸부림치며 몸을 배배 꼬고 비틀었습니다. 그러나 결국 따뜻한 피가 자궁으로 흐르고 흥분한 사지를 적시는 것을 느끼고, 헐떡거리고, 비명을 지르고, 쾌락에 펄쩍 뛰기 시작했습니다. 사정이 일어나고 있었죠.

이렇게 해서 한 사람이 죽으며 내는 소리가 다른 사람의 헐떡거리고 헉헉거리는 소리와 뒤섞이게 되었습니다.

그 혼란 속에서 저는 빠져나왔습니다. 그런 밤의 유흥을 주는 집을 다시 방문하는 유혹을 영원히 해결했죠.

4

―다시 우리 이야기로 돌아가죠. 텔레니는 언제 다시 만났나요?

―그 뒤로 한동안은 못 봤습니다. 사실, 계속 저는 거부할 수 없게 텔레니에게 끌렸고, 종종 견딜 수 없을 만큼 그 충동이 강력했지만, 그래도 텔레니를 피했습니다.

그가 사람들 앞에서 연주할 때마다, 들으러 갔습니다. 아니, 보러 갔습니다. 그리고 텔레니가 무대에 있는 그 짧은 순간 동안만 저는 살아 있었습니다. 제 안경은 텔레니에게 고정되었고, 제 눈은 텔레니의 아름다운 모습, 젊음과 생명력과 남자다움으로 가득한 모습에 기뻐했습니다.

그 아름다운 입과 벌어진 입술에 제 입술을 누르고 싶은 갈망이 너무 강해서 늘 음경이 축축해졌습니다.

때때로 우리 사이의 거리가 줄어들고 짧아져서 그이의 따뜻하고 향기로운 숨을 제가 들이마실 수 있을 것 같았습니다. 아니, 제 몸에 닿는 텔레니의 몸이 실제로 느껴지는 것 같았죠.

그 사람의 살갗이 제 살갗에 닿는다는 생각만으로 생긴 느낌이 제 신경계를 흥분시켰습니다. 헛된 쾌감에 처음에는 제 온몸이 기분 좋게 저릿저릿하다가, 계속되면서 곧, 무지근한 통증으로 변했습니다.

텔레니는 제가 객석에 있는 것을 늘 느끼는 것 같았습니다. 한결같이 그 눈은 저를 좇았고 아무리 사람이 많아도 그 속을 꿰뚫고 저를 찾아냈습니다. 하지만 그 사람이 저를 실제로 볼 수 없다는 것도 저는 알고 있었습니다. 저는 늘 구석에, 오케스트라석, 발코니석, 칸막이 특별석 등등의 아래쪽에 몸을 숨기고 있었으니까요. 그래도 제가 어디에 있든, 그 사람의 시선은 항상 제 쪽을 향했습니다. 아, 그 눈!

어두운 우물물처럼 알 수 없는 그 눈. 지금도, 이렇게 오랜 세월이 흘렀는데도, 그 눈을 생각하면 제 가슴은 뛰고, 그 눈 생각에 머리가 아찔합니다. 누구라도 그 눈을 보았다면, 시인들이 늘 말하는 '불타는 나른함'이 정말 무슨 의미인지 이해했을 겁니다.

제가 자랑스럽게 생각하는 게 있습니다. 그 자선 연주회 이후, 텔레니는 이전보다 훨씬 뛰어나고 훨씬 훌륭하게 — 이론적으로 더 정확하게는 아니더라도 — 연주했습니다.

텔레니는 그 관능적인 헝가리 멜로디에 자신의 영혼을 전부 쏟았습니다. 질투와 노화로 피가 얼어붙은 사람을 제외한 모두가 그 음악에 도취되었습니다.

그래서 그 이름은 많은 관객에게 인기를 얻기 시작했고, 음악 평론가들의 견해는 갈렸지만, 신문에는 늘 기사가 길게 실렸습니다.

— 그 사람을 몹시 사랑했는데도 보고 싶은 마음을 억지로 참았다니, 고통에 의연했군요.

— 제가 어리고 무경험했으니까요. 그래서 도덕적이었죠. 그러나 도덕이 아니라 편견이 아니었을까요.

— 편견요?

— 자, 자연은 도덕적인가요? 암캐를 처음 만나 기쁜 듯 냄새 맡고 핥는 천진난만한 개의 두뇌가 도덕 때문에 괴로울까요? 길 건너편에서 오는 작은 똥개를 동성임에도 희롱하려고 애쓰는 푸들은 그런디 부인[28]이 욕한다고 신

---

28 몹시 융통성 없거나 보수적인 인물을 통칭하는 이름으로, 유럽 문학에서 널리 보인다.

경이나 쓸까요?

 푸들들이나 아랍 젊은이들과 달리, 저는 온갖 잘못된 생각을 주입받아 왔습니다. 그래서 텔레니를 향한 제 자연스러운 감정이 무엇인지 이해했을 때, 저는 휘청거리고 공포에 질렸습니다. 그리고 충격에 휩싸여 그 감정을 억누르기로 결심했죠.

 정말이지, 제가 인간 본성을 더 잘 알았다면, 프랑스를 떠나 지구 반대편으로 가서 우리 사이를 히말라야가 가로막게 했어야 했는데…….

 ─오랜 세월을 보내고도, 다른 사람, 아니, 텔레니와 뜻밖에 만나서 결국 타고난 취향에 굴복하게 됐군요.

 ─맞습니다. 의사들은 인간의 몸이 칠 년마다 바뀐다고 말합니다. 하지만 인간의 열정은 늘 똑같습니다. 잠재 상태라 해도 여전히 가슴속에 들끓고 있습니다. 자신의 본성에 배출구를 주지 않으면, 그 본성에 좋을 것은 전혀 없습니다. 자기 자신이 아닌 모습으로 가장하는 것은, 자신을 기만하고 모두를 속이는 일입니다. 저는 제가 남자를 사랑하는 사람으로 태어난 것을 알고 있습니다. 제 체질이 잘못된 것이지, 제 자신이 잘못된 것은 아닙니다.

 저는 한 남자의 다른 남자에 대한 사랑을 다룬 글을 모두 찾아서 읽었습니다. 찾을 수 있는 대로 다 찾았죠. 신들뿐 아니라 고대의 위대한 남자들 모두가 자연에 위배되는 그 혐오스러운 범죄를 우리에게 가르쳐 왔습니다. 미노스조차 테세우스를 탐한 것으로 보입니다.

물론 저는 그것을—오리게네스[29]의 말처럼—우상 숭배보다 훨씬 나쁜 죄, 기형적인 것으로 보았습니다. 그렇지만 '들판의 여러 성읍'들이 멸한 뒤에도 세상은 이러한 기행에 아랑곳없이 번영해왔음을 인정하지 않을 수 없었습니다. 로마의 전성기에도 예쁜 소년들 때문에 파포스의 아가씨들이 버려지는 일이 아주 잦았으니까요.

그러나 기독교의 시대가 왔고, 새로 꽃핀 이 세계는 그 괴물 같은 악을 싹 쓸어버렸습니다. 이어서 가톨릭에서는 불임의 땅에 씨를 뿌린 남자들을 본떠 만든 인형을 본보기로 불태웠습니다.

교황들은 남자 애인을 두었습니다. 왕들은 mignon(귀염둥이)[30]들을 두었습니다. 기독교 온갖 교파의 신부와 수사, 수도사 들이 모두 용서받는다면, 분명, 항상 남색만 저지르지는 않았기 때문, 아니, 항상 불모지에만 씨를 뿌리지는 않았기 때문이겠죠. 교리로 보면, 성직자의 연장이

---

29 그리스의 신학자 오리게네스 Ὠριγένης, 184/185−253/254. 플라톤 철학과 기독교를 종합하여 후세의 기독교 신비주의에 영향을 주었다.
30 왕의 총애를 받는 동성 애인을 가리키는 프랑스어

아이 만드는 도구가 되면 안 되지만 말이죠.

템플 기사단으로 말하자면, 기사들이 화형에 처해졌다면, 남색 때문은 절대 아닙니다. 그건 오랫동안 묵인됐으니까요.

그렇지만 재미있었던 것은, 모든 작가가 자기 민족은 이런 충격적인 악을 행할 염려가 없는 것처럼, 이 혐오스러운 죄를 다른 민족의 죄로 마음껏 고발한다는 점이었습니다.

유대교도는 기독교도를 비난하고, 기독교도는 유대교도를 비난했습니다. 그리고 매독처럼, 이 비정상적 기호를 가진 '검은 양'은 늘 외국에서 왔다고 했죠. 어느 현대 의학 서적에서 저는 남색 하는 음경은 개의 성기처럼 가늘고 뾰족해지고, 입을 비도덕적인 목적으로 쓰면 비뚤어진다는 글도 읽었습니다. 무섭고 역겨워서 몸서리쳐졌습니다. 그 책이 보이기만 해도 뺨이 창백해졌어요!

사실, 그 뒤로 경험을 통해 다른 가르침을 얻었습니다. 고백하지 않을 수 없는데, 저는 입을 기도하는 데에나 고해 신부의 손에 키스하는 데에만 쓰지는 않은 창녀들, 혹은 창녀가 아닌 여자들도 많이 알고 있습니다. 하지만 입이 비뚤어진 여자는 전혀 못 봤습니다. 보셨나요?

제 자지로 말하자면, 당신 것도, 그 굵은 대가리는……

아, 칭찬에 얼굴을 붉히시는군요. 그럼, 이 이야기는 넘길 게요.

당시 저는 육체적으로는 아니었지만 관념적으로 이 극악한 죄를 범했을까 두려워 머리를 쥐어뜯었습니다.

탈무드 계율로 더 엄격해진 모세의 종교는 성교할 때 씌우는 덮개를 고안했습니다. 남편의 온몸을 씌우고 아기에게 입히는 바지처럼 성기가 노출되는 작은 구멍만 뚫어놓은 것이었죠. 정액을 아내의 난소에 발사해 임신시킬 수 있지만, 다른 육체적 쾌락은 최대한 막는 겁니다. 아, 그렇죠! 이미 오래전에 사람들은 인사 없이 가버리는 프랑스 관습처럼 그 덮개에 작별을 고하고, 자기들 매에 프랑스 편지French letter[31]를 씌워서 정사 사실을 아예 숨겨왔죠.

네, 그렇지만 그 무거운 덮개, 다시 말해, 예수의 신비로운 계율에 의해 개선되고 프로테스탄트의 위선으로 더없이 완벽해진 모세의 종교를 우리가 타고난 것은 아닙니다. 남자가 여자를 보는 것만으로도 불륜이라면, 저는 텔레니를 볼 때마다, 아니, 생각할 때마다 남색의 죄를 짓지 않겠습니까?

---

31 콘돔을 뜻하는 말로, 영국에서 쓰는 속어이며, 유래는 분명하지 않으나 옛날에 동물의 창자로 만든 콘돔이 편지처럼 생긴 것에서 비롯되었다는 설이 있다.

그래도 본능이 편견보다 강해지는 순간들이 있었습니다. 지옥에 떨어지는 죄에 제 영혼을 기꺼이 내주었어야 했는데……. 아니, 영원한 지옥 불의 고통에 몸을 넘겨주었어야 했는데……. 그랬다면 지구 끄트머리로, 외딴 섬으로 날아갈 수 있었을 텐데……. 텔레니의 눈부신 아름다움을 만끽하며, 몇 년 동안 텔레니와 끔찍한 죄를 지으며, 실오라기 하나 걸치지 않고 살 수 있었을 텐데…….

여전히 저는 텔레니와 거리를 두기로, 그 사람이 유명하고 훌륭한 예술가가 될 수 있도록 원동력, 길을 이끄는 기운이 되기로 마음먹었습니다. 제 안에서 타오르는 음란한 불은, 글쎄요, 끌 수는 없었지만, 최소한 억누를 수는 있었어요.

저는 고통받았습니다. 제 생각은 밤이나 낮이나 텔레니 곁에 있었습니다. 제 머리는 항상 들뜬 상태였습니다. 제 피는 과열되어 있었습니다. 제 몸은 늘 흥분으로 떨렸습니다. 매일 모든 신문을 다 읽었습니다. 텔레니 기사를 보기 위해서였죠. 그리고 제 눈에 그 이름이 보이면, 신문을 잡은 손이 떨렸습니다. 어머니가, 아니, 누구라도 그 이름을 언급하면, 제 얼굴은 붉어졌다가 점점 창백해졌습니다.

상점 쇼윈도에서 다른 유명인들의 초상화 사이로 텔레니의 초상을 처음 보았을 때, 제가 얼마나 큰 기쁨의 충격을 느꼈는지 모릅니다. 거기에 질투가 섞이지 않은 것도 아니었죠. 곧장 그 그림을 샀어요. 소중하게 간직하며 아끼려는 것에 더해 다른 사람이 보지 못하게 하려는 이유도 있었죠.

―그래요? 질투심이 아주 강했군요!
―어리석게도 그랬습니다. 텔레니의 공연이 끝나면 늘, 들키지 않게 멀리서 텔레니를 뒤쫓기도 했습니다.

텔레니는 대개 혼자였습니다. 그런데 한번은 극장 뒷문에서 대기하고 있는 마차에 올라타는 것이 보였습니다. 마차 안에는 다른 사람도 있는 것 같았습니다. 제가 잘못 보지 않았다면, 여자였습니다. 저는 다른 마차를 불러서 뒤쫓았습니다. 마차는 텔레니의 집 앞에 섰습니다. 저도 마부에게 마차를 세우라고 했죠.

텔레니가 마차에서 내리는 모습이 보였습니다. 텔레니는 내리면서 손을 여자에게 내밀었습니다. 두꺼운 베일을 쓴 여자가 마차에서 내리고, 열린 문으로 휙 들어갔습니다. 마차는 떠났습니다.

저는 마부에게 그 자리에 서 있으라고 했습니다. 밤이 지나고 새벽이 되자, 전날 저녁의 마차가 와서 멈췄습니다. 제 마부가 내다보았죠. 몇 분 뒤, 문이 다시 열렸습니다. 여자가 서둘러 나왔습니다. 텔레니가 마차까지 여자를 배웅했습니다. 저는 그 여자를 미행해서, 그 여자가 내리는 곳에서 마차를 멈췄습니다.

며칠 뒤에 그 여자가 누구인지 알게 됐습니다.

─누구였나요?

─텔레니와 가끔 이중주를 연주하는 여자였습니다. 오점 없는 명성을 갖춘 여자였죠.

그날 밤, 마차 안에서 제 정신은 텔레니에게 너무 단단히 고정되어, 저의 내적 자아는 제 몸과 분리되어 제가 사랑하는 남자의 그림자처럼 그 사람을 쫓아갔습니다. 저는 무의식적으로 최면 상태에 빠져들었습니다. 이상하게 들리겠지만, 제 친구가 행하고 느끼는 모든 것 그대로인 듯한, 더없이 생생한 환각을 보았습니다.

가령, 문이 닫히자마자 여자는 텔레니를 안고 오래 키스했습니다. 텔레니가 숨이 차지 않았다면, 키스는 몇 초 더 이어졌을 겁니다.

웃는군요. 네, 키스하면서 정신을 잃게 하는 황홀한 욕정을 강렬하게 느끼지 못할 때에는 숨이 차기 쉽죠. 잘 아시죠? 여자는 텔레니에게 또 키스하려 했지만, 텔레니가 속삭였습니다. "제 방으로 올라갑시다. 거기가 여기보다 훨씬 더 안전할 겁니다."

곧, 두 사람은 방 안에 있었습니다.

여자는 소심하게 주위를 둘러보았습니다. 자신이 젊은 남자의 방에 그 남자와 단둘이 있음을 의식하고 얼굴을 붉혔습니다. 무척 부끄러워하는 것 같았습니다.

여자가 말했어요. "오! 르네! 나를 어떻게 생각해요?"

텔레니가 말했습니다. "나를 몹시 사랑한다고 생각하죠. 아닌가요?"

"사랑해요, 정말. 현명한 일은 아니지만, 아주 깊이 사랑해요."

여자는 옷을 벗고, 급하게 애인을 껴안았습니다. 따뜻한 키스를 이마에, 눈에, 뺨에 퍼부었습니다. 그리고 입에 키스했습니다. 제가 그토록 키스하고 싶었던 그 입에!

입술을 포갠 채, 여자는 한참 그대로 텔레니의 숨을 들이쉬었습니다. 자신의 대담함에 겁먹다시피 하며 혀끝으로 텔레니의 입술을 어루만졌습니다. 그리고 용기를 얻어서, 곧, 혀를 텔레니의 입에 쏙 넣었습니다. 잠시 후, 혀를 앞뒤로 움직였습니다. 텔레니가 본능적으로 행동하기를 유도하는 것 같았습니다. 여자는 이 키스로 욕정에 몸이 떨린 나머지 쓰러지지 않으려고 텔레니에게 몸을 꼭 붙여야 했습니다. 피가 머리로 솟구치고, 무릎은 완전히 힘을 잃었습니다. 마침내 텔레니의 오른손을 잡고 잠시 주저하며 꽉 쥔 뒤, 그 손을 자기 가슴에 가져가 댔습니다. 젖꼭지를 꼬집게 하고, 텔레니가 그렇게 하자, 여자는 엄청난 쾌감으로 기절할 것처럼 보였습니다.

"오, 텔레니! 안 돼요! 더 이상은 안 돼요!"

그러면서 여자는 자기 아랫도리를 텔레니의 아랫도리로 내밀며 힘껏 텔레니의 몸에 자신의 몸을 비볐습니다.

— 텔레니는요?

— 음, 저는 질투심에 사로잡혀서, 자기 단춧구멍에서 헬리오트로프 다발을 빼서 저한테 꽂던 그날 저녁, 텔레니가 저에게 달라붙던 열정적인 모습과 확연히 다른 그의 태도를 비교할 수밖에 없었습니다.

텔레니는 여자의 애무를 받기만 할 뿐, 돌려주지는 않았습니다. 어쨌든 여자는 텔레니가 수줍어한다고 생각하고 즐거워하는 것 같았습니다.

어느새 여자는 텔레니에게 매달려 있었습니다. 한 팔은 텔레니의 허리에, 다른 팔은 목에 두른 채, 보석으로 치장한 가늘고 우아한 손가락으로 텔레니의 곱슬머리를 간질이고 목을 어루만졌습니다.

텔레니는 여자의 가슴을 꽉 쥐었습니다. 그리고 앞서 말한 대로 젖꼭지를 살짝 손가락으로 건드렸습니다.

여자는 텔레니의 눈을 깊이 들여다보았습니다. 그리고 한숨을 쉬었습니다.

마침내 여자가 말했습니다. "나를 사랑하지 않는군요. 눈에서 보여요. 내가 아니라 다른 사람을 생각하는군요."

그건 사실이었습니다. 그 순간 텔레니는 저를 생각하고 있었습니다. 애정을 듬뿍 담아서, 간절히. 그리고 저를 생각함으로써 더 흥분하여, 직전보다 훨씬 열정적으로 여자를 안고, 키스했습니다. 아니, 여자의 혀를 제 혀인 양 빨기 시작했습니다. 그리고 자기 혀를 여자의 입에 넣기 시작했습니다.

잠시 황홀한 시간이 이어지고, 이번에는 여자가 숨을 쉬려고 키스를 멈췄습니다.

"내가 틀렸군요. 나를 사랑하는군요. 이제 알았어요. 내가 여기 왔다고 나를 경멸하지는 않죠?"

"아! 당신이 내 마음을 읽을 수 있어서 내가 얼마나 열렬히 당신을 사랑하는지 알 수 있다면 얼마나 좋을까요!"

여자는 열정적이고 갈망하는 눈으로 텔레니를 바라보았습니다.

"그래도 나를 가볍게 생각하죠? 나는 간통하는 여자니까요!"

그리고 여자는 몸서리치며 손으로 얼굴을 가렸습니다.

텔레니는 잠시 여자를 동정의 눈길로 본 다음, 여자의 손을 살며시 내리고 여자에게 키스했습니다.

여자가 말했습니다. "당신은 모를 거예요. 내가 당신을 밀어내려고 얼마나 애썼는지. 하지만 불가능했어요. 나는 불타고 있어요. 내 피는 이제 피가 아니에요. 부글부글 끓는 사랑의 미약이에요. 더 이상 참을 수가 없어요." 여자는 온 세상과 마주한 듯 도전적으로 고개를 들었습니다. "뭐든 하고 싶은 대로 하세요. 나를 사랑한다고, 다른 어느 여자도 아닌 나만 사랑한다고, 그 말만 해요. 맹세하세요."

텔레니가 맥없이 말했습니다. "맹세합니다. 다른 여자는 사랑하지 않아요."

여자는 그 말뜻을 이해하지 못했죠.

여자가 간절하고 열정적으로 말했습니다. "또 말해줘요. 계속 말해요. 사랑스러운 그 입술에서 그 말을 계속 들으니까 정말 달콤하네요."

"확실히 말하는데, 내가 당신만큼 아낀 여자는 아무도 없습니다."

여자가 실망하며 말했습니다. "아낀?"

"'사랑한'이라는 뜻입니다."

"맹세할 수 있어요?"

텔레니가 빙긋 웃으며 덧붙였습니다. "원하면 십자가에 대고 할 수도 있어요."

"내가 여기 왔다고 해서 나를 나쁘게 생각하진 않죠?

지금까지 남편 말고 만난 사람은 당신밖에 없어요. 남편이 바람피우지 않았는지는 하늘만 알겠죠. 그렇지만 사랑이 죄를 사할 수는 없겠죠?"

텔레니는 잠시 아무 대꾸도 하지 않았습니다. 꿈꾸는 듯한 눈으로 여자를 보다가 최면에서 깨어나듯 몸을 부르르 떨었습니다.

텔레니가 말했어요. "죄야말로 인생의 유일한 가치죠."

여자는 조금 놀라서 텔레니를 보다가, 곧 키스하고 또 키스하며 대꾸했습니다. "네, 그래요, 어쩌면 그 말이 맞겠죠. 맞아요. 금단의 열매는 모습도, 맛도, 향기도 즐겁죠."

두 사람은 소파에 앉았습니다. 서로의 몸이 밀착되었을 때, 텔레니가 손을 맥없이, 거의 내키지 않는 듯, 여자의 치마 속으로 넣었습니다.

여자는 텔레니의 손을 잡아 막았습니다.

"안 돼요, 르네, 제발! 플라토닉한 사랑이면 안 되나요? 그걸로는 충분하지 않나요?"

텔레니가 거만하다고 할 만한 태도로 말했습니다. "당신한테는 충분한가요?"

여자는 통제를 포기하고, 텔레니의 입술에 입술을 포갰습니다. 손이 슬그머니 다리 위로 올라가다가 잠시 멈추고 무릎을 애무했습니다. 그러나 두 다리가 서로 딱 붙어서 손이 그 사이로 들어갈 수 없었습니다. 그래서 손은 더 높이 올라갔습니다. 천천히 살금살금 올라가서, 고운 리넨 속옷 사이로 허벅지를 애무하고, 은밀히 전진하여 그 목표에 다다랐습니다. 그다음, 열린 시랍 틈새로 미끄러져 들어가서, 부드러운 피부를 느끼기 시작했습니다. 여자는 텔레니를 막으려 했습니다.

여자가 말했습니다. "아니, 안 돼요! 제발, 간지러워요."

텔레니는 용기를 내서, 여자의 가운데를 덮은 곱슬곱슬한 가는 털 사이로 손가락들을 과감히 찔러 넣었습니다.

음탕한 손가락들이 촉촉한 입술 끝을 스치기 시작하자 더더욱, 여자는 허벅지를 딱 맞붙였습니다. 하지만 그 손길에 여자의 힘은 무너져서, 신경이 풀어지고, 틈새 안으로 손가락 끝이 꼼지락거리며 들어오게 두었습니다. 아니, 작은 열매가 손가락을 환영하며 튀어나왔습니다.

잠시 후, 여자의 숨은 더 거칠어졌습니다. 여자는 팔로 텔레니의 가슴을 어루만지며 텔레니에게 키스하다가 텔레니의 어깨에 얼굴을 묻었습니다.

여자가 외쳤습니다. "아, 이렇게 좋을 수가. 당신 몸에는 도대체 어떤 자성의 액이 있기에 이런 기분을 느끼게 하나요!"

텔레니는 아무 대꾸도 하지 않고 바지 단추를 풀고, 여자의 앙증맞은 작은 손을 잡아서, 틈 안으로 끌어들이려 했습니다. 여자는 저항하려 했지만, 못 이기는 척 포기하려 하는 약한 저항이었습니다. 곧 여자는 텔레니의 남근을 확실하게 쥐었습니다. 남근은 이제 단단하게 굳어서 제 힘으로 음탕하게 까딱거리고 있었습니다.

입술이 서로 맞붙은 채 즐거운 손놀림이 잠시 이어진 뒤, 텔레니는 여자가 알아채지 못할 만큼 살며시 여자를 소파에 눕혔습니다. 여자의 양다리를 들고 치마를 올렸습니다. 그러는 사이에 한 순간도 여자의 입에서 혀를 빼지 않았고, 이미 흥분해서 제 눈물에 젖어 있는 클리토리스를 간질이는 손가락도 멈추지 않았습니다. 텔레니는 팔꿈치로 자기 체중을 지탱하며 여자의 허벅지 사이에 다리를 넣었습니다. 여자가 더 흥분한 것을 금방 알 수 있었습니다. 텔레니가 몸을 넣을 때, 떨고 있던 그 입술을 열 필요도 없었으니까요. 입술은 벌어진 채 작고 눈먼 사랑의 신에게 입구를 열어주었습니다.

한번 밀어 넣자, 텔레니는 사랑의 신전 경내에 들어갔습니다. 또 한번 밀어 넣자, 막대기는 반쯤 들어갔습니다. 세 번째에는 쾌락의 굴 밑바닥에 다다랐습니다. 여자가 이제 막 꽃피는 젊음의 초입에 있는 것은 아니었지만, 아직 전성기를 지난 것도 아니어서, 살이 단단했을 뿐 아니라 아주 빡빡했습니다. 텔레니는 그 촉촉한 입술의 마찰력과 흡입력을 아주 잘 느꼈습니다. 매번 점점 더 깊이 밀어 넣으며 몇 번을 오간 뒤, 체중을 전부 실어서 푹 눌렀습니다. 양손은 여자의 가슴을 만지다가 뒤로 가서, 엉덩이를 단단히 잡고 벌리며 위로 당겼습니다. 여자의 뒤쪽 구멍에 손가락을 하나 넣었습니다. 이렇게 여자의 양쪽을 다 찌르며, 항문 자극으로 여자의 쾌락을 더욱 높였습니다.

몇 초 동안 이 작은 게임을 즐긴 뒤, 텔레니는 세차게 헉 하고 숨을 내뱉었습니다. 며칠 동안 축적되었던 우유 같은 액이 걸쭉하게 분출되어, 여자의 자궁으로 빠르게 흘러갔습니다. 흠뻑 채워진 여자는 히스테릭한 기쁨을 괴성과 눈물과 한숨으로 드러냈습니다. 마침내 힘이 다 빠져나가고 팔다리는 경직된 채 여자는 소파에 늘어지고, 텔레니는 여자의 백작 남편에게 집시의 피가 흐르는 상속자를 안길 위험을 무릅쓰고 여자 위에 뻗어 있었습니다.

텔레니는 곧 기운을 차리고 일어났습니다. 여자도 정신을 차렸지만, 눈물의 홍수에 녹아 있기만 했습니다.

샴페인을 마시고 두 사람은 우울에서 조금 벗어났습니다. 자고 고기 샌드위치, 바닷가재 파이, 캐비아 샐러드, 또 샴페인 몇 잔, 마롱글라세, 샴페인을 마신 잔에 마라스키노와 파인애플 주스와 위스키를 섞은 펀치를 따라 마셨고, 이것으로 두 사람의 우울은 씻겼습니다.

텔레니가 말했습니다. "우리 편하게 있는 게 어때요? 내가 시범을 보이죠."

"얼마든지요."

텔레니는 인류를 고문하기만 하는 발명품, 이른바 '셔츠 칼라'라고 불리는, 불편하고 뻣뻣하고 쓸모없는 부속물인 흰 끈을 풀고, 코트와 조끼도 벗었습니다. 이제 셔츠와 바지만 입고 있었습니다.

"이제 내가 시중을 들게 해줘요."

그 아름다운 여자는 처음에 거절했지만, 키스를 몇 번 한 뒤에 허락했습니다. 걸친 것을 하나씩 벗어서, 속이 비치는 크레이프 드 신[32] 슈미즈와 짙은 강철색 실크 스타킹과 새틴 슬리퍼만 남았습니다.

텔레니는 여자의 벗은 목과 팔을 키스로 덮고, 겨드랑이의 굵고 검은 털에 볼을 문지르며 간질였습니다. 이 작은 간지럼을 여자는 온몸으로 느꼈습니다. 여자의 다리 사이의 틈이 다시 벌어졌습니다. 빨간 산사나무 열매 같은, 섬세하고 작은 클리토리스가 무슨 일이 벌어지는지 보려는 듯 고개를 내밀었습니다. 텔레니는 여자를 잠시 꽉 안았

---

[32] 중국 크레이프라는 뜻으로, 아주 얇은 크레이프, 그중에서도 주로 비단 소재의 천을 가리킨다.

습니다. 이탈리아에서 '검은 새'라고 부르는 것이 새장에서 빠져나왔고, 텔레니는 그것을 이미 받아들일 준비가 되어 있는 입구로 넣었습니다.

여자는 몸을 힘차게 텔레니에게 밀었고, 텔레니는 계속 여자를 받치고 있었습니다. 여자는 다리에 거의 힘이 빠져 있었는데, 그만큼 여자가 느끼는 쾌감이 깊었던 겁니다. 텔레니는 여자를 안은 채 발밑의 표범 깔개에 눕혔습니다.

부끄러움은 이제 모두 사라졌습니다. 텔레니는 옷을 벗고 온 힘을 다해서 눌렀습니다. 여자는 텔레니의 물건을 깊숙이 받아들이며, 텔레니가 움직이기 힘들 만큼 강하게 양다리로 텔레니의 몸을 휘감았습니다. 텔레니는 여자에게 몸을 비비는 것밖에 할 수 없었지만, 그것으로도 충분했습니다. 격렬하게 흔드는 엉덩이, 꽉 눌린 다리, 맞붙은 가슴, 텔레니가 안에 발사한 불타는 액. 여자는 격정적인 쾌감을 느끼고 표범 가죽 위에 인사불성이 되어 늘어졌습니다. 텔레니는 여자의 옆에 가만히 돌아누웠습니다.

텔레니가 이 미모의 여성, 아직 완전히 농익지는 않은 아주 아름다운 이 여성과 즐기고 있는 동안, 텔레니의 눈앞에 계속 제 모습이 있다는 것을 저는 느낄 수 있었죠. 그런데 그 여자가 준 쾌락에 텔레니가 저를 잊어버리자, 저는 텔레니가 미웠습니다. 잠시 저는 사나운 짐승이 되고 싶었습니다. 텔레니의 살에 발톱을 박고, 쥐를 잡은 고양이처럼 텔레니를 고문하고 갈기갈기 찢고 싶었습니다.

무슨 권리로 나 아닌 다른 사람을 사랑하지? 나는 이 세상 그 누구도 텔레니만큼 사랑한 적이 없는데! 다른 누구와 쾌락을 느낄 수도 없는데!

아니, 제 사랑은 감상벽이 아니었습니다. 몸을 지배하고 머리를 박살내는 광기의 열정이었습니다!

텔레니가 여자를 사랑할 수 있다면, 왜 나를 유혹하고, 사랑하게 만들고, 나 자신을 경멸하게 만들었지?

저는 격분해서 몸을 비틀었습니다. 피가 날 때까지 입술을 깨물었습니다. 손톱으로 제 살을 할퀴었습니다. 질투심과 수치심으로 신음했습니다. 마차에서 뛰어내려서 텔레니의 집 벨을 누르고 싶었지만 그러지는 않았습니다.

이런 상태가 잠시 이어진 뒤, 텔레니가 뭘 하고 있는지 궁금해지기 시작했습니다. 그리고 다시 환각이 찾아왔습니다. 저는 텔레니가 쾌락에 압도되어 쓰러져서 잠들었다가 깨어나는 모습부터 다시 보기 시작했습니다.

텔레니는 깨어나면서 여자를 보았습니다. 저는 그 여자를 있는 그대로 볼 수 있었습니다. 제 눈에 그 여자는 텔레니를 통해서만 보였습니다.

―그렇지만 그건 모두 꿈 아닙니까? 마차에 있는 동안

잠들어서 꿈을 꿨겠죠.

―아, 아닙니다! 실제로 벌어졌던 그대로를 말하는 겁니다. 나중에 제가 텔레니에게 제 환영을 전부 이야기했는데, 텔레니는 모든 게 제가 본 그대로였다고 말했어요.

―어떻게 그럴 수 있죠?

―아까도 말했지만, 우리 사이에는 생각이 강하게 전달됩니다. 결코 그저 신기한 우연이 아닙니다. 못 믿겠다는 표정으로 미소를 지으시는군요. 심리학 학회의 활동들을 보면, 이런 환영에 더는 놀라지 않으실 겁니다.

―네, 신경 쓰지 말고, 계속 얘기하세요.

―텔레니는 깨어나서, 표범 가죽 위에 누워 있는 여자를 바라보았습니다.

여자는 깊게 잠들어 있었습니다. 연회를 즐기고 독한 술에 취한 사람, 혹은 어머니의 젖을 실컷 빨아서 배를 채운 아이 같았습니다. 싸늘한 죽음의 잔잔한 고요가 아니라, 활기찬 삶의 곤한 잠이었습니다.

봄철 어린 나무의 수액 같은 피가 차올라 볼록한 입술이 벌어져서 그 사이로 따뜻한 향기의 숨이 고르게 흘러나왔습니다. 그리고 들릴 듯 말 듯한 중얼거림도 새어나왔습니다. 소라 껍데기에 귀를 댄 아이가 듣는, 편안한 삶의 소리였죠.

가슴은 모유로 부푼 듯 발딱 서 있었어요. 젖꼭지는 그리도 좋아하는 애무를 바라는 듯 솟아 있었죠. 여자의 온몸은 만족을 모르는 욕망으로 떨고 있었어요.

허벅지는 맨살이 드러났고, 둔부를 덮고 있는 굵고 구불구불하며 흑요암처럼 검은 털에는 우윳빛 이슬의 진주 광택 방울들이 흩뿌려져 있었습니다.

야곱의 자손들 중 유일하게 순결한 사람이라고 알려진 요셉조차 그 광경에는 억누를 수 없이 뜨거운 욕구를 느꼈을 겁니다. 그러나 텔레니는 팔꿈치를 받치고 누워서, 실컷 연회를 즐기고 난 뒤에 식탁 위에 남은 동물의 내장, 뒤섞인 음식, 와인 찌꺼기를 쳐다보듯 혐오가 가득 찬 시선으로 여자를 바라보았습니다.

텔레니의 눈에는 흔히 남자들이 자신에게 쾌락을 주고 상대방과 스스로를 타락시킨 여자에게 갖는 멸시가 가득했습니다. 게다가 그 여자에게는 부당하게도, 텔레니는 자신은 미워하지 않고 그 여자만 미워했습니다.

저는 다시 느꼈습니다. 텔레니는 그 여자 때문에 잠시 저를 잊어버리기는 했지만, 그 여자가 아닌 저를 사랑했습니다.

여자는 텔레니의 차가운 시선을 느꼈는지 몸을 떨었습니다. 침대인 줄 알고 손으로 이불을 찾다가 슈미즈를 이

불인 줄 알고 끌어올렸습니다. 맨몸을 더 드러내게 될 뿐이었죠. 그러다가 잠에서 깬 여자는 텔레니의 비난 섞인 시선을 보았습니다.

여자는 겁에 질려서 주위를 둘러보았습니다. 최대한 몸을 가리려 했습니다. 그러다가 한 팔을 텔레니의 목에 감았습니다.

여자가 말했습니다. "그렇게 보지 마세요. 내가 미운가요? 아! 알았어요. 나를 경멸하는군요." 여자의 눈에 눈물이 고였습니다. "맞아요. 내가 왜 굴복했을까요? 나를 고문하는 사랑에 왜 저항하지 않았을까요? 오호통재라! 당신을 원한 사람, 당신을 유혹한 사람은 바로 나였어요. 그리고 이제 당신은 나한테 경멸만 느끼는군요. 그런가요? 당신은 다른 여자를 사랑하는군요! 안 돼요! 아니라고 말해요!"

텔레니가 솔직하게 말했습니다. "아닙니다."

"좋아요, 그럼 맹세하세요."

"아까도 맹세했잖아요. 아니, 원한다면 맹세할 수 있다고 했죠. 나를 믿지 않으면, 맹세가 무슨 소용인가요?"

욕정은 다 사라졌지만, 텔레니는 이 미모의 젊은 여자에게 깊은 동정을 느꼈습니다. 자신에 대한 사랑으로 이성을 잃은 여자, 자신의 품에 몸을 던짐으로써 스스로를 위기에 빠트린 여자.

 출신도 좋고 부유한 미모의 젊은 여자가 자기 품에서 순간의 축복을 즐기려고 결혼 서약까지 잊었다면 우쭐하지 않을 남자가 어디 있을까요? 한편으로 생각하면, 왜 자신을 신경 쓰지 않는 남자를 사랑하는 여자는 그토록 많을까요?

 텔레니는 여자를 안심시키려고 최선을 다했습니다. 다른 여자는 없다고 계속해서 말하고, 여자의 희생에 대한 보답으로 영원히 충실하겠다고 약속했습니다. 그러나 동정은 사랑이 아니고, 욕망은 애정이 아니죠.

 본능은 충분히 충족되었습니다. 여자의 아름다움은 그 매력을 이미 다 잃었습니다. 두 사람은 다시 키스하고 또 키스했습니다. 텔레니는 여자의 몸 곳곳을 손으로 맥없이 어루만졌습니다. 목 뒤쪽부터 흰 눈으로 덮인 듯한 둥근 두 언덕 사이 깊은 계곡까지 만지며, 앞서 그랬듯 여자에게 더없이 즐거운 쾌락을 주었습니다. 여자의 가슴을 애무하고, 튀어나온 작은 젖꼭지를 빨고 물고, 그러면서 손가락은 흑요암 같은 검은 털이 무성한 곳 아래에 숨은 따뜻한 살 안쪽 깊이 들어가곤 했습니다. 여자는 쾌감으로 발개지고, 거칠게 숨 쉬고, 부르르 떨었습니다. 텔레니는 뛰어난 기교로 일을 수행하면서도 여자 옆에서 여전히 냉담

했습니다.

"아뇨, 나를 사랑하지 않는 걸 알아요. 그렇겠죠. 사랑할 수 없겠죠. 당신은 젊으니까……."

여자는 말을 끝마치지 않았습니다. 텔레니는 여자의 질책에 뜨끔했습니다. 그래도 여전히 수동적이었습니다. 비난에는 남근이 딱딱해지지 않으니까요.

여자는 섬세한 손가락으로 그 맥없는 것을 쥐었습니다. 문지르고 만지작거렸습니다. 부드러운 양손 손바닥으로 돌돌 돌리기도 했습니다. 그것은 여전히 밀가루 반죽 같았습니다. 여자는 애처로운 한숨을 쉬었는데, 이런 상황에서 오비디우스의 정부도 똑같은 한숨을 쉬었겠죠. 오비디우스의 정부가 수백 년 전에 했던 것을 이 여자도 했습니다. 몸을 굽히고, 텔레니의 맥없는 것의 끝을 입술로 감은 것입니다. 작은 살구 같은 입술은 아주 둥글고 촉촉하고 부드러웠습니다. 곧, 그것은 몽땅 여자의 입에 들어갔습니다. 여자는 유모의 젖을 빠는 배고픈 아이처럼 아주 확실히 즐거워하며 빨았습니다. 여자는 앞뒤로 움직이며 능숙한 혀로 포피를 간질이고, 혓바닥으로 그 작은 입술을 건드렸습니다.

남근은 조금 단단해지기는 했지만 여전히 계속 힘없이 늘어져 있었습니다.

우리의 무지한 선조는 nouer les aiguillettes(밧줄을 묶다)³³라는 것을 믿었죠. 자연이 정한 즐거운 일을 수행할 수 없는 남자를 이르는 말입니다. 계몽된 우리 세대는 그런 이상한 미신을 믿지 않지만, 그래도 우리의 무지한 선조가 옳을 때도 있습니다.

― 뭐요? 그런 바보 같은 말을 믿는다는 말입니까?

― 말씀대로 바보 같은 말일 수도 있죠. 그렇지만 사실입니다. 사람에게 최면을 걸면, 그 사람을 지배할 수 있는지 없는지 알 수 있어요.

― 텔레니한테 최면을 걸지는 않았죠?

― 네. 그렇지만 우리 본성은 신비롭게 서로 연결되어 있는 것 같았습니다.

그 순간 저는 텔레니 때문에 안타까웠습니다. 여자는 텔레니의 머릿속을 이해할 수 없었기 때문에 텔레니를 이른 새벽에 한두 번, 너무 우렁차게 울어서 목이 쉰 나머지 그저 약하게 칵칵대는 소리만 낼 뿐인 젊은 수탉으로 여기는 것 같았습니다.

여자가 불쌍하게 느껴지기까지 했습니다. 그 상황에서 제가 그 여자였다면, 얼마나 실망했을까요. 저는 한숨을 쉬며 거의 들릴 만큼 소리 내어 중얼댔습니다. "내가 저 여

---

33 '결혼 초야에 주술을 써서 남자를 불능으로 만들다'라는 뜻으로 쓰인다.

자였다면."

  제 머릿속에서 만들어지는 환상이 갑자기 텔레니의 머릿속을 생생하게 반영했습니다. 텔레니는 여자의 입술이 제 입술이라면 얼마나 좋을까 하고 생각했습니다. 그러자 텔레니의 남근이 즉시 단단해지고 살아났습니다. 분비샘들이 혈액으로 부풀고, 발기했을뿐더러 사정하기 직전이었습니다. 갑작스러운 변화에 백작 부인은, 그 여자는 실제로 백작 부인이죠, 놀라서 동작을 멈췄습니다. 원하던 것을 얻었으니까요. 여자는 알고 있었습니다. Depasser le but, c'est manquer la chose(목표를 달성하고도 더 나아가면 모든 것을 잃게 된다).

  텔레니는 여자의 얼굴을 보게 되면 저의 모습이 완전히 사라질까 두려워하기 시작했습니다. 여자는 아름다웠지만, 텔레니는 그 얼굴을 보면 끝까지 일을 완수할 수 없을 것 같았습니다. 그래서 여자에게 키스를 퍼붓고 여자를 재빨리 뒤로 돌렸습니다. 여자는 영문도 모른 채 그대로 따랐습니다. 텔레니는 여자가 무릎 위로 몸을 굽혀 자기 눈에 가장 아름다운 모습으로 보이도록 했습니다.

  이 아름다운 모습은 텔레니를 자극해서, 눈으로 보기만 했는데도 축 늘어져 있던 연장이 최대로 크고 단단해졌고, 욕정의 활기에 차서 배꼽을 칠 만큼 까딱거렸습니다.

생명의 굴은 확실히 아니지만 쾌감의 굴임은 분명한 작은 구멍에 연장을 넣을까 하는 유혹도 잠시 느꼈지만, 넣지 않았습니다. 그 구멍에 키스하고 혀를 집어넣고 싶은 유혹까지 참았습니다. 대신, 여자 위에 몸을 숙이고 다리 사이에 자리를 잡으며, 많은 자극으로 두툼해지고 부풀어 오른 여자의 입술 구멍에 자기 것을 넣으려 했습니다.

여자의 다리가 넓게 벌어져 있었지만, 텔레니는 먼저 손가락으로 입술을 벌려야 했습니다. 주위를 뒤덮은 무성한 털 때문이었습니다. 털들은 덩굴손처럼 자기들끼리 엉켜서 입구를 막고 있었습니다. 텔레니가 털을 옆으로 넘기고, 연장을 안으로 밀어 넣었지만, 메마르고 부푼 살에 저지당했습니다. 텔레니가 연장을 손으로 잡아서 여자의 음순 위를 부드럽고 가볍게 문지르고 흔들자, 클리토리스가 쾌감에 춤췄습니다.

여자는 몸을 떨며, 쾌감에 자기 몸을 더듬고, 신음하고, 히스테릭하게 흐느꼈습니다. 텔레니는 달콤한 눈물에 충분히 젖었다고 느끼고, 여자의 목을 꽉 안으며, 연장을 여자의 몸 깊이 밀어 넣었습니다. 거칠게 몇 번 흔든 뒤, 막대를 기둥뿌리까지 전부 넣었습니다. 서로 털을 맞부딪으며 아주 깊이 들어간 그것은, 질 목을 건드리며 여자에게 쾌감의 아픔을 주었습니다.

여자에게는 영원으로 느껴진 십 분 동안, 여자는 격한 쾌감에 계속 헉헉거리고, 가쁜 숨을 내쉬고, 나지막이 신음하고, 비명을 지르고, 웃고, 울었습니다.

"아! 아! 또 느껴져! 깊이…… 깊이…… 빨리…… 더 빨리! 거기! 거기! …… 됐어! …… 그만!"

그러나 텔레니는 듣지 않았습니다. 점점 더 강하게 계속 찌르고 또 찔렀습니다. 여자는 휴전을 애걸하다가 소용이 없자 다시 활기차게 움직이기 시작했습니다.

여자가 다시 움직이자, 텔레니의 생각은 온통 저에게 집중되었습니다. 음경이 들어가 있는 구멍의 조임은 음순의 자극이 더해져서 텔레니에게 엄청난 쾌감을 주었고, 텔레니의 힘은 두 배로 늘어나, 계속 박히는 여자의 약한 몸이 뒤흔들릴 만큼 강하게, 불끈불끈한 연장을 세차게 밀어 넣었습니다. 텔레니의 거친 힘에 의해 여자의 무릎은 힘이 거의 다 풀렸습니다. 다시 갑자기 정관 문이 열렸고, 텔레니는 끈적한 액을 여자의 자궁 가장 깊은 곳으로 쏟아냈습니다.

이어서 무아지경의 순간이 찾아왔습니다. 여자의 모든 근육이 수축되어 텔레니를 조였고, 탐욕스레 열렬히 텔레니를 빨아들였습니다. 발작 같은 짧은 경련이 지나고, 두 사람은 여전히 꽉 맞물린 채 인사불성이 되었습니다.

— 이로써 이야기는 끝났군요!

— 아닙니다. 아홉 달 뒤, 백작 부인은 예쁜 아들을 낳았습니다.

— 당연히 아버지를 닮았겠죠? 아이들은 다 아버지를 닮지 않습니까?

— 그런데 이 아이는 백작도 텔레니도 닮지 않았습니다.

— 그럼 대체 누구를 닮았나요?

— 저요.

— 말도 안 돼요!

— 정말 말도 안 되죠. 어쨌든 허약한 늙은 백작은 아들을 아주 자랑스러워한답니다. 자기 가문 조상들의 초상화 중에서 자신의 유일한 상속자와 닮은 사람의 초상을 찾아냈기 때문이죠. 백작의 집에 방문하는 사람은 누구나 백작으로부터 그 격세 유전 이야기를 듣게 됩니다. 하지만 백작이 뽐내고 걸으며 그 문제를 학구적으로 설명하기 시작하면, 백작 부인은 어깨를 으쓱하고, 그 이야기를 믿지 않는 양, 경멸하듯 입술을 비죽 내민다고 합니다.

5

―언제 텔레니를 다시 만났는지, 어떻게 만났는지 아직 얘기가 안 나왔어요.

―조금만 더 참으면 다 아시게 될 겁니다. 그날 새벽, 백작 부인이 그때까지 느낀 감정을 얼굴에 가득 담고 텔레니의 집을 나가는 것을 본 이후, 저는 이 죄악, 즉 이 사랑의 열병을 없애고 싶어서 견딜 수 없었습니다.

텔레니에게 더 이상 마음을 주지 않게 되었다고 생각할 때도 있었습니다. 그러나 제 사랑이 모두 사라졌다고 생각할 때 텔레니가 저를 보면, 사랑은 전보다 훨씬 강력하게 다시 밀려와 제 마음을 채우고 이성을 잃게 할 뿐이었습니다.

낮이나 밤이나 쉴 곳이 없었습니다.

다시는 텔레니를 보지 않기로, 연주회에도 가지 않기로 결심했습니다. 그러나 사랑에 빠진 사람의 결심은 사월의 소나기 같죠. 직전에 아주 사소한 핑계로도 저는 변덕을 부리며 결심을 바꿨습니다.

게다가 저는 백작 부인이나 다른 누가 다시 텔레니와 함께 밤을 보내지 않을까 궁금하고 불안했습니다.

—그래서 그런 방문이 또 있었습니까?

—아뇨, 백작이 별안간 돌아왔고, 백작 부부는 니스로 떠났습니다.

그런데 얼마 지나지 않아서, 늘 감시하고 있던 제 눈에 텔레니가 브리앙쿠르와 함께 공연장을 나가는 것이 보였습니다.

이상한 면은 없었어요. 두 사람은 팔짱을 끼고 텔레니의 집 쪽으로 천천히 걸어갔습니다.

저는 거리를 두며 조심스레 두 사람을 뒤따랐습니다. 브리앙쿠르에게는 백작 부인을 질투했던 것보다 열 배 넘게 질투가 났습니다.

저는 생각했죠. '텔레니가 새 잠자리 벗과 밤을 보낼 거라면, 왜 나를 원한다고 말했을까?'

그래도 마음속으로는 텔레니가 저를 사랑한다고, 다른 사랑은 모두 변덕이라고, 나에 대한 텔레니의 감정은 감각적 쾌락 이상의 무엇이라고, 그것은 진정한, 가슴 뛰는, 진실한 사랑이라고 확신했습니다.

두 청년은 텔레니 집 문 앞에 멈춰 서서 이야기하기 시작했습니다.

늦은 밤, 거리는 한가했습니다. 졸린 발걸음으로 터덜터덜 집에 돌아가는 사람이 가끔 보일 뿐이었습니다. 저는 길모퉁이에 서서 벽보를 읽는 척했지만, 실제로는 두 청년의 움직임을 주시하고 있었습니다.

브리앙쿠르가 양손을 내밀어서 텔레니와 악수했습니다. 두 사람이 이제 헤어진다는 생각에, 저는 기뻐서 떨렸습니다. '남자나 여자나 모두 저 피아니스트와 반드시 사랑에 빠지고 마는 걸까?' 브리앙쿠르를 보며 품었던 생각이 틀린 것 같았습니다.

그러나 제 즐거움은 오래가지 않았습니다. 브리앙쿠르가 텔레니를 끌어안았고, 두 사람이 입술이 맞닿아 긴 키스가 이어졌습니다. 저에게는 쓰라린 키스였습니다. 그리고 몇 마디 대화가 오간 뒤, 텔레니 집의 문이 열리고 두 청년은 안으로 들어갔습니다.

두 사람이 사라지는 것을 보았을 때, 분노, 비통, 실망의 눈물이 흐르기 시작했습니다. 저는 이를 갈고, 입술을 피가 날 때까지 깨물었습니다. 발을 동동 구르고, 미치광이처럼 달려나갔습니다. 닫힌 문 앞에서 잠시 멈췄다가, 무감한 나무 문을 쾅쾅 치면서 분노를 터뜨렸습니다. 이윽고 발소리가 들리자, 그 자리를 떴습니다. 밤이 반쯤 지나도록 거리를 쏘다녔습니다. 그리고 몸도 마음도 모두 지친 채 이른 새벽에 집으로 돌아왔습니다.

─어머니는요?

─당시에 어머니는 집에 없었어요. 어머니는…… 어머니의 모험에 대해서는 다음 기회에 말씀드리죠. 들어볼 만한 이야기일 겁니다.

이튿날, 저는 굳게 결심했습니다. 텔레니의 연주회에는 두 번 다시 가지 않겠다, 미행도 하지 않겠다, 완전히 잊어버리겠다. 그 도시를 떠나는 게 옳았죠. 그렇지만 그 끔찍한 열병을 없앨 다른 방법을 찾아냈다고 생각했습니다.

그 즈음 저희 집 하녀가 결혼을 했는데, 어머니는 열여섯 살쯤 되는 시골 아가씨에게 그 일을 맡겼습니다. 이유는 어머니 말고 아무도 모릅니다. 어쨌든 이상하게 들리겠지만, 그 하녀는 실제 나이보다 훨씬 어려 보였습니다. 대개 그런 시골 아가씨들은 나이보다 훨씬 늙어 보이게 마련인데 말이죠. 저는 그 하녀가 예쁘다는 생각은 못했는데, 사람들은 모두 그 매력에 빠진 것 같았습니다. 시골 사람 같거나 촌스러운 면이 있다고 한다면 우아하지 않고

꿀사나운 것이 어렴풋이 떠오르시겠지만, 그 하녀는 그렇지 않았어요. 참새처럼 귀엽고 고양이처럼 우아했죠. 그러면서도 이끼 낀 덤불에서 자란 딸기나 산딸기 같은 전원의 싱그러운 면, 아니, 톡 쏘는 면이 있었습니다.

그 여자가 원피스를 입은 모습을 보면 들장미와 찔레에 둘러싸인 곳, 잎이 무성한 가지 아래 아주 작은 소리에도 달아날 준비가 된 채 서 있는 어린 사슴 같은 야성적인 우아함을 갖추고 어깨에 붉은 스카프를 두른 그 여자의 모습을 그림에서 본 적 있지 않나 상상하게 됐죠.

그 하녀는 소년처럼 호리호리했어요. 옷 아래에 둥글고 확실하게 튀어나온 가슴이 아니었으면, 소년으로 오해될 만한 몸매였죠.

옆에 있는 사람들이 자신의 일거수일투족을 눈여겨본다는 사실을 은근히 의식하고 있었던 것 같지만, 감탄의 눈길에는 무심했을뿐더러 누가 말이나 신호로 그 감탄을 표현하면 몹시 화를 냈습니다.

자기 감정을 다스리지 못하는 불쌍한 남자는 화를 면치 못하리니, 그 여자는 장미의 아름다움과 싱싱함이 있는 여자에게는 뾰족한 가시도 있다는 사실을 일깨웠습니다.

그 여자를 아는 남자들 중에서 그 여자를 조금도 의식하지 않은 사람은 저 하나뿐이었습니다. 저에게는 그 여자가, 모든 여자와 마찬가지로, 완전히 관심 밖에 있었습니다. 그래서 그 여자가 좋아하는 유일한 남자는 저였습니다. 고양이처럼 우아하고 조금 털털한 면도 있어서 가니메데스[34]를 연상시켰고, 그래서 저는 그 여자를 보면 유쾌했습니다. 저는 그 여자에게 사랑, 아니, 아주 조금의 호감도 느끼지 않는다는 걸 스스로 잘 알고 있었지만, 그 여자를 좋아하게 되어야 한다고 믿었습니다. 조금이라도 그 여자에게 감정을 느낄 수 있었다면, 남자를 사랑하는 남자가 되느니, 또, 저를 신경 쓰지 않고 정절을 지키지도 않는 남자를 사랑하느니, 그 여자와 결혼까지 했을 겁니다.

어쨌든 저는 자문했습니다. 저 하녀와 쾌락을 조금만, 광기에 찬 머리를 달래고 감각을 잠재울 만큼만, 맛보아도 괜찮지 않을까?

그러나 두 가지 죄 가운데 어느 것이 더 클까요? 불쌍한 여자를 유혹해서 망쳐 불쌍하고 불행한 아이의 어머니로 만드는 죄? 아니면, 제 몸과 마음을 산산이 부수고 있는 열정에 굴복하는 죄?

고귀한 우리 사회는 전자를 사소한 실수라며 눈감아줍니다. 후자에는 경악하며 몸서리칩니다. 그리고 저는, 우리

---

[34] 그리스 신화에 나오는 트로이의 미소년. 그 아름다움에 반한 제우스가 납치하여 신들의 연회에서 술 따르는 일을 맡겼다.

사회는 고귀한 남자들로 구성되어 있고, 우리 도덕적 사회를 구성하는 그 고귀한 남자들이 옳다고 생각합니다.

그 사람들이 그렇게 생각할 수밖에 없게 된 은밀한 이유들이 무엇인지는 정말 모르겠습니다.

이도 저도 할 수 없는 상태에서 제 인생은 견딜 수 없는 것이 되었고, 더 이상은 참을 수 없었습니다.

밤을 새우고, 흥분과 압생트로 피는 메마르고, 지치고 힘없는 상태로 집으로 돌아와서 찬물에 목욕하고, 옷을 입고, 하녀를 방으로 불렀습니다.

저의 피곤한 표정과 창백한 얼굴, 푹 꺼진 눈을 본 하녀는 저를 뚫어져라 보다가…….

"아프세요?" 하고 물었습니다.

"네, 몸이 안 좋아요."

"간밤에 어디 계셨어요?"

"어디요?" 저는 비웃듯 되물었습니다.

"네, 집에 안 오셨잖아요." 하녀는 당당하게 대꾸했습니다.

저는 신경질적인 웃음으로 답했습니다.

이런 성격의 여자는 천천히 길들이기보다 갑자기 정복해야 한다는 것을 저는 알고 있었습니다. 그래서 하녀를 껴안고 입술에 제 입술을 댔습니다. 하녀는 벗어나려고 했습니다. 그러나 보드라운 앞발 안에서 발톱을 드러내는 고양이보다 날개를 퍼덕이는 힘없는 새에 가까웠습니다.

하녀는 제 품에서 몸부림치며 젖가슴을 제 가슴에, 허벅지를 제 다리에 비비게 됐습니다. 그래도 저는 계속 꽉 껴안고 제 불타는 입술을 하녀의 입술에 대고 신선하고 건강한 숨결을 들이마셨습니다.

나중에 하녀가 저에게 말하기를, 입에 키스를 받은 것은 그때가 처음이었고, 강한 전류에 온몸이 떨리는 듯한 충격을 받았다더군요.

사실, 저도 보았습니다. 하녀의 머릿속은 핑 돌고, 그 눈은 감각 기관에 제 키스가 만들어낸 감정 속에서 허우적거렸습니다.

제가 혀를 입속으로 넣으려 하자, 처녀다운 수줍음이 반항을 일으켰습니다. 저항하고 받아들이지 않은 겁니다. 하녀의 말로는, 뜨겁게 달군 쇳조각이 입으로 들어오는 것 같았답니다. 더없이 극악무도한 죄를 저지르는 기분이었다더군요.

하녀가 소리쳤습니다. "싫어요, 싫어. 숨막혀요. 죽겠어요, 놓아주세요. 숨을 못 쉬겠어요. 안 놓으면 비명을 질러서 사람을 부르겠어요."

그러나 저는 놓지 않았고, 곧 제 혀는 그 입속 맨 끝까지 내려갔습니다. 그다음, 하녀를 들어 올렸습니다. 깃털처럼 가벼웠어요. 그리고 침대에 눕혔습니다. 퍼덕이던 새는 더 이상 저항하지 못하는 비둘기가 아니었습니다. 발톱과 뾰족한 부리를 가진 매처럼 온 힘을 다해 반항하며, 손을 할퀴고 물고, 눈을 뽑겠다고 위협하고, 저를 계속 힘껏 때렸습니다.

싸움만큼 쾌감을 부채질하는 것은 없습니다. 얼얼하게 몇 대 맞고 몇 번 멱살을 잡히면서 작은 몸싸움을 벌이면, 어떤 남자라도 흥분합니다. 무해한 채찍질은 더없이 둔한 늙은 남자의 피라도 솟구치게 만듭니다. 어떤 최음제보다 효과적이죠.

몸싸움으로 하녀는 저만큼이나 흥분했습니다. 제가 침대에 눕힌 지 얼마 되지 않아서 하녀는 어찌어찌해서 바닥으로 내려왔습니다. 그러나 제가 하녀를 깔고 누웠습니다. 하녀는 제 몸 아래에서 뱀장어처럼 꿈틀거리며 빠져나갔고, 어린애처럼 팔짝 뛰어올라서 문으로 달려갔습니다. 그렇지만 문은 제가 이미 잠가둔 상태였습니다.

또 몸싸움이 벌어졌습니다. 저는 이제 이 여자를 정복하려고 열을 올리고 있었습니다. 여자가 고분고분하게 굴복했다면, 저는 나가라고 했을지도 모릅니다. 그러나 반항하자 더 갖고 싶어졌습니다.

저는 여자를 양팔로 꽉 껴안았습니다. 여자는 온몸을

비틀고 한숨을 쉬었습니다. 두 몸은 힘차게 맞붙었습니다. 제 한쪽 다리는 여자의 다리 사이에 들어 있고, 팔들은 서로 엉켜 있고, 여자의 젖가슴은 제 품에서 쿵쾅거렸습니다. 그러는 내내 하녀는 저에게 계속 주먹을 날렸고, 그 주먹이 닿을 때마다 하녀의 피와 제 피에는 불이 붙는 것 같았습니다.

코트는 벗어 던졌습니다. 조끼와 바지 단추는 모두 떨어졌습니다. 셔츠 칼라는 찢어졌습니다. 셔츠도 다 찢어지기 직전이었습니다. 팔 곳곳에서 피가 났습니다. 여자의 눈은 스라소니처럼 번득거리고, 입술은 욕정으로 튀어나왔습니다. 여자는 이제 자신의 순결을 지키려고 싸우는 것이 아니라 싸움이 주는 쾌감을 위해 싸우고 있는 것 같았습니다.

입으로 여자의 입을 누르며, 여자의 온몸이 희열에 떠는 것을 느꼈습니다. 한 번, 단 한 번, 여자의 혀끝이 살짝 제 입안으로 들어오는 것을 느꼈고, 그러자 여자는 쾌감으로 미칠 지경인 것 같았습니다. 처음으로 입회한 어린 마이나데스 같았습니다.

저는 정말로 그 여자를 갈망하기 시작했습니다. 그러면서도 단 한 번에 사랑의 제단에 희생시키는 것이 미안했습니다. 이 작은 게임은 한 번 이상은 연습을 거칠 만한 가치가 있었기 때문입니다.

저는 다시 여자를 안아서 침대에 눕혔습니다.

여자를 내려놓을 때 어찌나 예쁘던지. 구불구불한 머리카락이 싸움으로 엉클어져서 베개에 펼쳐졌습니다. 속눈썹은 짧지만 진했고, 어두운 색의 생기 있는 눈은 인광처럼 반짝였습니다. 흥분한 얼굴에는 제 피가 튀어 있었습니다. 숨을 헐떡이며 벌어진 입술은 늙고 힘없는 대주교의 말랑말랑한 남근도 새롭게 태어나 발딱 서게 만들 것 같았습니다.

저는 위에서 여자의 양팔을 누르며 잠시 움직이지 않고 여자를 감탄하며 바라보았습니다. 여자는 제 시선이 불편한지, 또 한번 벗어나려고 몸부림쳤습니다.

원피스의 고리와 단추는 이미 뜯어져서, 환하게 쏟아지는 가을 햇빛에 여자의 흰 살갗이 언뜻언뜻 반짝이며 드러났습니다. 그리고 부푼 두 젖가슴도 보일 듯 말 듯했습니다. 이렇게 설핏설핏 보이는 것이 극장이나 연회장, 매음굴에서 훤히 드러난 살을 보는 것보다 얼마나 더 흥분되는지 누구나 잘 알 겁니다.

저는 장애물을 다 치웠습니다. 한 손은 여자의 젖가슴에 대고, 다른 한 손은 옷 속으로 넣으려 했습니다. 그러나 여자의 치마가 다리 사이에 너무 꽉 감겨 있고, 양다리가 서로 너무 단단히 꼬여 있어서 벌릴 수 없었습니다.

다친 새가 짹짹거리는 소리 같은 억눌린 신음이 수차례 이어진 뒤, 저는 당기고 찢고, 여자는 할퀴고 물고, 한참 뒤 마침내 제 손이 여자의 벗은 무릎에 닿았습니다. 그리고 허벅지로 미끄러져 올라갔습니다. 살집이 많지 않았지만, 곡예사처럼 탄탄한 근육질 몸이었습니다. 제 손이 가랑이까지 올라갔습니다. 마침내 베누스의 산을 덮은 부드러운 털이 느껴졌습니다.

입술 사이로 검지손가락을 집어넣으려 했지만 잘 안 됐습니다. 애무를 조금 했습니다. 여자는 그만하라고 소리쳤습니다. 입술이 살짝 벌어졌습니다. 저는 손가락을 넣으려 했습니다.

"아파요! 따가워요!" 여자가 외쳤습니다.

마침내 여자의 다리가 풀리고, 옷은 위로 올라갔습니다. 여자는 눈물을 왈칵 쏟았습니다. 두려움, 수치심, 분노의 눈물이었습니다!

거기서 저는 손가락을 멈췄습니다. 손가락을 빼자, 손가락도 눈물에 젖어 있었습니다. 짠 눈물은 결코 아니었죠.

저는 양손으로 여자의 머리를 잡고 키스하며 말했습니다. "자, 겁먹지 마! 장난이었어. 해치려는 게 아니야. 자, 일어나면 돼! 싫으면 가도 돼. 강제로 붙잡지 않을 거야."

그다음에 저는 손을 여자의 가슴에 두고, 젖꼭지를 비틀었습니다. 작은 젖꼭지는 감미로운 야생 딸기만 했고 그 안에 그 향기도 그대로 들어 있는 것 같았습니다. 저의 행동에 여자는 흥분과 쾌감으로 몸을 떨었습니다.

여자는 일어나려 하지 않고 말했습니다. "아니에요, 뜻대로 하세요. 하고 싶은 대로 하세요. 저도 이제 어쩌지 못하겠어요. 하나만 명심하세요. 저를 망치시면, 저는 자살할 거예요."

그 말을 할 때 여자의 눈에 담긴 진심을 보자, 저는 몸이 떨렸습니다. 여자를 놓아주었습니다. 나 때문에 여자가 자살하면, 나는 과연 스스로를 용서할 수 있을까?

그 불쌍한 여자는 사랑과 갈망이 담긴 눈으로 저를 계속 바라보았습니다. 자신을 사로잡은 냉혹한 불을 참을 수 없게 된 것이 분명했습니다. 그렇다면 여자가 갈망하는 게 분명한 희열의 절정을 맛보게 하여 가라앉히는 것이 나의 의무가 아닐까?

제가 말했습니다. "아무런 해도 끼치지 않겠다고 맹세합니다. 그러니까 겁내지 말고, 조용히 하기만 해요."

저는 여자의 두꺼운 리넨 슈미즈를 올렸습니다. 부드럽고 매끈한 검은 털에 덮인 산호색 입술과 그 사이로 아주 작은 틈이 보였습니다. 동양의 해안에 아주 많은 분홍색

조개의 색과 윤기와 신선함을 갖추고 있었습니다.

제우스를 백조로 변하게 한 레다의 매력, 혹은 뜨거운 황금의 비를 자궁에 더 깊이 받으려고 허벅지를 벌린 다나에의 매력도 이 아가씨의 입술만큼 유혹적이었을 리 없습니다.

입술은 자체의 내적 생명력으로 벌어져서, 건강한 생명력을 가진 싱싱한 아주 작은 열매를 드러냈습니다. 장미 봉오리의 진홍빛 꽃잎 안, 연분홍색을 띤 한 방울 이슬이었습니다.

제 혀가 잠깐 그것을 지긋이 누르자, 여자는 그때껏 상상도 못 했던 뜨거운 쾌감에 미친 듯이 경련했습니다. 이어, 우리는 다시 서로를 껴안았습니다.

하녀가 말했습니다. "제가 얼마나 사랑하는지 모르실 거예요."

하녀는 제 대답을 기다렸지만, 저는 키스로 입을 막았습니다.

"말해봐요. 나를 사랑하세요? 아주 조금이라도 나를 사랑할 수 있어요?"

저는 흐릿하게 말했습니다. "네." 그런 순간에도 저는 거짓말을 대놓고 할 수는 없었습니다.

하녀는 아주 잠깐 저를 보았습니다.

"아니, 아니군요."

"왜 아니라고 해요?"

"몰라요. 그렇게 느껴져요. 저를 손톱만큼도 신경 쓰지 않아요. 그렇죠?"

"음, 그렇게 생각하고 있다면, 내가 어떻게 아니라고 설득하겠어요?"

"결혼하자는 게 아니잖아요. 나는 누구의 숨은 정부도 되지 않을 거예요. 그렇지만 나를 정말 사랑한다면……."

하녀는 말을 끝맺지 않았습니다.

"그러면?"

"이해 못했어요?" 여자는 제 귀 뒤쪽에 얼굴을 묻고 저한테 더 가까이 붙었습니다.

"네."

"음, 나를 사랑하면, 나는 당신 거예요."

제가 어쩌겠습니까? 저는 무조건적으로 자신을 바치는 여자가 생겼다는 사실이 몸서리나게 싫었습니다. 하지만 여자의 갈망과 저의 욕구를 만족시키지 않은 채 여자를 보내는 것보다 어리석은 일이 있을까요?

―또 한편, 자살하겠다는 말이 당치도 않은 것도 알고 있었겠죠?

―생각하시는 것만큼 당찮은 말은 아니었습니다.

―자, 자, 그래서 어떻게 했습니까?

―제가요? 이야기는 아직 반 밖에 나오지 않았습니다.

저는 여자에게 키스하며 여자를 모로 눕혔습니다. 작은 입술을 벌리고, 귀두로 입술 사이를 눌렀습니다. 입술이 조금씩 벌어지고 음경망울의 반이, 그리고 귀두 전체가 들어갔습니다.

부드럽게 밀었지만, 양쪽이 걸렸습니다. 특히 입구에 넘어설 수 없을 것 같은 장애물이 있었습니다. 벽에 못을 박을 때 못 끝이 돌에 막혀서 망치질이 먹히지 않고 못 끝이 뭉뚝해지고 휘어지는 것과 비슷했습니다. 제가 더 세게 누르자, 제 연장 끝도 쭈그러들었습니다. 저는 이 막다른 골목에서 길을 찾으려고 꿈틀거렸습니다.

하녀는 신음했습니다. 그러나 쾌감보다 통증 때문이었습니다. 저는 어둠 속에서 길을 더듬다가 다시 한번 밀어 넣었습니다. 그러나 제 공성 망치는 요새에 막혀 그 끝이 더 구부러지기만 했습니다. 저는 뒤를 공략해서 진짜 전투를 치르며 들어가는 게 더 낫지 않을까 생각하기 시작했습니다. 그러나 다시 뺄 때 저는 거의 절정에 달했습니다. 아니, 거의 달한 것이 아니라, 도달하고 말았습니다. 생명을 주는 크림 같은 액을 여자의 몸에 흩뿌렸으니까요. 불쌍한 그 여자는 아무것도 못 느꼈거나 느낀 게 거의 없었지만, 저는 그때까지 마음이 어지러웠고 밤 산책으로 지쳤던 터라 여자 옆에 거의 의식을 잃고 쓰러졌습니다. 여자는 저를 잠시 물끄러미 보다가 고양이처럼 벌떡 일어나서 제 주머니에서 떨어진 열쇠를 쥐고 한걸음에 문밖으로 나갔습니다.

저는 여자를 뒤따르기에는 너무 지친 나머지 금방 잠들었습니다. 아주 오랜만에 처음으로 맞이한 곤한 휴식이었습니다.

며칠 동안 저는 진정되었습니다. 텔레니가 자주 가는 곳이나 연주회에 텔레니를 보러 가는 것도 포기했습니다. 조만간 텔레니에게 무관심해지고 잊을 수 있겠다고 생각하기 시작했습니다.

저는 텔레니를 머릿속에서 단번에 지우려고 지나치게 노력했고, 그렇게 안달복달하다 보니 오히려 성공할 수 없었습니다. 텔레니를 못 잊는 게 아닐까 너무 걱정됐고, 그 걱정 때문에 머릿속에 다시 텔레니의 모습이 떠올랐습니다.

─그 여자는요?

─제가 잘못 안 게 아니라면, 제가 텔레니에게 느끼는 바를 그 하녀는 저에게 느끼고 있었습니다. 하녀는 저를 피하는 것을 자신의 당연한 의무로 여기면서 저를 경멸하

고 미워하려 애썼지만, 성공하지 못했습니다.

― 왜 미워하려 했죠?

― 자신이 아직 처녀인 것은 제가 무관심하다는 증거라는 사실을 그 하녀도 아는 것 같았습니다. 저는 하녀에게서 쾌락을 약간 얻었고, 저한테는 그것으로 충분했다는 것을 알아챈 듯했어요.

제가 하녀를 사랑해서 처녀성을 빼앗았다면, 하녀는 제가 입힌 상처 때문에 오히려 저를 더 부드럽게 사랑하기만 했을 겁니다.

하녀에게 물었습니다. 처녀성을 존중해준 것이 고맙지 않냐고. 그러자 대답은 짧게 '아뇨!'였습니다. 정말이지 단호한 '아뇨'였죠. 그리고 덧붙이더군요. "게다가 아무것도 안 하셨잖아요. 아무것도 못 하니까요."

"내가 못 한다고?"

"네."

다시 몸싸움이 시작됐습니다. 여자는 다시 저의 품에 붙잡혔고, 우리는 돈을 벌기 위해 싸우는 권투 선수보다 기교는 떨어지지만 열의는 그 못지않게 맞붙었습니다. 하녀는 결코 약하지 않았습니다. 근육질의 작은 암여우였습니다. 게다가 싸움이 승리에 주는 자극을 이해하기 시작한 것 같았습니다.

두근거리는 여자의 몸을 제 몸으로 느끼는 것은 정말 즐거웠습니다. 그 여자는 굴복하기를 바랐지만, 한참 법석을 떤 뒤에야 제 입은 그 입에 닿을 수 있었습니다.

아주 힘들게 여자를 침대에 눕히고 치마 속으로 제 머리를 간신히 넣었습니다.

여자들은 어리석은 동물입니다. 어이없는 편견으로 가득 차 있죠. 그 우매한 시골 여자는 제가 그 여자의 성기에 표하는 찬양을 수간 같은 것으로 여겼습니다.

여자는 더러운 짐승, 돼지 등등 재미있는 이름으로 저를 칭했습니다. 몸을 뒤틀고 꼬물거리면서 저한테서 빠져나가려 애썼습니다. 그러나 그런 행동은 제가 주는 쾌감을 높이기만 했습니다.

마침내 여자는 제 머리를 자기 허벅지 사이에 꽂고, 양손으로 제 목덜미를 눌렀습니다. 제가 여자의 불타는 입술에서 혀를 빼려 했다면, 애를 써야 뺄 수 있었을 겁니다.

어쨌든 저는 혀를 거기 붙이고, 작은 클리토리스를 핥고 건드리고 쓰다듬었습니다. 그곳에 고이는 눈물은, 이 쾌감을 무시해서는 안 된다고 그 여자를 설득하고 있었죠. 그래서 이제 저는 여자를 설득하는 유일한 길은 그것뿐임을 알게 되었습니다.

안쪽이 제 혀에 완전히 젖고 참을 수 없는 쾌락의 범람에 촉촉해졌을 때, 경험 없는 사람이 역시 경험 없는 사람에게 아픔을 유발하거나 순결의 봉인을 깨트리지 않고 줄 수 있는 절정의 쾌감을 그 여자가 맛보았을 때, 환희에 찬 여자의 모습에 제 자지는 의기양양하게 울었습니다. 저는 어둠침침한 지하 감옥에서 자지를 꺼내서 어두운 굴로 이끌었습니다.

제 도토리는 즐겁게 가다가 멈췄습니다. 세게 밀어 넣자, 쾌감보다 통증이 왔습니다. 저항이 너무 거세서 제 쇠꼬챙이가 뻔 것 같았습니다. 좁고 단단한 질 벽이 팽창했고, 제 피스톤은 빡빡한 장갑에 끼인 듯 오도 가도 못했습니다. 안쪽까지 다다르지도 못했습니다.

저는 혼자 생각했습니다. 멍청한 자연은 왜 쾌락을 방해하게 만들어졌을까? 아무도 밟지 않은 땅에 처음 들어선다는 믿음을 허영심 강한 신랑에게 주려는 것일까? 하지만 중년 부인들이 외도의 열쇠로 연 자물쇠를 늘 감쪽같이 수선하는 것을 모르나? 그걸로 종교 의식을 만들고, 고해 신부가 꽃봉오리를 꺾게 하려고? 오래전부터 성직자의 많은 특권 중 하나로 이어진 의식으로?

이 불쌍한 여자는 몸 안에 칼이 꽂히는 느낌을 받고 눈에 눈물이 고였지만, 비명을 지르지도 신음하지도 않았습니다.

한번 더 힘껏 밀어 넣으면, 신전의 베일이 두 갈래로 찢어졌을 겁니다.

그렇지만 저는 멈췄습니다.

"가질까요, 말까요?"

여자는 차분하게 말했습니다. "이미 나를 망쳤잖아요."

"아니에요. 아직 처녀예요. 내가 악당이 아니기 때문이죠. 이 질문에만 대답해요. 가질까요, 말까요?"

"사랑하면, 가지세요. 그렇지만 순간의 쾌락만 목적이라면…… 그래도 마음대로 하세요. 그렇지만 나를 버리면, 맹세코 죽어버리겠어요."

"흔히 그렇게 말하지만, 자살하는 사람은 없어요."

"두고 봐요."

저는 굴에서 남근을 뺐습니다. 그러나 여자가 일어나기 전에, 남근의 끝으로 부드럽게 여자를 간질였습니다. 제가 준 아픔에 대한 보상으로 만족을 주고 싶었습니다.

제가 말했습니다. "가질 수 있었을까요, 없었을까요?"

"멍청이." 여자는 뱀처럼 쏘아붙이고, 제 품에서 빠져나가 손이 닿지 않는 곳으로 움직였습니다.

제가 말했습니다. "다음번에 봐요. 누가 멍청이인지 알게 될 테니까." 그러나 이미 여자는 제 말이 들리지 않는 곳으로 가버린 뒤였습니다.

─감히 말씀드리지만, 소심하셨네요. 그렇지만 다음번에는 복수를 하셨겠죠?

─복수라고 부를 수 있다면, 그 복수는 무시무시한 것이었습니다.

저희 집 마부는 건장하고, 어깨가 떡 벌어지고, 근육이 발달한 젊은이였습니다. 그때까지 말에게만 애정을 전부 쏟았던 그 청년은 이 호리호리한, 호랑가시나무처럼 마른 하녀를 사랑하게 되었습니다.

마부는 모든 수단을 써서 점잖게 구애했습니다. 그때껏 쌓은 금욕과 새로 나타난 열정은 마부의 거친 면을 부드럽게 만들었죠. 꽃과 리본과 장신구 등을 계속 갖다줬지만, 하녀는 선물을 모두 깔보며 거절했어요.

청혼한 적도 있었죠. 고향에 있는 약간의 땅과 시골집까지 선물하기에 이르렀습니다.

하녀는 경멸에 가까운 태도로 마부를 대하고 마부의 사랑이 자신에게는 모욕인 양 분개해서, 마부의 화를 돋우었습니다. 마부의 눈에는 억누를 수 없는 갈망이, 하녀의 눈에는 텅 빈 시선이 있었죠.

하녀의 무관심에 미칠 지경이 된 마부는 사랑으로 얻을 수 없는 것을 힘으로 얻으려고 시도하기도 했지만, 여성의 힘이 항상 약하지만은 않다는 사실을 깨달았을 뿐이었습니다.

 마부의 시도가 실패한 뒤, 하녀는 마부를 더 약 올리기만 했습니다. 마부를 만날 때마다 엄지손톱을 윗니에 대고 쉭 소리를 냈습니다.

 저희 집 요리사는 이 근육질의 힘센 젊은 마부를 은근히 좋아하고 있었습니다. 저와 하녀 사이에 무슨 일이 있었음을 어렴풋이 눈치챈 요리사가 그 사실을 마부에게 귀띔한 게 분명했죠. 마부는 걷잡을 수 없는 질투심에 불탔습니다.

 약이 오를 대로 오른 마부는 그 하녀를 향한 감정이 사랑인지 증오인지 모르게 됐고, 하녀에 대한 갈망을 만족시키는 것 외에 다른 것은 신경 쓰지 않게 되었습니다. 사랑이 일깨웠던 부드러움은 몽땅 남성의 성욕에 자리를 내주었습니다.

 마부는 몰래, 어쩌면 요리사가 문을 열어주어서, 하녀의 방으로 숨어 들어갔습니다. 그 방에는 잡동사니들과 함께 낡은 가리개가 있었고, 마부는 그 뒤에 몸을 숨겼습니다.

 하녀가 잠들 때까지 거기 숨어 있다가 침대로 들어가서 싫든 좋든 함께 밤을 보낼 생각이었죠.

 마부는 일 분이 한 시간 같은 지독한 초조 속에 한참 기다린 뒤, 마침내 하녀가 들어오는 모습을 보았습니다.

하녀는 문을 닫고 잠갔습니다. 그 작은 행동에 마부의 온몸은 기쁨으로 떨렸습니다. 하녀는 누가 있을 것이라고 생각도 못하고 있다가, 마부의 손아귀에 들어 있게 되었습니다.

마부는 가리개 종이에 미리 구멍 두 개를 뚫어놓았고, 그 구멍으로 모든 것을 완벽하게 볼 수 있었습니다. 하녀는 차근차근 잘 준비를 했습니다. 머리를 풀고, 다시 하나로 느슨하게 묶었습니다. 그다음 옷을 벗었습니다. 원피스, 코르셋, 치마, 그리고 갖가지 속옷. 이윽고 슈미즈만 입은 차림이 되었습니다.

하녀는 한숨을 깊게 쉬며 묵주를 꺼내 기도하기 시작했습니다. 마부는 독실한 사람이었고, 기꺼이 하녀를 따라 기도문을 외울 수 있었겠지만, 몇 마디 웅얼거리다 포기했습니다. 머릿속에 온통 하녀 생각뿐이었죠.

보름달이 뜬 밤이었고, 부드러운 달빛이 방에 넘실거렸습니다. 하녀의 벗은 팔, 둥근 어깨, 조그맣게 튀어나온 젖가슴에도 달빛이 떨어져 오팔의 온갖 색을 흩뿌리고, 새틴의 은은한 윤기와 호박의 광택을 선사했습니다. 아랫도리에 접혀 있는 리넨 슈미즈에는 플란넬의 부드러움이 깃들었습니다.

마부는 경의에 빠져 꼼짝도 하지 않았습니다. 시선은

하녀에게 고정되었고, 흥분된 거친 숨을 참으며, 고양이가 쥐를, 혹은 사냥꾼이 꿩을 지켜보듯 집중해서 하녀를 바라보았습니다. 몸에 있는 모든 힘이 시각에 다 몰린 것 같았습니다.

하녀는 마침내 기도를 끝마치고 성호를 그은 뒤 일어섰습니다. 침대가 조금 높아서 오른발을 먼저 위로 올렸습니다. 마부의 눈에 조금 말랐지만 각선미 좋은 하녀의 다리가, 작고 둥근 엉덩이가 드러났습니다. 하녀가 몸을 숙이고 한쪽 무릎을 침대에 걸칠 때에는 아랫도리의 입술이 얼핏 드러났습니다.

그러나 마부는 그것을 볼 겨를조차 없었습니다. 고양이처럼 폴짝 뛰어올라서 벌써 하녀 위에 올라탔기 때문이죠.

하녀가 비명을 지르려 했지만, 이미 마부의 품에 꽉 갇힌 터라 아주 희미한 비명만 새어 나왔습니다.

"놔! 놔! 사람들을 부를 거야!"

"얼마든지 불러. 내가 당신을 차지하기 전에는 아무도 안 올걸. 당신을 맛보기 전에는 이 방을 나가지 않겠다고 성모 마리아께 맹세했거든. 그 bougre(놈)가 당신을 데리고 논다면, 나라고 못 할 거 없잖아. 그런 일이 없었다면, 뭐, 어쨌든 부자의 창녀가 되는 것보다 가난한 사람의 아내가 되는 게 낫지. 내가 당신이랑 결혼하려는 건 당신도 알잖아."

이렇게 말하며 마부는 한 손으로 억세게 하녀를 잡고, 다른 한 손으로는 하녀의 고개를 돌리려 했습니다. 하녀가 등을 돌린 자세로 마부에게 붙잡혀 있었기 때문에 키스하려면 고개를 돌려야 했죠. 그러나 잘 안 되자 마부는 하녀의 뒷덜미를 잡아 꽉 누르고, 다른 손은 다리 사이에 넣어서 억센 손바닥으로 아랫도리를 잡았습니다.

마부는 이미 준비가 되어 있던 몸을 하녀의 다리 사이로 밀어 넣고, 반쯤 벌어진 입술 아래쪽에 연장을 누르기 시작했습니다.

저의 시도 이후 계속 부어오르고 메말라 있던 입술에 마부의 부푼, 커다란 남근이 미끄러져 들어가서 그 끝이 위쪽 구석에 자리를 잡았습니다. 꽃가루로 무거운 꽃의 수술이 꽃을 꺾는 바람의 키스를 받아 그 주위 열린 씨방들에 꽃가루를 흩뿌리듯, 부풀어서 액을 흘리는 남근은 수액 많은 씨를 앞으로 내밀고 있는 작은 클리토리스에 닿자마자 거기뿐 아니라 주위에 온통 액을 분출했습니다. 하녀는 배와 허벅지를 적시는 따뜻한 액을 느끼자 살을 태우는 독약에 데인 듯했습니다. 아픈 것처럼 몸부림쳤습니다.

그러나 하녀가 저항할수록 마부가 느끼는 쾌감은 더 커

졌습니다. 아랫도리에서 올라와 목으로 나오는 것 같은 신음이 마부의 황홀감을 증명했습니다. 마부는 잠시 쉬었지만, 그 물건은 전혀 힘이 줄지도 물렁해지지도 않았습니다. 하녀가 몸을 뒤틀면 마부의 흥분만 더 부채질할 뿐이었습니다. 마부는 커다란 손을 하녀의 다리 사이에 넣고 하녀를 들어올린 뒤 난폭하게 제압하며, 거시기의 퉁퉁한 끝을 여자의 거시기에 눌렀습니다. 미끌미끌한 액을 뒤집어쓴 입술은 쉽게 벌어졌습니다.

이제 마부에게는 이 상황이 쾌감을 주고받는 문제가 아니었습니다. 짐승 같은 남자가 여자를 소유할 때 발현하는 모든 것을 압도하는 갈망만 남았습니다. 그런 상황에서는 남자를 죽여도, 잡고 있던 여자를 놓아주지 않을 겁니다. 마부는 황소 같은 힘으로 하녀에게 몸을 밀어 넣었습니다. 한번 더 힘을 쓰자, 물건은 입술 사이에 자리를 잡았습니다. 또 한번 힘을 쓰자, 기둥의 반이 들어가고, 아직 뚫린 적이 없는 몹시 팽창된 질 막에 멈췄습니다. 그것 때문에 질 안쪽으로 깊이 못 들어가는 것을 깨달은 마부는 의기양양했습니다.

마부는 희열에 차서 하녀에게 키스했습니다.

기뻐하며 소리쳤습니다. "당신은 내 거야. 평생토록 내 거야. 영원히 영원히 내 거야."

하녀는 마부의 열띤 환희와 저의 차가운 무관심을 비교했을 겁니다. 하녀는 비명을 지르려 했고, 마부의 손이 그 입을 막았습니다. 하녀가 물었지만, 마부는 손을 치우지 않았습니다.

마부는 자신이 가하고 있는 아픔에 아랑곳없이, 좁은 새장에 갇힌 죄수를 더 죄는 것에 무신경하게, 온 힘을 다해 하녀를 껴안고, 거세게 밀어 넣었습니다. 불쌍한 처녀에게 너무 질겼던 막이 찢어지고, 남근은 질 깊숙이 들어가서 자궁 목까지 올라갔습니다.

하녀는 고통과 분노로, 크고 높게 찢어지는 비명을 질렀습니다. 밤의 고요를 흔드는 그 소리는 집 전체에 울려 퍼졌습니다. 비명에 반응하여 웅성거리는 소리가 들리기 시작했지만, 피가 쏟아졌지만, 마부는 자신이 만든 상처에 막대기를 찌르고 또 찌르며 미친 듯이 즐거워했습니다. 마부가 내는 쾌감의 신음이 하녀의 애처로운 울음소리와 섞였습니다.

마침내 마부는 물렁해진 무기를 하녀의 몸에서 뺐고, 하녀는 자유를 얻었지만, 의식을 잃고 기절한 상태였습니다.

저는 집으로 막 들어오던 때에 비명을 들었습니다. 하녀 생각을 하고 있지 않았음에도 단박에 하녀의 목소리임을 알 수 있었고, 계단을 뛰어올라 집 안으로 달려갔습니다.

복도에서 창백하게 질려 떨고 있는 요리사를 보았습니다.

"카트린은 어디 있어요?"

"저…… 저…… 자기 방에 있을 겁니다."

"그럼 누구 비명이에요?"

"어…… 몰라요. 카트린 같아요."

"그런데 왜 가만히 서 있기만 해요?"

"문이 잠겨 있어요." 요리사는 아연실색한 표정이었습니다.

저는 문으로 달려갔습니다. 온 힘을 다해서 문을 흔들었습니다.

"카트린, 문 열어! 무슨 일이야?"

제 목소리에 불쌍한 여자는 정신을 차렸습니다.

또 한번 힘껏 흔들어서 잠금장치를 부쉈습니다. 문이 열렸습니다.

피에 물든 슈미즈를 입은 하녀가 눈에 들어왔습니다.

머리카락이 풀려 온통 엉클어져 있었습니다. 눈빛은 이글이글 타오르고 있었습니다. 얼굴은 고통과 수치심과 광기로 일그러져 있었습니다. 아이아스의 병사들에게 당한 직후의 카산드라 같았습니다.

창에서 멀지 않은 곳에서 일어서며, 하녀는 마부에게서 눈길을 돌려 저를 보았습니다. 경멸과 증오에 찬 시선이었습니다.

하녀는 이제 남자들의 사랑이 어떤 것인지 잘 알고 있었습니다. 하녀가 여닫이창으로 휙 달려갔습니다. 저는 얼른 뛰어갔지만, 한발 늦었습니다. 하녀는 마부나 제가 막을 새도 없이 창 아래로 뛰어내렸습니다. 옷자락이 제 손에 잡혔지만, 옷은 찢어지고 제 손에는 찢어진 천 조각만 남았습니다.

둔탁한 쿵 소리, 비명, 신음이 들리고, 조용해졌습니다.

여자는 자기 말을 지켰습니다.

6

 하녀의 이 충격적인 자살로 제 머릿속에는 며칠 동안 다른 생각이 끼어들 틈이 없었습니다. 한동안 다른 고민이나 걱정도 할 수 없었습니다.
 저는 궤변가가 전혀 아니었으므로 하녀가 그렇게 성급한 행동을 하기까지 제 탓도 있지 않았는지 자문했습니다. 그리고 마부에게도 보상을 하려 했습니다. 아니, 적어도 마부가 그 일을 떨쳐낼 수 있도록 최선을 다해 도우려 했습니다. 그 하녀를 좋아하지는 않았을지언정 사랑하려고 애썼던 것은 사실이었기에, 그 죽음에 저는 몹시 심란했습니다.
 제가 회사의 대표지만 저보다 오히려 더 회사를 잘 알고 있는 지배인은 제 상태를 보고 짧은 출장을 다녀오라고 했습니다. 제가 가지 않으면 지배인이라도 다녀와야 할 출장이었습니다.

얼마 전까지만 해도 제 머릿속을 완전히 장악하고 있던 텔레니 생각은 이런 모든 상황에 자취를 감췄습니다. 그래서 저는 텔레니를 많이 잊었다는 결론을 내리려 했습니다. 그리고 제 눈에 경멸스럽게만 보였던 열정을 극복했다고 자축했습니다.

집으로 돌아온 뒤, 저는 신문에서 텔레니의 이름을 읽는 것도 피했습니다. 아니, 거리의 벽보에서 그 이름이 보일 때마다, 저를 끌어당기는 힘을 무시하고 고개를 돌렸습니다. 그만큼이나 저는 텔레니의 마력에 굴복하게 될까 봐 두려웠습니다. 내가 과연 계속 텔레니를 피할 수 있을까? 아주 사소한 우연으로 우리가 만나게 되지는 않을까? 그러면……?

저에게 드리워졌던 텔레니의 힘이 사라졌다고, 또, 텔레니가 그 힘을 다시 얻기란 불가능하다고 믿으려 애썼습니다. 그리고 두 배 더 확실하게 만들기 위해, 저는 우리가 아예 만난 적이 없다고 생각하려 애썼습니다. 더 나아가 텔레니가 이 도시에서 영원히는 아니더라도 한동안 떠나기를 바랐습니다.

돌아온 지 얼마 지나지 않은 때였습니다. 저는 어머니와 함께 극장 칸막이 좌석에 앉아 있었습니다. 별안간 문이 열리고, 문간에 텔레니가 나타났습니다.

텔레니를 보자 저도 모르게 얼굴이 창백해졌다가 빨개졌습니다. 무릎에 힘이 빠지고, 가슴이 터질 듯 심장이 마구 쿵쾅대기 시작했습니다. 제 굳은 결심이 다 무너지는 것을 잠시 느끼다가, 이토록 나약한 자신을 증오하며 모자를 홱 낚아채 텔레니에게 인사를 하는 둥 마는 둥 하고 미치광이처럼 뛰어나갔습니다. 제 이상한 행동에 대한 사과는 어머니의 몫으로 남겨두었습니다. 밖으로 나가자마자 뒤에서 누가 끌어당기는 듯한 기분이 들었습니다. 돌아가서 텔레니에게 사과할 뻔했습니다. 그렇게 하지 않을 수 있었던 이유는 단 하나, 창피했기 때문입니다.

다시 칸막이 좌석으로 돌아가자 어머니가 놀라고 화난 표정으로, 모두가 반기고 좋아하는 음악가에게 왜 그렇게 무례한 행동을 했느냐고 물었습니다.

어머니가 말했습니다. "내가 제대로 기억하고 있다면, 두 달 전만 해도 필적할 피아니스트가 없었지. 지금은 언론이 등을 돌려서, 대접도 못 받고 있지만."

저는 눈썹을 치켜세우며 물었습니다. "언론이 나쁘게 말해요?"

"뭐? 최근에 얼마나 나쁜 평을 들었는지 못 읽었니?"

"네. 피아니스트 말고도 생각할 일이 많았어요."

"음, 요즘 부진해 보여. 프로그램에 이름이 올랐는데 연주를 하지 않은 적도 몇 번 있었어. 그리고 최근에는 아주 맥없이 따분하게 연주했지. 전에 들려준 뛰어난 연주와 딴판으로."

누가 제 심장을 꽉 쥐고 있는 것 같았습니다. 저는 최대한 무심한 표정을 지으려 애썼습니다.

저는 무덤덤하게 말했습니다. "안됐네요. 그렇지만 언론이 쓴소리를 해도 여자들이 위로하며 그 화살촉을 무디게 만들겠죠."

어머니는 제 말에 찬성하지 않는다는 듯 어깨를 으쓱하고 입을 비죽거렸습니다. 제가 여전히 사랑하는 그 사람—네, 저 스스로를 속이려 하거나 문제를 얼버무리려 하는 것은 이제 소용없었습니다—에게 제가 한 행동을 얼마나 뼈아프게 후회하는지, 제 생각이 어떤지, 어머니는 알 리 없었죠. 네, 저는 텔레니를 더욱더 사랑했습니다. 착란에 빠질 만큼 사랑했습니다.

이튿날 저는 텔레니의 이름이 언급된 신문 기사를 모두 찾아보았습니다. 이런 생각은 제 허영심일지 모르겠지만, 제가 텔레니의 연주회에 가지 않기 시작한 바로 그날부터 텔레니의 연주가 형편없어진 것 같았습니다. 한때 텔레니에게 아주 우호적이었던 평론가들조차 모두 등을 돌리고 그가 자신의 예술, 관객, 자기 자신에 대한 의무에 더 충실해야 한다고 힐책하고 있었습니다.

일주일쯤 뒤, 저는 다시 텔레니의 연주를 들으러 갔습니다.

텔레니가 입장하자, 저는 그 짧은 기간 동안 달라진 그의 모습을 보고 놀랐습니다. 초췌하고 의기소침해 보이는 것은 물론이고, 창백하고 야위고 아파 보였습니다. 며칠 사이에 정말이지 십 년은 늙은 것 같았습니다. 이탈리아에서 돌아왔을 때 어머니도 저를 보고 같은 변화를 느꼈지만, 어머니는 제가 겪은 충격 때문으로 생각했죠.

텔레니가 무대에 서자 몇 사람이 박수로 응원했지만, 비난하는 웅성거림에 이은 낮은 야유 소리에 미약한 응원의 시도는 즉시 멈췄습니다. 텔레니는 두 가지 소리 모두 경멸하며 신경을 쓰지 않는 표정이었습니다. 신열에 녹초가 된 사람처럼 힘없이 앉았습니다. 그러나 나중에 어떤 음악 기자가 말했듯, 갑자기 그 두 눈에 예술의 불길이 빛나기 시작했습니다. 텔레니는 객석을 곁눈질했습니다. 무언가를 찾고 있는 얼굴에는 사랑과 감사가 가득했습니다.

그리고 연주를 시작했습니다. 지루한 의무를 수행하는 듯한 연주가 아니었습니다. 가득 찬 영혼을 쏟아내는 듯한 연주였습니다. 새의 지저귐, 넘치는 환희를 갈망하며 짝의 마음을 사로잡으려는 새의 노랫소리 같은 음악은, 예측할 수 없는 예술의 풍부한 선율을 정복하지 않는 한 그 안에서 죽기로 결심한 것처럼 들렸습니다.

제가 완전히 압도된 것은 말할 필요도 없고, 모든 관객이 그 곡의 달콤한 슬픔에 전율했습니다.

곡이 끝나고, 저는 서둘러 나왔습니다. 솔직히, 텔레니를 만날 것이라는 기대를 안고 있었습니다. 텔레니가 연주하는 동안, 제 안에서는 가슴과 머리가 격한 싸움을 벌이고 있었습니다. 그러다가 불타는 감성이 차가운 이성에게 물었습니다. 억누를 수 없는 열정에 맞서 싸워서 무슨 소용이 있었지? 정말로 저는 저에게 온갖 고통을 준 텔레니를 용서할 준비가 되어 있었습니다. 애당초 저에게는 텔레니에게 화낼 권리도 없었죠.

방에 들어가자 제일 처음 보인 사람은 텔레니였습니다. 아니, 제 눈에는 텔레니만 보였습니다. 형언할 수 없는 기쁨이 제 온 존재를 채웠습니다. 제 심장이 텔레니 앞으로 튀어 나가는 것 같았습니다. 그러나 별안간 제 희열은 사라지고, 제 혈관의 피는 얼어붙고, 사랑의 자리에는 분노와 증오가 찼습니다. 텔레니가 브리앙쿠르와 팔짱을 끼고 있었던 겁니다. 브리앙쿠르는 대놓고 텔레니의 성공을 축하하며, 떡갈나무에 감긴 담쟁이덩굴처럼 텔레니에게 딱 붙어 있었습니다. 브리앙쿠르의 시선과 제 시선이 마주쳤습니다. 브리앙쿠르의 눈빛에는 승리의 기쁨이, 제 눈빛에는 싸늘한 멸시가 들어 있었죠.

텔레니는 저를 보자마자 얼른 브리앙쿠르의 손아귀에서 빠져나와 저에게 다가왔습니다. 질투에 사로잡힌 저는 악수를 청하는 텔레니의 손을 완전히 무시하고, 더없이 딱딱하고 냉담하게 고개를 까딱한 뒤 지나쳤습니다.

옆에 있던 사람들이 작게 중얼거리는 소리가 들렸습니다. 지나가면서 시야 끝으로 텔레니의 상처 입은 얼굴, 달아올랐다가 가라앉는 낯빛, 자존심을 다친 표정이 보였습니다. 텔레니는 욱했지만, '정 그러시다면' 하고 말하는 듯, 체념하며 고개를 까딱하여 인사하고, 브리앙쿠르 옆으로 돌아갔습니다. 브리앙쿠르의 얼굴은 만족으로 환하게 빛났습니다.

브리앙쿠르가 말했습니다. "저 친구는 늘 저래요. 비열한 놈, 장사치, 잘난 체하는 벼락부자! 신경 쓰지 마세요." 딱 제 귀에 들릴 크기로 하는 말이었습니다.

텔레니가 생각에 잠겨서 말했습니다. "아니, 잘못은 저한테 있어요. 저 사람이 아니라."

텔레니는 몰랐죠. 그 방을 나갈 때 내 마음이 얼마나 아렸는지, 한 걸음 한 걸음 옮길 때마다 돌아서고 싶은 마음이, 모두가 보는 앞에서 그 목에 매달려 용서를 빌고 싶은 마음이 얼마나 간절했는지.

다시 가서 텔레니에게 악수를 청할까 말까 갈등했습니다. 오호통재라! 우리는 심장의 열띤 충동에 곧잘 굴복하던가요? 그 반대로, 계산적이고, 생명력 없고, 양심으로 혼동되는 뇌의 조언만을 늘 따르지 않나요?

아직 이른 시간이었지만, 저는 거리에서 한동안 텔레니가 나오는지 지켜보며 기다렸습니다. 텔레니가 혼자 나오면 가서 제 무례에 용서를 빌기로 마음먹었죠.

잠시 후, 브리앙쿠르와 나오는 텔레니가 보였습니다.

그 즉시 제 질투심은 다시 불붙었습니다. 저는 돌아서서 멀리 걸어갔습니다. 다시는 텔레니를 보고 싶지 않았습니다. 내일 첫차를 타고 떠나야지. 어디로든, 할 수 있다면 세상 밖으로.

이런 감정 상태는 오래가지 않았습니다. 분노가 어느 정도 가라앉고, 사랑과 호기심이 다시 제 발걸음을 멈추게 했습니다. 저는 멈춰 섰습니다. 주위를 돌아보았죠. 두 사람은 어디서도 보이지 않았습니다. 그때까지 저는 텔레니의 집 쪽으로 가고 있었죠.

뒤로 돌아 지나온 길로 돌아갔습니다. 주위의 거리들을 보았습니다. 두 사람은 자취를 감췄습니다.

텔레니가 보이지 않자, 찾고 싶은 마음이 더 커졌습니다. 아마 브리앙쿠르의 집으로 갔겠지. 그쪽으로 서둘러 걸었습니다.

갑자기 멀리서 두 사람의 형태가 보이는 것 같았습니다. 저는 미친 듯이 부랴부랴 걸었습니다. 들키지 않게 코트 깃을 세우고 부드러운 펠트 모자를 귀까지 눌러쓴 뒤 맞은편 보도에서 두 사람을 뒤쫓았습니다.

제가 잘못 본 게 아니었습니다. 두 사람은 다른 길로 접어들었고, 저도 뒤따랐습니다. 이 외진 곳에서 어디로 가는 걸까?

두 사람의 주의를 끌지 않으려고 광고가 보이면 멈춰 섰습니다. 속도를 줄였다가 다시 빨리 걸었습니다. 두 사람의 머리가 가까이 붙는 것이 몇 번 보이더니, 브리앙쿠르의 팔이 텔레니의 허리에 감겼습니다.

그 모든 광경이 저한테는 몸서리나게 싫다는 말로는 턱없이 부족할 정도였습니다. 그 비참함 속에서 그나마 한 가지 위안이 되는 것은 있었습니다. 텔레니가 브리앙쿠르의 관심에 그저 응하고 있을 뿐, 그의 관심을 요구하고 있지 않은 것이 분명해 보였다는 점입니다.

마침내 XX 강변로에 다다랐습니다. 낮에는 너무 북적이고, 밤에는 너무 한적한 곳. 두 사람은 누구를 찾고 있는 것 같았습니다. 두리번거리고, 마주치는 사람을 훑어보고, 부둣가 벤치에 앉아 있는 사람들을 살펴보더군요. 저는 계속 미행했습니다.

제 머릿속은 두 사람 생각으로 가득 차 있었기 때문에, 어디서 나타났는지 모를 남자가 제 옆에서 나란히 걷고 있는 것도 한참 뒤에야 알아챘습니다. 저는 점점 불안해졌습니다. 남자가 저와 나란히 걷고 있었을뿐더러 제 관심을 끌려 하는 것 같았기 때문입니다. 남자는 허밍을 하고 휘파람을 불고 헛기침을 하고 컥컥거리고 발을 바닥에 비비며 소리를 냈습니다.

이런 소리가 제 귀에 들렸지만, 공상에 잠긴 저에게는 관심거리가 되지 않았습니다. 제 모든 감각은 제 앞에 있는 두 사람의 형태에 집중되어 있었죠. 그러자 남자는 쭉 앞으로 나아가서 몸을 돌리고 저를 뚫어져라 보았습니다. 제 눈에는 이 상황이 모두 들어왔지만, 남자에게는 조금도 관심이 가지 않았습니다.

남자는 한번 더 얼쩡거리다가 제가 지나가도록 비키고, 성큼성큼 걷더니 다시 제 옆에 붙었습니다. 마침내 제가 고개를 돌려 남자를 보았습니다. 추운 날씨에도 남자의 옷은 간소했습니다. 짧은 검은색 벨벳 재킷, 연회색 바지. 바지는 몸에 딱 붙어서 타이츠처럼 허벅지와 엉덩이의 형태를 그대로 드러내고 있었습니다.

제가 쳐다보자 남자는 다시 저를 뚫어지게 보다가 미소를 지었습니다. raccrocheuse(매춘부)의 공허하고 무식하고 멍청한, 얼굴의 근육만 수축시킨 미소였습니다. 그러다가 유혹하는 듯한 음흉한 웃음 띤 얼굴로 저에게서 시선을 떼지 않은 채 옆에 있던 vespasienne(남성용 공중변소)로 발걸음을 옮겼습니다.

저는 생각했죠. '저 사람이 저런 식으로 나에게 추파를 던지다니, 도대체 나한테 무슨 특이한 면이 있지?'

그렇지만 저는 그 이상은 그 사람을 신경 쓰거나 돌아보지 않고, 계속 걸었습니다. 눈은 텔레니에게 고정되었습니다.

또 다른 벤치를 지나갔습니다. 누가 또 발을 바닥에 문지르며 헛기침했습니다. 제 고개를 자기 쪽으로 돌리게 만들려고 애쓰는 게 분명했습니다. 저는 그렇게 했습니다. 길을 나서면 어디서나 만날 수 있는, 별다른 점이 전혀 없는 사람이었습니다. 남자는 제 시선을 확인한 뒤 바지 단추를 채우는지 끄르는지 알 수 없게 만지작거렸습니다.

잠시 후에 또 뒤에서 발소리가 들리고, 점점 가까이 다가왔습니다. 진한 향기가 났습니다. 사향이나 파촐리의 독한 냄새도 향기라 부를 수 있다면 말이죠.

남자는 지나가면서 살짝 제 몸을 스쳤습니다. 미안하다고 말하더군요. 벨벳 재킷 차림, 아니, 드로미오[35] 분장을 한 것 같았습니다. 제가 남자를 보자, 남자도 저를 보며 씩 웃었습니다. 눈가에는 검은 화장품을, 뺨에는 붉은 분을 바른 얼굴이었습니다. 수염은 없었습니다. 잠깐 저는 그 사람이 남자인지 여자인지 헷갈렸습니다. 그러나 남자가 기둥 앞에 멈춰 섰을 때, 남자인 것이 확실히 드러났습니다.

또 다른 사람이 공중변소 뒤에서 걸어나왔습니다. 엉덩이를 흔들며 섬세한 척하며 걷는 걸음걸이였어요. 강단 있는 몸에 히죽히죽 웃는 얼굴의 늙은 남자로, 서리를 맞은 사과처럼 쭈글쭈글했습니다. 볼은 아주 홀쭉했고 광대뼈는 새빨갰습니다. 말끔하게 면도를 했고 담황색의 길고 풍성한 가발을 쓰고 있었습니다.

걷고 있는 그 남자의 자세는 메디치의 베누스 상 같았습니다. 그러니까 한 손은 중심부에, 한 손은 가슴에 얹은 자세였죠. 아주 조신해 보였고, 더 나아가서, 늙은 남자임에도 처녀 같이 수줍어하는 모습이 처녀 뚜쟁이처럼 보였습니다.

늙은 남자는 저를 뚫어져라 보지는 않았지만, 옆을 지

---

[35] 셰익스피어의 〈실수 연발〉의 등장인물

나갈 때 곁눈질로 보더군요. 그 남자는 노동자를 만났습니다. 강인하고 건장한 남자로, 푸주한이나 대장장이 같았습니다. 늙은 남자는 분명 눈에 띄지 않게 살금살금 지나갔는데, 노동자가 늙은 남자를 세웠습니다. 몇 걸음밖에 떨어지지 않은 거리였지만, 두 사람이 무슨 말을 하는지는 들리지 않았습니다. 연인들의 숨죽인 목소리로 말했기 때문입니다. 그러나 두 사람의 대화 소재가 저인 것 같았어요. 노동자가 고개를 돌려서 저를 빤히 보았거든요. 두 사람은 각자 갈 길로 갔습니다.

노동자는 스무 걸음쯤 가다가 몸을 돌려서 다시 저를 향해 곧장 걸어왔어요. 저와 얼굴을 맞대기로 결심한 것 같았죠.

저는 노동자를 보았습니다. 거대한 몸집의 건장한 사내였습니다. 남성으로서 뛰어난 사람임이 분명했어요. 노동자는 저를 스쳐 지나가면서, 근육질의 팔을 직각으로 굽히고 강인한 주먹을 꽉 쥐어 아래위로 몇 번 흔들었습니다. 피스톤이 실린더 속에서 움직이는 모습을 표현하는 듯한 동작이었죠.

배우지 않아도 알 수 있을 만큼 확실하고 분명한 신호들도 있죠. 이 노동자의 신호가 그랬습니다.

그제야 저는 이 밤의 산책자들이 누구인지 알았습니다.

왜 이 사람들이 저를 뚫어져라 보는지 알았습니다. 제 주의를 끌기 위한 온갖 동작들의 의미도 알았습니다. 꿈을 꾸고 있나? 저는 주위를 둘러보았습니다. 노동자는 선 채로, 다른 방식으로 신호를 보내고 있었습니다. 왼손을 주먹 쥐고, 오른손 검지손가락을 왼손 주먹의 구멍에 넣었다 뺐다 한 것입니다. 노골적이었습니다. 제가 잘못 생각한 것이 아니었죠. 저는 황급히 걸으며 생각했습니다. '들판의 여러 성읍'이 불과 유황으로 멸망했던가.

나중에 알게 되었지만, 어느 도시에나 특정한 장소가 있습니다. 그런 유흥을 위한 광장, 공원이 있죠. 경찰요? 심한 범죄가 일어나기 전에는 못 본 체합니다. 분화구를 막는 게 오히려 더 위험하니까요. 남창 매음굴은 허용되지 않으니까, 그런 밀회의 장소는 용인돼야죠. 아니면 도시 전체가 현대판 소돔이나 고모라가 될 테니.

—정말요? 지금 그런 도시가 있나요?

—네, 그럼요! 야훼는 세월과 함께 경험을 얻었으니까요. 그래서 자식들을 옛날보다 조금 더 잘 이해하게 되었으니까요. 관용의 뜻을 좀 더 올바르게 이해하게 됐거나, 아니면, 빌라도처럼 손을 씻고 자식들을 포기했으니까요.

처음에 저는, 남색가 노인의 모습에 심한 역겨움을 느꼈습니다. 노인은 다시 제 옆을 지나가며, 가슴에 대고 있던 팔을 극도로 우아하게 쳐들어서 앙상한 손가락을 입술 사이에 넣고 움직였습니다. 노동자가 팔을 움직이던 것과 똑같은 방식이었지만, 모든 동작에 처녀 같은 수줍음을 불어넣으려 애쓰는 점이 달랐습니다. 나중에 알게 됐지만, 그 노인은 pompeur de dard였습니다. 다시 말해, '정액 빨아먹는 사람'이죠. '그것'을 사랑해서 하는 일이었고, 오랫동안 경험을 쌓아서 그 방면에서 대가의 실력을 갖추게 된 거예요. 노인은 다른 모든 면에서는 수도승처럼 살았고, 사치를 부린 것은 한 가지, 고운 리넨 손수건뿐이었습니다. 레이스가 달리거나 자수가 놓인 손수건으로, 아마추어와 일을 마친 뒤 그 물건을 닦을 때 썼죠.

노인은 강가로 내려갔습니다. 다리의 아치 아래, 눈에 안 띄는 구석, 혹은 다른 외딴곳으로 안개 속 한밤의 산책에 저를 초대하는 것이 분명했습니다.

강가에서 다른 남자가 올라왔습니다. 옷매무새를 매만지며 유인원처럼 엉덩이 쪽을 긁고 있었습니다. 이 남자들에게서 섬뜩한 기분을 느꼈음에도 불구하고 저에게는 너무도 완전히 새로운 광경이어서, 조금은 흥미로웠다고 고백하지 않을 수 없군요.

―텔레니는요?

―이 심야의 방랑자들에게 사로잡힌 나머지 텔레니와

브리앙쿠르의 모습을 놓쳤습니다. 그러다가 갑자기 두 사람이 다시 보였습니다.

두 사람 옆에는 젊은 알제리인 소위와 말쑥하고 늠름한 젊은이, 아랍인으로 보이는 날씬하고 검은 청년이 있었습니다.

성적인 모임은 아닌 것 같았어요. 어쨌든 군인은 활기찬 이야기로 친구들을 즐겁게 하고 있었고, 제 귀에 들리는 몇 마디로 미루어 이야기의 소재가 재미있는 것 같았습니다. 일행이 지나갈 때마다 벤치에 쌍쌍이 앉은 사람들은 그 일행을 알고 있는 듯 자기들끼리 옆구리를 쿡 찔렀습니다.

저는 그 일행 옆으로 지나갈 때 어깨를 움츠리고 고개를 코트 깃에 깊이 파묻었습니다. 손수건으로 얼굴을 가리기까지 했습니다. 그렇게까지 조심하고, 텔레니 옆을 지나갈 때 조금도 내색하지 않았음에도 불구하고 텔레니는 저를 알아보는 것 같았습니다.

남자들을 지나칠 때 즐거운 웃음소리가 들렸습니다. 역겨운 단어들이 제 귀에 계속 울렸습니다. 남자답지 않은, 여성스러운 남자들의 소름 끼치는 얼굴이 길을 가로지르며 구역질 나는 온갖 몸짓으로 저를 유혹하려 했습니다.

저는 속상하고 낙담한 채 서둘러 걸었습니다. 저 자신

과 제 동족이 증오스러웠습니다. 저는 생각에 잠겼습니다. 악덕에 물든 이 모든 프리아포스[36] 숭배자들보다 내가 낫다고 할 수 있나? 나는 이 남색가들을 나보다 아끼는 남자에게 사랑을 구걸하고 있지 않나?

깊은 밤이었고, 저는 제 발길이 어디로 저를 데려가는지도 모르는 채 계속 걸었습니다. 저희 집으로 가는 길은 강을 건너지 않아도 됩니다. 그런데 제가 왜 그랬을까요? 정신을 차려보니, 저는 다리 한가운데에 서서 눈앞의 탁 트인 공간을 멍하니 바라보고 있었습니다.

강은 은빛 도로처럼 도시를 둘로 나누었습니다. 양쪽으로 안개 속에 커다란 건물들이 어슴푸레하게 솟아 있었죠. 흐릿한 돔, 희미한 탑. 안개에 가린 거대한 첨탑은 흔들리며 구름 위로 높이 솟아 안개 속으로 사라졌습니다.

그 아래로, 차갑고 음울한 강물이 출렁대며 번들거렸습니다. 스스로를 앞지를 수 없어서 안달하는 듯 더 빨리 좀 더 빨리 흐르며, 가로막는 다리를 치고, 작은 파도로 굽이치고, 성난 소용돌이를 일으켰습니다. 찰랑거리고 반짝거리는 물결에 어두운 기둥은 새까만 그림자를 드리웠습니다.

쉴 새 없이 춤추는 그림자들을 바라보고 있으려니, 무수히 많은 요정들이 그 사이로 이리저리 미끄러져 다니는 것이 보였습니다. 뱀 같은 요정들은 빙그르르 돌기도 하고 데굴데굴 뒹굴기도 하며 저에게 윙크하고 손짓했습니다. 레테의 강물 속에서 쉬자고 유혹했습니다.

맞아. 저 어두운 아치 아래에는, 소용돌이치는 강의 부드럽고 푹신한 진흙에는, 틀림없이 휴식이 있을 거야.

그 강물은 헤아릴 수 없이 깊어 보였습니다. 안개가 가리고 있는 그 심연은 더없이 매혹적이었습니다. 내 아픈 머리를 달랠 수 있는 것, 타는 가슴을 가라앉힐 수 있는 것은 망각의 약뿐인데, 나는 왜 구하러 가지 않나?

왜?

하느님의 계율이 자살을 금하기 때문인가?

어떻게, 언제, 어디서?

시나이산에서 극적인 장면을 연출할 때, 하느님이 그 불 같은 손가락으로?

그렇다면 하느님은 왜 내 한계 너머로 나를 시험하고 있을까?

나중에 자식을 야단치는 즐거움을 맛보려고 사랑하는 자식이 자신을 따르지 않게 만드는 아버지가 과연 있을까? 욕정 때문이 아니라 딸의 행실을 꾸짖고 싶어서 자기 딸의 순결을 꺾는 남자가 과연 있을까? 그런 남자가 실제로 있다면, 분명 그 남자는 아훼의 모습을 닮았을 것이다.

아니, 인생은 즐거워야만 살아갈 가치가 있다. 지금 나에게 인생은 짐이다. 내가 억누르려 애썼지만 들끓기만 했던 열정은 새로운 힘으로 터지며 나를 완전히 지배했다. 그렇다면 그 죄를 다스리려면 다른 죄를 짓는 수밖에 없다. 나의 경우, 자살은 정당할뿐더러 칭찬받을 만한, 아니, 영웅적인 것이다.

복음서에 뭐라고 적혀 있더라? '또 네 눈이 너를……' 어쩌고저쩌고.

이런 생각들이 저의 머릿속에서 성난 작은 뱀들처럼 빙빙 돌았습니다. 제 앞에, 안개 속에서, 수증기로 이루어진 빛의 천사 같은 텔레니가 그 깊고 슬프고 진중한 눈으로 저를 조용히 바라보고 있는 것 같았습니다. 그 아래, 세차게 흐르는 강물은 저에게 세이렌의 유혹적인 달콤한 목소리로 노래했습니다.

머리가 어지러웠습니다. 의식이 사라지고 있었습니다. 저는 이 아름다운 세상을, 인간이 지옥으로 만든 이 천국을 저주했습니다. 위선 위에서만 번성하는 편협한 우리 사회를 저주했습니다. 감각적 쾌락에 모조리 거부권을 행사하며 망치는 우리 종교를 저주했습니다.

저는 이미 저 스틱스의 물에서 망각을 찾기로 결심하고 난간을 오르고 있었습니다. 그때, 힘센 두 팔이 저를 바짝 잡고 꽉 안았습니다.

─텔레니였습니까?

─그렇습니다.

"카미유, 내 사랑, 내 영혼, 제정신입니까?" 텔레니가 숨을 몰아쉬며 목멘 소리로 말했습니다.

꿈인가? 정말 그 사람인가? 텔레니? 나의 수호천사인가? 나를 유혹하는 악마인가? 내가 아주 미쳤나?

이런 생각들이 꼬리에 꼬리를 물고, 저는 어리둥절했습니다. 잠시 후, 깨달았습니다. 미친 것도 꿈을 꾸는 것도 아니었습니다. 진짜 살아 있는 텔레니였습니다. 서로 꼭 껴안은 상태에서, 제 몸에 닿은 텔레니를 느낄 수 있었으니까요. 저는 끔찍한 악몽에서 깨어난 것이었습니다.

긴장이 풀린 실신 상태에서 텔레니의 힘찬 포옹을 받으니, 서로 딱 붙은 우리 두 몸이 합쳐지거나 녹아서 하나의 몸이 된 기분이었습니다.

그 순간, 더없이 기묘한 느낌이 찾아왔습니다. 제 두 손으로 텔레니의 머리, 목, 어깨, 팔을 쓰다듬었지만, 저는 텔레니를 전혀 느낄 수 없었습니다. 제가 제 몸을 만지고 있는 것 같았습니다. 불타는 우리 이마는 맞닿아 있었고, 부풀어서 요동치는 텔레니의 동맥은 저의 팔딱이는 맥박 같았습니다.

서로를 애써 찾지 않고도 본능적으로 우리 입은 자연스러운 합의로 하나가 되었습니다. 우리는 키스한 것이 아니었습니다. 우리의 숨이 우리 두 존재에게 생명을 준 것입니다.

한동안 저는 힘이 사그라지고, 아직 살아 있다고 자각할 수 있는 기운만 남아 의식이 흐릿한 상태였습니다.

갑자기 머리부터 발끝까지 강력한 충격을 느꼈습니다. 심장에서 뇌로 무엇이 역류했습니다. 온몸의 신경이 간질거렸습니다. 살갗 전체가 날카로운 바늘 끝에 찔린 듯 따끔거렸습니다. 떨어져 있던 우리 입은 새롭게 깨어난 욕정으로 다시 맞붙었습니다. 합체하기를 바랐던 것이 분명한 우리 입술이 어찌나 열정적인 힘으로 서로를 누르고 비볐는지 피가 흘렀습니다. 아니, 우리 두 심장에서 솟구친 이 피는 서로 섞이며 이 상서로운 순간을 축하했습니다. 옛 국가들의 결혼 의식, 두 신체의 결혼, 상징적인 포도주가 아닌 진짜 피로 치르는 성찬식.

우리는 한참 동안 그렇게 무아지경에 휩싸였습니다. 서로의 키스에서 매 순간마다 더 황홀하고 미칠 듯한 쾌감을 느꼈습니다. 키스는 가라앉힐 수 없는 열을 높이고, 충족될 수 없는 허기를 자극하고, 우리를 계속 광기로 몰았습니다.

그 키스에는 사랑의 정수가 있었습니다. 우리의 뛰어난 모든 면, 존재의 정수가 입술에서 계속 솟아올라 증발했습니다. 취하게 만드는 천상의 향기로운 액체가 휘발하는 것 같았습니다.

고요하고 조용한 자연도 숨을 참으며 저희를 보고 있는 것 같았습니다. 이런 축복의 황홀경은 이 지상에서 느낄 수 없는 것이며, 있다 해도 아주 드문 것이었기 때문입니다. 저는 까라지고 늘어지고 기진맥진해졌습니다. 땅이 빙빙 돌고 몸이 가라앉았습니다. 서 있을 힘조차 없었습니다. 어지럽고 기절할 것 같았습니다. 내가 죽어가나? 그렇다면 죽음은 삶에서 가장 행복한 순간임이 틀림없어. 이런 황홀한 기쁨은 두 번 다시 느낄 수 없을 테니까.

얼마나 오래 인사불성이었을까? 저도 모르겠습니다. 제가 아는 것은, 깨어나니 소용돌이 한가운데에 서 있었다는 것입니다. 세차게 흐르는 물소리가 들렸습니다. 조금씩 정신을 차렸습니다. 저는 텔레니의 포옹에서 빠져나오려 했습니다.

"놔! 놔! 왜 죽지도 못하게 붙잡았어? 이 세상은 끔찍해. 내가 왜 이 지긋지긋한 삶을 계속 끌어가야 해?"

"왜? 나를 위해서." 텔레니가 부드럽게 속삭였습니다. 그 미지의 혀가 속삭인 마법의 주문은 제 영혼 속으로 깊숙이 들어오는 것 같았습니다. "우리는 서로를 위해 만들어졌어요. 자연의 뜻이에요. 왜 자연을 거스르려 해요? 나는 당신의 사랑, 오직 당신의 사랑에서만 행복을 찾을 수 있어요. 내 마음뿐 아니라 영혼도 당신을 갈구해요."

저는 온 힘을 다해서 텔레니를 밀치고 비틀비틀 뒷걸음쳤습니다.

저는 울부짖었습니다. "아니, 아니야! 내가 감당할 수 없을 정도로 나를 유혹하지 마. 그냥 죽게 내버려둬."

"뜻이 이루어지이다.[37] 하지만 우리는 함께 죽을 거예요. 적어도 죽음은 우리를 갈라놓지 못할 테죠. 후생이 있다면, 적어도 그때에는 우리도 단테의 프란체스카와 연인 파올로[38]처럼 서로 붙어 있겠죠." 텔레니는 그렇게 말하며 허리에 두른 실크 스카프를 풀었습니다. "우리 몸을 꽉 묶고 물에 뛰어들어요."

저는 텔레니를 보았습니다. 그리고 몸서리쳤습니다. 이렇게 젊고, 이렇게 아름다운데, 내가 이 사람을 죽이게 되었어! 텔레니의 첫 연주에서 보았던 안티누스의 모습이 제 앞에 나타났습니다.

---

37 주기도문 일부. "뜻이 (하늘에서 이룬 것 같이 땅에서도) 이루어지이다."
38 단테의 《신곡》 중 〈지옥〉편 제5곡에 소개된 연인. 형수와 시동생이었지만 서로 사랑했던 두 사람은 연인 사이임을 들킨 뒤 살해당하여 함께 지옥에 떨어진다.

텔레니는 자기 허리에 스카프를 꽉 묶고, 제 허리에 두르려 했습니다.

"자, 어서."

주사위가 던져졌습니다. 저에게는 텔레니의 그런 희생을 받아들일 권리가 없었습니다.

제가 말했습니다. "안 돼요. 우리, 살아요."

텔레니가 말했습니다. "산다. 그리고 그다음은?"

텔레니는 잠시 아무 말도 하지 않았습니다. 그 질문에 언어로만 국한되지 않는 대답을 기다리고 있는 것 같았습니다. 그 무언의 요구에 저는 두 손을 뻗는 동작으로 답했습니다. 텔레니는 제가 달아날까 두려워했던 양 저를 껴안았습니다. 억누를 수 없는 욕망의 힘을 모조리 쏟아 꽉 껴안았습니다.

텔레니가 속삭였습니다. "사랑해요! 미치게 사랑해요! 당신 없이는 이제 살 수 없어요."

제가 희미하게 말했습니다. "나도요. 내 열정과 싸웠지만 소용없었어요. 이제 그 열정을 받아들일게요. 고분고분하게 굴복하는 것이 아니라, 기꺼이, 간절히 받아들일게요. 텔레니, 나는 당신 것입니다! 당신 것이어서 행복합니다. 영원히 당신 것이어서, 오직 당신만의 것이어서!"

대답으로 텔레니는 가슴 가장 깊은 곳에서 나오는 울음

으로 껄껄거렸습니다. 텔레니의 눈에서 광휘가 번득였습니다. 갈망이 분노에 가까이 차올랐습니다. 먹이를 사로잡은 맹수의 갈망, 마침내 짝을 찾은 외로운 수컷의 갈망이었습니다. 아니, 그 강렬한 열망은 그 이상이었습니다. 다른 영혼을 만나기 위해 분출되는 영혼이었습니다. 감성의 갈망이자 이성의 미친 도취였습니다.

저희의 몸을 불사른 이 채울 수 없는, 뜨거운 불을 욕정이라 부를 수 있을까요? 굶주린 짐승이 게걸스레 음식에 붙들려 있듯, 저희는 허기에 차 서로에게 딱 달라붙었습니다. 점점 더 탐욕스러워지기만 하는 키스를 나누며 제 손가락은 텔레니의 구불구불한 머리카락을 어루만지고, 부드러운 목을 더듬거렸습니다. 다리가 서로 딱 붙은 채 힘차게 발기한 텔레니의 남근은, 못지않게 빳빳하고 딱딱해진 제 남근을 문질렀습니다. 그러면서 몸의 모든 부분이 최대한 밀착되도록 계속 자세를 바꾸고 있었습니다. 만지고 껴안고 맞붙고 키스하고 깨물며 점점 짙어지는 안개 한가운데 다리 위에서 저희는 영원한 고통에 시달리는 두 저주받은 영혼으로 보였을 겁니다.

시간의 손은 멈췄습니다. 저희는 미친 욕망으로 서로를 계속 탐했습니다. 작은 사건이 없었다면 저희는 인사불성이 되었을지도 모릅니다. 둘 다 미치기 직전이었으니까요.

밤늦게 마차 한 대가 하루의 노동으로 지친 채 천천히 덜그럭덜그럭 집으로 가고 있었습니다. 마부는 졸고 있었습니다. 불쌍한 말도 탈진하여 대가리를 거의 무릎에 닿을 만큼 떨어뜨리고 졸고 있는 것 같았습니다. 아마도 방해받지 않는 휴식을, 신선한 건초를, 어린 시절의 꽃이 피어 있는 상쾌한 초원을 꿈꾸는 듯했습니다. 천천히 구르는 바퀴들마저 쌕쌕거리고 코를 고는 나른한 소리를 지루하게 반복했습니다.

텔레니가 떨리는 낮은 목소리로 초조하게 말했습니다. "같이 가요." 그리고 말하지 않아도 기꺼이 이해될, 연인의 조용하고 은밀한 애원조로 덧붙였습니다. "집에 가서 같이 자요."

저는 대답으로 텔레니의 손을 꼭 잡았습니다.

"가는 거죠?"

저는 들릴 듯 말 듯 속삭였습니다. "그러죠."

이 발음도 불분명한 낮은 목소리는 격렬한 욕망의 뜨거운 입김이었습니다. 이 짧은 혀짤배기 소리는 그 열렬한 소망에 기꺼이 응하는 동의였습니다.

텔레니는 마차를 불렀습니다. 그렇지만 마부가 잠에서 깨어나 저희가 원하는 것을 이해하기까지는 시간이 조금 걸렸습니다.

마차에 오르며 제 머릿속에 가장 먼저 떠오른 생각은 '이제 곧 텔레니가 내 것이 된다'였습니다. 그 생각은 전류처럼 신경을 자극해서, 저는 머리부터 발끝까지 떨렸습니다.

입술이 움직이지 않을 수 없었습니다. '텔레니가 내 것이 돼.' 스스로가 믿기 위해서였죠. 텔레니는 제 입술의 소리 없는 움직임을 보았는지, 양손으로 제 머리를 잡고 키스하고 또 키스했습니다.

그러다가 날카로운 가책을 느낀 양 물었습니다. "후회하지 않죠?"

"어떻게 그래요?"

"내 사람이, 나만의 사람이 될 거죠?"

"다른 어떤 남자의 것이었던 적도 없고, 앞으로도 그럴 겁니다."

"나를 영원히 사랑할 건가요?"

"언제까지나."

"이게 우리 서약이자 증서입니다."

그러면서 텔레니는 양팔을 제 몸에 두르고 저를 당겨 꼭 안았습니다. 저도 양팔로 텔레니를 휘감았습니다. 흐릿하게 깜박거리는 마차 등불 아래, 텔레니의 눈에 광기가 불붙는 것이 보였습니다. 오래 억눌린 욕망의 갈증으로, 억압된 소유의 갈망으로, 바짝 마른 입술이 제 입술을 향해 튀어나와 무지근한 고통으로 아픈 표정을 지었습니다. 우리는 다시 서로의 존재를 키스로 빨아들이고 있었습니다. 더할 수 없이 강렬했던 아까의 키스보다 더 강렬한 키스. 아, 그 대단했던 키스!

우리의 살, 피, 뇌, 그리고 어디라고 특정하기 힘든 더 미묘한 부분까지 모두 형언할 수 없는 포옹으로 녹아 하나가 되는 것 같았습니다.

키스는 두 육체의 첫 감각적 접촉으로만 그치지 않습니다. 키스는 매혹된 두 영혼의 날숨입니다.

그러나 오랫동안 저항하고 억누른, 그래서 오랫동안 갈망해온 죄악의 키스는 그 이상입니다. 금단의 열매처럼 달콤합니다. 입술에 내린, 붉게 달구어진 석탄입니다. 깊은 곳을 태워서 피를 납물이나 델 듯이 뜨거운 수은으로 바꾸는 불도장입니다.

텔레니의 키스는 정말로 전기를 일으켰습니다. 전기의 맛을 제 입천장에서 느낄 수 있었습니다. 그런 키스로 서로 자신을 상대에게 바쳤는데, 달리 어떤 맹세가 필요했을까요? 맹세는 입술로 하는 약속, 쉽게 무시될 수 있고, 또 무시됩니다. 하지만 그런 키스는 무덤까지 따라갑니다.

입술이 맞붙어 있는 사이 텔레니의 손은 천천히, 알아채지도 못하게, 저의 바지 단추를 끄르고 틈새로 살그머니 미끄러져 들어왔습니다. 모든 장애물을 본능적으로 제치고 단단하고 뻣뻣하고 아파하는 제 남근을 잡았습니다. 남근은 이글거리는 석탄처럼 달아올라 있었습니다.

아이가 쥔 것처럼 부드럽고, 창부가 쥔 것처럼 능숙하고, 검객이 쥔 것처럼 강인했습니다. 텔레니는 제가 백작부인의 말로 기억하는 것보다 격하게 저를 만졌습니다.

누구나 알고 있듯, 사람을 끄는 힘이 남다른 사람이 있습니다. 더 나아가 사람을 매료시키는 사람이 있는가 하면 밀어내는 사람도 있습니다. 적어도 제가 느끼기에 텔레니의 손가락에서는 넋을 빼고 기쁨을 주는, 미끌미끌한 액체가 흘렀습니다. 아니, 텔레니의 살갗에 닿기만 해도 저는 기쁨에 전율했습니다.

제 손은 텔레니 손의 시범을 주저주저 뒤따랐고, 텔레니의 물건을 잡으며 정말 기분 좋은 쾌감을 느꼈습니다.

손가락으로 음경의 살갗을 문지르지는 않았습니다. 그런데도 신경이 어찌나 긴장했는지 흥분은 끝까지 치솟았고, 정관이 꽉 차서 넘치는 것을 느꼈습니다. 잠시, 음경 뿌리 쪽 어디에서, 아니, 허리 정중앙 깊은 곳에서 극심한 통증이 왔습니다. 그다음 정소 안에서부터 서서히, 서서히 생명의 수액이 이동하기 시작해서 요도로 올라가고, 이어 좁은 관으로 올라갔습니다. 온도계 튜브 안에 있는 수은,

아니, 화산 분화구 안에서 펄펄 끓는 무시무시한 용암 같았습니다.

마침내 꼭대기에 다다랐습니다. 가느다란 틈이 벌어지고, 자그마한 입술이 열리고, 윤기 나는 크림색 끈적한 액체가 뿜어져 나왔습니다. 빠르게 마구 발사된 것이 아니라, 간격을 두고 큼직하게 불타는 눈물로 나왔습니다.

몸에서 탈출한 방울방울마다 거의 참을 수 없는 기이한 느낌이 있었습니다. 그 느낌은 손가락 끝에서, 발가락 끝에서, 특히 뇌의 가장 깊숙한 곳에 있는 세포들에서 시작됐죠. 척추를 비롯해 모든 뼈에서 골수가 녹는 것 같았습니다. 피와 함께 흐르거나 신경 섬유를 통해 빠르게 전달되거나 각기 다른 전류들이 음경, 근육과 혈관으로 이루어진 그 작은 기관 안에서 만나 엄청난 감전을 일으켰습니다. 정신과 육신을 모두 소멸시키는 경련, 누구라도 크게든 작게든 느껴본 떨리는 기쁨, 그저 즐겁다고 하기에는 너무 강렬할 때가 많은 전율.

서로 몸을 딱 붙인 채, 우리가 할 수 있는 것은 뜨거운 방울들이 천천히 이어져 나오는 동안 신음을 억누르는 것뿐이었습니다.

팽팽한 긴장이 풀리고 탈진 상태가 찾아왔을 때, 마차는 텔레니의 집 문 앞에 도착했습니다. 얼마 전에 제가 미친 듯이 주먹으로 쳤던 문이었죠.

우리는 녹초가 된 몸을 이끌고 마차에서 내렸습니다. 그러나 정문으로 들어가서 문이 닫히기도 전에, 우리는 다시 새로워진 힘으로 서로를 키스하고 애무했습니다.

잠시 후, 욕망이 이제 버틸 수 없을 만큼 강력해진 것을 느끼면서 텔레니가 말했습니다. "가요. 이 어둠과 추위 속에서 소중한 시간을 허비하며 더 어물거리지 맙시다."

제가 대꾸했습니다. "어둡고 추운가요?"

텔레니가 즐겁게 키스했습니다.

저는 말을 이었습니다. "어둠 속에서 당신은 나의 빛, 추위 속에서 당신은 나의 불. 극지방의 얼어붙은 황무지도 당신만 있으면 나에게는 에덴동산입니다."

그리고 우리는 깜깜한 계단을 더듬거리며 올라갔습니다. 제가 텔레니에게 성냥을 켜지 말라고 했기 때문이죠. 저는 텔레니의 옆에 붙어서 비틀비틀 걸었습니다. 앞이 보이지 않아서가 아니라 포도주에 취한 남자처럼 남성의 욕망에 취했기 때문입니다.

곧 우리는 텔레니의 집 안으로 들어왔습니다. 어둑어둑하고 작은 곁방에서, 텔레니는 양팔을 벌리고 제 쪽으로 뻗었습니다.

"어서 오세요. 이 집은 영원히 당신 것일지이니." 그런

다음, 텔레니는 미지의 음악 같은 목소리로, 나지막이 덧붙였습니다. "그대는 내 영혼에서 나온 영혼이요 내 생명에서 나온 생명이로구나! 그대에게 내 몸은 굶주려 있도다."[39]

텔레니가 그 말을 채 끝내기도 전에 우리는 사랑스러운 애무에 빠져들었습니다.

잠시 애무한 뒤, 텔레니가 말했습니다. "오늘 당신을 기다리고 있었어요. 아세요?"

"나를 기다렸어요?"

"네, 조만간 당신이 내 것이 될 줄 알고 있었습니다. 아니, 오늘 올 것도 느끼고 있었어요."

"어떻게?"

텔레니는 사뭇 진지하게 말했습니다. "예감이 들었어요."

"내가 오지 않았다면?"

"아까 만났을 때 당신이 하고 있던 일을 제가 했겠죠. 당신 없는 삶은 견딜 수 없으니까요."

"뭐요? 물에 빠져 죽는다고요?"

"아뇨. 강은 너무 차갑고 음울합니다. 그러기에는 제가

---

[39] 창세기에서 아담이 하와를 처음 보고 말하는 "이야말로 내 뼈에서 나온 뼈요 내 살에서 나온 살이로구나!"(창세기 2:23)를 응용한 문장

너무 사치와 향락을 좋아하는 사람이죠. 네, 저는 그냥 잠들 겁니다. 죽음이라는 영원한 잠. 당신을 꿈꾸며. 당신을 맞기 위해 준비했고, 어떤 남자도 발을 디딘 적 없는 이 방에서."

텔레니는 그 말을 하며 방문을 열고, 작은 방으로 저를 밀어 넣었습니다. 맨 먼저 흰 헬리오트로프 냄새가 아주 진하게 제 코에 인사했습니다.

아주 특이한 방이었습니다. 벽을 덮은 흰색의 포근하고 부드러운 퀼팅 천에 무광 은 단추들이 박혀 있었습니다. 바닥에는 어린 양의 구불구불한 흰 털이 깔려 있었습니다. 한가운데에는 넓은 소파가 있고, 그 위에는 커다란 북극곰 가죽이 놓여 있었습니다. 비잔틴 교회나 동양 사원에서 나온 것이 분명한 오래된 은 램프가 소파에 흐릿한 빛을 어른어른 비췄습니다. 그런 빛일지언정 우리가 숭배하는 프리아포스의 눈부시게 하얀 신전을 밝히기에는 충분했습니다.

텔레니는 저를 안으로 당기며 말했습니다. "알아요, 알아요. 당신이 가장 좋아하는 색이죠. 흰색은 당신의 짙은 피부색과 잘 어울립니다. 그러니까 이 방은 당신, 오직 당신에게 맞춘 곳입니다. 다른 인간은 아무도 발 들일 수 없습니다."

그 말을 하면서 텔레니는 순식간에 제 옷을 모두 능란하게 벗겼습니다. 저는 잠든 아이처럼, 최면에 빠진 남자처럼 텔레니의 손안에 있었습니다.

순식간에 저는 완전히 벌거벗었을뿐더러 곰 가죽 위에 누워 있었습니다. 텔레니는 제 앞에 서서 굶주린 눈길로 저를 흡족하게 바라보았습니다.

제 몸 곳곳에 닿는 탐욕스러운 눈길이 느껴졌습니다. 저의 뇌에 그 눈길이 차오르자, 제 머리는 헤엄치기 시작했습니다. 그 눈길은 제 심장을 꿰뚫고, 모든 혈관 속으로 제 피를 더 빠르고 더 뜨겁게 흐르게 했습니다. 그 눈길은 제 동맥을 찔렀습니다. 남근은 스스로 두건을 벗고 머리를 거칠게 쳐들었습니다. 그 안에 거미줄처럼 얽혀 있는 모든 혈관이 터질 준비가 된 것 같았습니다.

텔레니는 손으로 제 몸 곳곳을 만졌습니다. 그다음 모든 곳에 입술을 대기 시작했습니다. 가슴에, 팔에, 다리에, 허벅지에, 키스를 퍼부었습니다. 그리고 가운데 부분에 오자, 그곳에 무성하게 자란 굵고 구불구불한 털에 얼굴을 문대며 미친 듯 기뻐했습니다.

텔레니는 뻣뻣한 털을 뺨과 목에 느끼며 기쁨에 몸을 떨었습니다. 그리고 제 남근을 잡고, 입술을 댔습니다. 텔레니는 그것에 감전되는 것 같았습니다. 남근의 끝이, 이어서 전체가 텔레니의 입속으로 사라졌습니다.

그사이 저는 조용히 있을 수 없었습니다. 텔레니의 향기로운 곱슬머리를 움켜쥐었습니다. 온몸으로 전율이 이어졌습니다. 모든 신경이 극한으로 흥분되고, 너무도 강렬한 느낌에 미칠 것 같았습니다.

기둥 전체가 텔레니의 입속에 있고, 그 끝은 텔레니의 입천장에 닿아 있는 상태에서, 텔레니는 혀를 통통하게 말거나 얇게 펼쳐서, 기둥 곳곳을 간질였습니다. 이제 저는 탐욕스럽게 빨리다가 깨물리고 핥겼습니다. 저는 소리를 내지르며 그만하라고 빌었습니다. 그 강렬함을 더 이상 견딜 수 없었습니다. 아주 잠깐이라도 더 이어지면 기절할 것 같았습니다. 죽을 것 같았습니다. 텔레니는 제 애원을 인정사정없이 무시했습니다. 눈앞에 번개가 쳤습니다. 불길이 제 몸을 지나갔습니다.

저는 신음했습니다. "그만, 이제 그만!"

신경이 예리해졌습니다. 황홀감이 저를 덮쳤습니다. 발바닥이 드릴로 뚫리는 것 같았습니다. 저는 몸을 비틀고 부들부들 떨었습니다.

고환을 애무하던 텔레니의 손이 엉덩이 아래쪽으로 미끄러져 내려갔습니다. 손가락이 구멍으로 들어왔습니다. 저는 앞은 남성, 뒤는 여성인 것 같았습니다. 양쪽으로 다

쾌감을 느꼈으니까요.

 제 흥분은 절정에 이르렀습니다. 머리는 빙빙 돌고, 몸은 녹았습니다. 뜨거운 생명의 젖이 다시 불의 수액처럼 올라왔습니다. 부글거리는 피는 머리까지 올라와서 저를 미치게 만들었습니다. 저는 탈진했습니다. 쾌감으로 까무러쳤습니다. 생명 없는 덩어리가 되어 쓰러졌습니다!

 몇 분 뒤, 저는 다시 정신을 차렸습니다. 이제 입장을 바꿔, 제가 받은 애무를 텔레니에게 돌려주겠다는 열의에 휩싸였습니다.

 빨리 저처럼 벌거벗은 상태로 만들려고 텔레니의 옷을 찢었습니다. 텔레니의 살갗이 머리부터 발끝까지 제 살갗에 닿는 쾌감이라니! 더구나 제가 방금 느낀 희열은 저의 열의를 더 높이기만 했습니다. 잠시 딱 붙어서 몸싸움한 뒤, 우리는 바닥에 함께 구르며 몸을 뒤틀고 문지르고 기어가고 몸부림쳤습니다. 흥분한 두 고양이가 서로 자극하며 증오를 폭발시키는 것 같았습니다.

 제 입술은 텔레니의 남근을 갈망했습니다. 그 남근은 프리아포스 신전에 있는 거대한 남근상, 폼페이 매음굴 문 위를 장식하는 남근상의 모델이 될 만했습니다. 다만, 이 날개 없는 신의 모습을 보면, 대부분의 남자들이 여자들을 버리고 자신과 같은 남자들의 사랑을 찾겠죠. 또, 많은 남자들이 그렇게 했고요. 그것은 엉덩이에 비해 거대했습니다. 굵고 둥글었지만, 끝으로 가면서 조금 가늘어졌습니다. 작은 살구 같은, 살과 피로 이루어진 과일인 귀두는 둥글고 즙이 풍부하고 먹음직스럽게 보였습니다.

고픈 제 눈길은 그것을 포식했습니다. 손으로 잡았습니다. 키스했습니다. 반지르르하고 부드러운 그 살갗을 제 입술로 느꼈습니다. 그것은 저절로 까딱거렸습니다. 제 혀가 그 끝을 간질였습니다. 사랑으로 부풀어 벌어지고 반짝이는 작은 이슬방울을 뿜은 작은 장밋빛 입술 사이에 혀끝을 찌르려 했습니다. 포피를 핥고, 전체를 빨았습니다. 제가 입술로 꽉 감싸려 애쓰고 있을 때, 텔레니는 그것을 아래위로 움직였습니다. 조금씩 더 깊게 밀어 넣었고, 그것은 제 입천장을 건드리고 거의 목까지 닿았습니다. 그것은 자체의 생명력으로 몸을 떨었습니다. 저는 더 빨리, 더 빨리, 더 빨리 움직였습니다. 텔레니는 광분하며 제 머리를 꽉 잡았습니다. 텔레니의 모든 신경이 용솟음쳤습니다.

"입이 너무 뜨거워. 뇌까지 빨려 들어가! 그만, 그만! 온몸이 불타! 안 돼, 그만! 안 돼, 못 참겠어!"

텔레니는 저를 멈추게 하려고 제 머리를 꽉 잡았습니다. 그러나 저는 입술과 뺨과 혀를 남근에 바짝 붙였습니다.

제 움직임은 점점 더 빨라졌습니다. 몇 번 더 움직이자 텔레니의 몸이 발작하듯 머리부터 발끝까지 경련하는 것이 느껴졌습니다. 거친 숨과 신음과 비명이 흘렀습니다. 따뜻하고 미끌미끌하고 시큼한 맛의 액체가 분출되어 제 입을 채웠습니다. 텔레니가 고개를 마구 흔들었습니다. 쾌락이 너무 강렬한 나머지 고통에 가까워 보였습니다.

텔레니는 눈을 감고 헐떡이며 흐릿하게 신음했습니다. "그만, 그만!"

저는 이제 텔레니가 진짜 저의 것이라는 생각에 미칠 듯 기뻐하며, 그 몸의 뜨겁고 끈적한 수액, 삶의 정수를 모두 마셨습니다.

텔레니의 팔이 잠시 저를 발작적으로 꽉 조였습니다. 그다음, 텔레니의 온몸이 경직되었습니다. 텔레니는 엄청난 성애에 산산이 부서졌습니다.

저도 텔레니만큼 느꼈습니다. 흥분 속에서 탐욕스럽게 열심히 빨고, 그래서 엄청난 양을 사정시키고, 동시에 제가 먹고 있는 액과 같은 액이 제 몸에서도 아프게 천천히 몇 방울 나왔습니다. 그러자 긴장이 풀리고, 우리는 지쳐서 서로의 몸 위에 쓰러졌습니다.

잠깐의 휴식. 얼마나 걸렸는지는 알 수 없군요. 휴식의 밀도는 시간으로 측정할 수 없으니까요. 그러다가 기운

없던 텔레니의 자지가 잠에서 다시 깨어나 제 얼굴을 누르는 것이 느껴졌습니다. 제 입을 찾고 있는 게 분명했어요. 실컷 젖을 먹고 자면서도 그저 어머니의 젖꼭지를 물고 있는 것이 좋아서 계속 꽉 물고 있는 욕심 많은 아기 같았습니다.

저는 그것에 입을 댔습니다. 그러자 그것은 이른 새벽에 깨어난 젊은 수탉이 목을 쭉 뻗고 힘차게 울듯, 저의 따뜻한 입술로 고개를 내밀었습니다.

제가 입에 그것을 넣자마자, 텔레니는 몸을 빙글 돌려서 저와 똑같은 자세를 취했습니다. 즉, 텔레니의 입이 제 아랫도리에 와 있었습니다. 다른 점이라면, 저는 누워 있었고 텔레니는 제 위에 있었다는 것이었죠.

텔레니가 제 막대에 키스하기 시작했고, 그 주위에 난 무성한 털을 가지고 놀았습니다. 제 엉덩이를 토닥이고 자신만의 기술로 제 고환을 애무할 때, 저는 말할 수 없는 쾌감에 가득 찼습니다.

텔레니의 입과 남근이 주는 쾌감에 손까지 더해, 저는 곧 흥분으로 정신을 차릴 수 없었습니다.

우리 두 육체는 전율하는 하나의 감각적 덩어리였습니다. 우리 둘 다 움직이는 속도를 점점 높였고, 잔뜩 치솟은 욕정으로 아주 미쳐가고 있었지만, 정관은 자기 할 일을 거부했습니다.

 애썼지만 효과는 없었습니다. 제 이성은 갑자기 사라졌습니다. 제 안에서 바싹 마른 피가 흘러나오려 했지만, 충혈된 눈에서 소용돌이치고, 귀를 따끔거리게 할 뿐이었습니다. 저는 성적 흥분의 발작 상태, 광적인 발작 상태에 있었습니다.

 뇌가 적출되고 척추가 반으로 잘린 것 같았어요. 그래도 저는 텔레니의 남근을 더 빨리, 더 빨리 빨았습니다. 젖꼭지인 양 빨아먹었습니다. 안의 물을 모조리 먹을 기세로 빨았습니다. 갑자기 정액의 문이 열리고, 우리가 끌어올린 지옥의 불길에서 부들부들 떨고, 몸서리치고, 파르르 흔들리는 텔레니의 몸이 느껴졌습니다. 우리는 타오르는 불꽃의 소나기 한가운데에서, 즐겁고 고요한 천상으로 끌어올려졌습니다.

 잠시 쉰 뒤, 저는 팔꿈치를 대고 몸을 일으켜서 제 애인의 매혹적인 아름다움을 눈으로 즐겼습니다. 육욕적 아름다움의 전형이었습니다. 어깨는 넓고 강인하며, 팔은 둥글었지요. 그렇게 강하면서도 날렵한 몸은 본 적이 없었습니다. 지방은 조금도 없을뿐더러 군살도 전혀 없었습니다. 신경과 근육, 힘줄만으로 이루어져 있었어요. 고양이처럼 자유롭고 편안하고 우아한 동작은 잘 짜여진 유연한 관절 덕분이었죠. 또, 꽉 안을 때에는 뱀이 몸을 다 휘감는 것 같이 유연했습니다. 게다가 그 하얀 피부에서는 진주광택이 흘렀습니다. 그 반면 머리카락을 빼고 몸의 털은 새까만 색이었죠.

텔레니는 눈을 뜨고 양팔을 뻗어 제 손을 잡아 키스하고 제 목덜미를 깨물었습니다. 그리고 등을 따라 쭉 키스를 퍼부었습니다. 만개한 장미꽃에서 꽃잎들이 떨어지듯 빠르게 연달아 키스했습니다.

그다음, 손으로 눌러서 벌려놓은 살 언덕 두 개로 입을 옮겨서 그 구멍에 잠시 혀를 넣었다가 손가락을 넣었습니다. 이것도 저에게는 새롭고 짜릿한 경험이었습니다. 그런 다음, 텔레니는 일어나서 저를 일으켰습니다.

텔레니가 말했습니다. "자, 옆방으로 갑시다. 먹을 게 있는지 보죠. 정말로 뭘 좀 먹어야 해요. 저녁을 먹기 전에 목욕을 하는 것도 나쁘지 않겠죠. 갈까요?"

"폐가 안 된다면요."

대답 대신 텔레니는 저를 감방 같은 곳으로 몰았습니다. 낮 동안 햇빛이 들어오도록 천장에 창을 낸 그 방에는 양치류와 야자수가 가득했습니다.

"사람 사는 집에는 욕실과 온실이 있어야죠. 여기는 제가 임시방편으로 만든 온실 겸 욕실입니다. 저는 온실이나 욕실이 있는 집을 구하기에는 너무 가난하지만, 이 공간이면 씻기에 충분합니다. 그리고 따뜻하고 습해서 식물도 아주 잘 자라는 것 같아요."

"아니, 호화로운 욕실인걸요!"

"아뇨, 아뇨. 예술가의 욕실이죠." 텔레니가 빙긋 웃으며 말했습니다.

우리는 헬리오트로프 정유로 향을 낸 따뜻한 물에 몸을 담갔습니다. 방탕한 행위 뒤에 서로 껴안고 쉬자, 아주 기분이 좋았습니다.

텔레니가 즐거워했습니다. "밤새 이대로 있을 수도 있겠어요. 따뜻한 물속에서 당신을 만지는 것도 정말 즐겁군요. 그렇지만 배가 몹시 고플 테니 속의 허기도 채워야죠."

우리는 욕조에서 나와서 뜨거운 타월로 잠시 몸을 감싸고 있었습니다.

텔레니가 말했습니다. "자, 주방으로 안내하죠."

저는 제 벗은 몸을, 이어서 텔레니의 벗은 몸을 보며 주저하고 있었습니다.

텔레니가 미소 짓고 키스했습니다.

"춥지 않죠?"

"네. 그렇지만……."

"그럼, 겁내지 마요. 아무도 없어요. 건물 안 다른 집 사람들은 모두 잠들었어요. 그리고 창문은 다 꽉 닫았고 커튼도 전부 내렸어요."

텔레니는 옆방으로 저를 이끌었습니다. 그 방에는 두툼하고 푹신하고 부드러운 카펫이 깔려 있었습니다. 카펫은 전반적으로 어두운 붉은색이었어요.

중앙에는 기묘하게 세공된 별 모양의 등이 달려 있고, 금요일 저녁인데 불이 계속 켜져 있었습니다.

진주광택 자개와 색을 넣은 상아로 장식된 흑단 아랍 테이블들 중 하나 앞, 쿠션이 폭신한 소파에 앉았습니다.

"당신이 오기를 기대했었지만, 만찬을 내놓지는 못하겠군요. 그래도 허기를 채우는 데에는 부족하지 않았으면 좋겠어요."

감미로운 굴은 캉칼[40]산이었고, 개수는 많지 않았으나 엄청나게 커다란 것들이었습니다. 그리고 먼지 앉은 소테른 한 병, 페리고르 트뤼프로 향을 낸 푸아그라 파테[41], 파프리카나 헝가리 카레로 요리한 자고새, 커다란 피에몬테 트뤼프를 얇게 저며서 만든 샐러드, 고급 드라이 셰리 한 병이 있었습니다.

이 진미들은 모두 델프트와 사보나의 오래된 예쁜 파란

---

40 굴 산지로 유명한 프랑스 해안 지방
41 진미 재료로 꼽히는 거위 간으로 만든 파이 같은 요리

색 식기에 담겨 있었습니다. 오래된 마욜리카를 수집하는 제 취미를 텔레니가 이미 알고 있었던 거죠.

그리고 마라스키노로 맛을 더하고 설탕을 체에 쳐서 뿌린 세비야 오렌지, 바나나, 파인애플이 나왔습니다. 이 맛있는 과일들의 맛과 향이 한데 섞이며, 짭짤하고 씁싸래하고 달콤한 맛이 연달아 이어졌습니다.

과일을 먹고, 방울방울 기포가 올라오는 샴페인으로 입을 헹군 뒤, 향기롭고 뜨거운 모카 커피를 마셨습니다. 그다음 텔레니는 터키 물파이프에 불을 붙였습니다. 독특한 냄새의 라타키아[42]를 번갈아 피우며, 허기가 가시지 않는 키스로 서로의 입에서 담배를 빨아들였습니다.

담배와 와인의 향이 퍼지고, 다시 깨어난 관능 속에서 우리는 터키 담뱃대의 호박 물부리보다 상대의 입술에 더 자주 입을 댔습니다.

우리의 머리는 다시 서로의 허벅지에 파묻혀 있었습니다. 다시 한번 한 몸이 되어서 서로 희롱하며, 새로운 성감대, 새로운 자극, 더 예리하고 미치게 하는 쾌감을 계속 찾아내며, 자신뿐 아니라 상대에게도 쾌락을 주려고 안달했습니다. 우리는 아주 금방 불타는 욕정의 포로가 되었습니다. 관능의 절정을 알아들을 수 없는 소리만으로 드러

---

[42] 키프로스에서 주로 생산되는 터키 담배

내다가, 죽은 듯이 서로에게 쓰러졌습니다. 부르르 떠는 하나의 살덩이.

퀴라소, 아락,[43] 위스키에 힘을 북돋는 강렬한 향신료들을 다양하게 섞어 넣은 펀치를 마시며 삼십 분을 쉰 뒤, 우리의 입은 다시 맞붙었습니다.

텔레니의 촉촉한 입술이 제 입술에서 어찌나 가볍게 노니는지, 저는 그 입술을 느끼지도 못할 정도였습니다. 그 입술과 더 가깝게 맞닿기만을 갈망했습니다. 텔레니의 혀끝은 잠시 제 입속에 들어왔다가 빠르게 다시 미끄러져 나가며, 제 혀끝을 감질나게 했습니다. 그러면서 텔레니의 손은 잔잔한 수면을 스치는 여름날의 부드러운 산들바람처럼 가볍게 제 몸의 가장 민감한 부분들을 훑었습니다. 제 살갗은 쾌감으로 떨렸습니다.

저는 소파에 있는 쿠션들 위에 눕혀졌어요. 그래서 텔레니의 키에 높이가 맞춰졌죠. 텔레니는 즉시 제 다리를 자기 어깨에 올렸습니다. 그리고 고개를 숙여 제 항문에 처음에는 키스하고, 이어서 혀를 뾰족하게 내밀어 찌르며 저를 말로 표현할 수 없는 쾌감에 떨게 했습니다. 항문 주위에 온통 침을 잘 발라서 준비가 확실히 됐을 때, 일어서서 남근 끝을 구멍에 넣으려 했습니다. 그러나 힘껏 눌렀지만

---

[43] 아랍 지방 전통주로, 아니스 향을 넣은 증류주

속으로 넣는 데에는 성공할 수 없었습니다.

"내가 더 적셔줄게요. 그럼, 더 쉽게 들어갈 거예요." 저는 텔레니의 남근을 다시 입에 넣었습니다. 제 혀는 능숙하게 남근 전체를 돌아다녔습니다. 거의 뿌리 끝까지 입에 넣고 빨았고, 빳빳하고 단단해진 남근이 까딱거리자 이제 준비가 되었다고 느꼈습니다.

제가 말했습니다. "자, 신들이 우리한테 가르치기를 거부하지 않은 쾌락을 함께 즐깁시다."

저는 손가락 끝을 써서, 아직 탐험되지 않은 저의 작은 구멍 가장자리를 최대한 벌렸습니다. 구멍은 그 앞에 와 있는 거대한 물건을 받아들일 만큼 벌어졌습니다.

텔레니가 다시 한번 밀어 넣었습니다. 구멍 안에서 작은 입술이 튀어나왔습니다. 물건의 끝은 안으로 계속 들어가려 했지만, 둘레에 온통 농밀한 살이 튀어나와서 막대는 거기에 꽉 물렸습니다.

텔레니가 물었습니다. "혹시 제가 아프게 하고 있지는 않나요? 다음으로 미루는 게 낫지 않을까요?"

"오, 아니에요! 제 몸에 들어오는 당신의 몸을 느끼는 것은 크나큰 행복입니다."

텔레니가 부드럽지만 굳건하게 밀어 넣었습니다. 항문의 강한 근육이 풀어졌습니다. 음경이 잘 꽂혔습니다. 벌어진 구멍 주위에서 아주 작은 루비색 핏방울들이 맺힐 정도로 피부가 확장되었습니다. 찢어지고 있는데도 불구하고, 쾌감이 고통보다 훨씬 컸습니다.

텔레니의 연장은 꽉 끼어서 뺄 수도 더 밀어 넣을 수도 없었습니다. 밀어 넣으려 하면 포피가 찢어질 것 같았습니다. 텔레니는 잠시 멈추고, 저에게 너무 아프지 않은지 묻고, 괜찮다는 답을 들은 뒤, 온 힘을 다해 찔렀습니다.

루비콘강을 건넜습니다. 기둥은 부드럽게 안으로 미끄러져 들어오기 시작했습니다. 텔레니는 쾌락을 위한 동작을 시작할 수 있었습니다. 곧, 음경 전체가 미끄러져 들어왔습니다. 저를 괴롭히던 통증은 무뎌졌습니다. 쾌감은 점점 더 아주 커졌습니다. 작은 신이 제 안에서 움직이고 있는 것 같았습니다. 제 존재의 가장 깊은 중심을 간질이는 것 같았습니다. 텔레니는 음경 전부를, 뿌리 끝까지 제 안으로 밀어 넣은 상태였습니다. 텔레니의 음모가 제 음모를 간질이고, 텔레니의 고환이 제 몸에 살짝살짝 스치는 것이 느껴졌습니다.

그때, 제 눈을 깊이 들여다보는 텔레니의 아름다운 눈이 보였습니다. 정말 신비로운 눈이었어요! 그 눈은 하늘이나 바다처럼 영원을 비추는 것 같았습니다. 타오르는 사랑이, 들끓는 우울이 그토록 가득한 눈을 제가 다시 볼 수 있을까요? 텔레니의 눈길에 저는 최면 같은 마법에 걸렸습니다. 이성을 빼앗겼습니다. 거기에 더해, 날카로운 아픔이 쾌감으로 바뀌었습니다.

저는 황홀경에 빠졌습니다. 모든 신경이 수축해 씰룩거렸습니다. 텔레니는 꽉 물리고 조인 느낌에 몸을 부르르 떨고, 강렬한 자극을 견디지 못하고 이를 갈았습니다. 팔을 뻗어 제 어깨를 꽉 잡고 손톱을 제 살에 박았습니다. 텔레니는 움직이려 했지만, 너무 꽉 물리고 잡혀서 더 깊이 밀어 넣을 수 없었습니다. 게다가 힘이 빠지기 시작해서 제대로 서 있을 수도 없었습니다.

텔레니가 다시 한 번 찌르려 하는 바로 그 순간, 저는 제 근육의 온 힘을 다해서 막대 전체를 꽉 쥐어짰습니다. 그러자 텔레니의 몸에서 뜨거운 간헐천 같은 분출이 더없이 강렬하게 일어나, 닿는 자리를 녹이는 부식성의 독약처럼 제 몸 안으로 흘렀습니다. 그 액은 제 피에 불을 지르고, 제 피를 뜨겁고 독한 알코올로 바꾸어놓는 것 같았습니다. 텔레니는 발작적으로 거친 숨을 쉬었습니다. 흐느낌으로 목메었습니다. 완전히 탈진했습니다.

"죽겠어! 너무 강렬해." 텔레니가 한숨처럼 말했습니다. 텔레니의 가슴은 격한 감정으로 들썩거렸습니다. 그리고 제 품에 기진맥진 쓰러졌습니다.

삼십 분을 쉰 뒤, 텔레니가 깨어나서 곧장 저에게 황홀경에 빠진 키스를 시작했습니다. 그러면서 그 사랑스러운 눈으로는 감사의 눈빛을 쏘았습니다.

"당신 덕분에 지금껏 한 번도 못 느낀 것을 느꼈어요."

저는 미소를 지으며 말했습니다. "나도요."

"정신을 거의 잃었어요. 지옥에 있는지 천국에 있는지도 모르겠더군요."

텔레니는 잠시 말을 멈추고 저를 보았습니다. 그리고 "정말 사랑해요. 나의 카미유!" 하더니 저에게 키스를 퍼부으며 말을 이었습니다. "처음 본 그 순간부터 미친 듯이 사랑했어요."

저는 텔레니에게 이야기하기 시작했습니다. 텔레니를 향한 제 사랑을 이기려고 애쓰며 얼마나 괴로웠는지, 밤낮으로 텔레니의 존재에 얼마나 사로잡혀 있었는지, 마침내 얼마나 행복한지.

"이제 역할을 바꿔요. 당신이 느낀 걸 나한테도 느끼게 해줘야죠. 이제 당신이 주는 쪽이고 제가 받는 쪽이 되는 거예요. 그런데 자세는 바꿔야겠어요. 이렇게 몸을 혹사하고 또 일어선 채로 하는 건 정말 피곤하니까요."

"그럼 내가 어떻게 하면 되죠? 알겠지만, 나는 아주 초보예요."

"저기 앉아요." 텔레니가 그럴 목적으로 만들어진 의자를 가리켰습니다. "내가 당신 위에 올라타면, 여자한테 하듯 나를 찌르면 됩니다. 여자들은 이 '탈것 자세'를 아주 좋아해서 틈만 나면 시도하죠. 우리 어머니는 내 눈앞에서 어떤 남자한테 올라타기도 했어요. 내가 응접실에 있을 때 친구가 찾아온 적이 있어요. 어머니는 나를 집에서 내보내면 사람들이 수상하게 생각할까 봐, 나더러 너무 말을 안 듣는다며 벽을 보고 구석에 있으라고 했습니다. 그리고 내가 울거나 돌아보면 침대에 가두고, 착하게 굴면 케이크를 주겠다고 했어요. 나는 일이 분쯤 어머니 말대로 했죠. 그렇지만 그다음, 이상하게 바스락거리는 소리와 커다랗게 헐떡이는 숨소리를 들은 뒤, 당시에는 이해할 수 없는 것을 보았어요. 그렇지만 몇 년 뒤에는 그게 무엇인지 확실히 알게 됐죠."

텔레니는 한숨을 쉬고 어깨를 으쓱한 뒤 미소를 짓고 덧붙였습니다. "자, 거기 앉아요."

저는 시키는 대로 했습니다. 먼저 텔레니는 무릎을 꿇고 앉아서 음경에 기도를 올렸습니다. 어쨌든 키스하기에는 늙은 교황의 부은 발끝보다 음경이 더 맛있죠. 그리고 그 작은 신을 혀로 적시고 간질인 뒤, 제 위에 올라탔습니다. 텔레니는 이미 오래전에 순결을 잃었으므로, 제 막대는 텔레니의 것이 저한테 들어올 때보다 훨씬 쉽게 들어갔습니다. 제 연장이 결코 작지 않은데도 저도 아프지 않고, 텔레니를 아프게 하지도 않았습니다.

텔레니는 구멍을 벌려서 넓혔고, 제 그것의 끝이 들어오자, 몸을 조금 움직였습니다. 음경의 반이 들어갔습니다. 텔레니가 몸을 아래로 눌렀다가, 위로 들어올렸다가, 다시 내려왔습니다. 한두 번 왕복한 뒤 부푼 기둥 전체가 텔레니의 몸속에 박혔습니다. 잘 꽂혔을 때, 텔레니는 양팔을 제 목에 두르고, 껴안고 키스했습니다.

텔레니는 저를 잃어버릴까 두려운 듯, 격하게 저를 안으며 물었습니다. "나한테 몸 바친 거 후회해?"

제 자지는 그 질문에 직접 대답하고 싶은 듯, 텔레니의 몸 안에서 꿈틀거렸습니다. 저는 텔레니의 눈을 깊이 바라보았습니다.

"지금 강바닥 진창에 누워 있는 게 더 즐거울 거 같아?"

텔레니가 몸을 부르르 떨며 저에게 키스하고 열렬하게 말했습니다. "지금 어떻게 그런 끔찍한 생각을 해? 프리아포스 신에게 정말로 신성모독이야."

그런 다음, 텔레니는 음경을 타고 경주를 시작했습니다. 능란한 솜씨였습니다. 평보부터 시작해서 속보로, 이어서 갤럽으로, 발끝으로 지탱하며 몸을 들었다가 내렸고, 그 속도는 매번 점점 더 빨라지기만 했습니다. 동작마다 텔레니는 몸을 꿈틀거리고 뒤틀었으며, 그래서 저는 당겨지고 잡히고 빨리는 기분을 한꺼번에 느꼈습니다.

신경이 뻣뻣하게 긴장했습니다. 심장이 숨쉬기 힘들 만큼 쿵쾅거렸습니다. 동맥이 모두 터질 것 같았습니다. 뜨거운 열기에 피부가 바싹 말랐습니다. 정맥에는 피 대신 신비한 불길이 흘렀습니다.

텔레니는 여전히 더 빨리 더 빨리 움직였습니다. 저는 희열에 찬 고문에 몸을 비틀었습니다. 제가 녹아 사라지고 있었습니다. 그러나 텔레니는 결코 멈추지 않았어요. 제 안에 남아 있던 생명을 주는 액을 마지막 한 방울까지 뽑아내고서야 멈췄습니다. 제 눈은 눈구멍 속에서 마구 돌아다니고 있었습니다. 무거운 눈꺼풀이 저절로 반쯤 감겼습니다. 고통과 쾌락이 혼재한, 참을 수 없는 절정이 제 몸을 산산이 부수고 제 영혼을 폭발시켰습니다. 그리고 모든 것이 사그라졌습니다. 텔레니가 저를 꼭 껴안았고, 차갑고 힘없는 제 입술에 텔레니의 키스를 받으며, 저는 잠들었습니다.

7

　―이튿날, 전날의 일들은 황홀한 꿈 같았습니다.

　―꺼림칙하지 않았나요? 전날 그렇게…….

　―꺼림칙해요? 아니, 전혀요. 사랑에 빠진 종달새의 '분명하고 강렬한 환희'는 느꼈지만, '사랑의 슬픈 권태는 결코' 몰랐어요.[44] 이전까지 여자한테 받은 쾌감은 늘 신경에 거슬렸습니다. 정말이지 '어딘지 모를 부족함이 느껴지는 것'[45]이었습니다. 그런데 이번에는 욕정이 마음에, 또 정신에 흘러넘쳤습니다. 온 감각이 즐겁게 조화를 이루었어요.

　그때까지는 너무 우울하고 차갑고 절망적이던 세상이

44　영국 시인 셸리Percy Bysshe Shelley, 1792~1822의 시 〈종달새에게To a Skylark〉에서 16연의 일부를 인용한 것

45　〈종달새에게〉 14연 중에서

이제 완벽한 천국 같았어요. 기온이 크게 내려갔지만, 공기는 상쾌하고 맑고 부드러웠습니다. 아폴론의 눈부시게 하얀 얼굴보다 인도인의 붉은 엉덩이에 더 가까운, 새로 태어난 둥그런 황동 원반 같은 태양이 저를 눈부시게 비췄습니다. 오후 세 시도 어두운 밤으로 만들던 짙은 안개도, 보기 싫은 것을 모두 가리고 자연을 환상적으로 보이게 만들고 집을 아주 편안하고 아늑하게 만드는, 옅은 박무일 뿐이었습니다. 상상력의 힘이란 그런 것이죠.

웃으시는군요! 오호통재라! 풍차를 거인으로, 술집 여급을 공주로 착각한 사람은 돈키호테만이 아닙니다. 아무리 아둔하고 멍청한 과일 장수도 사과를 감자로 잘못 보지 않고, 어느 식료품 장수도 천국을 지옥으로, 지옥을 천국으로 착각하지는 않을 거예요. 그 사람들은 균형을 잘 맞춘 이성의 저울에 모든 것을 달아보는, 제정신인 사람들이죠. 그 사람들을 호두 껍데기 속에 가두고, 자신들이 그 세계의 왕이라고 생각하는지 어디 두고 보자고요.[46] 그 사람들은 햄릿과 달리 사물을 실제 모습 그대로 보죠. 저는 전혀 그렇지 못했습니다. 하긴, 제 아버지도 미쳐서 죽었죠.

어쨌든 그토록 극심했던 권태와 삶에 대한 혐오는 많이

---

46 셰익스피어, 〈햄릿〉 2막 2장. "나는 호두 껍데기 속에 갇혀서도 나 자신을 무한한 세상의 왕이라고 여긴다네, 악몽만 꾸지 않는다면."

사라졌습니다. 즐겁고 기쁘고 행복했습니다. 텔레니는 제 연인, 저는 텔레니의 연인이었습니다.

저의 죄악이 수치스럽다는 생각은 전혀 들지 않았습니다. 오히려 세상에 선포하고 싶었습니다.

이니셜을 함께 새길 만큼 어리석어질 수 있는 것이 연인이란 걸 저는 난생처음 이해했습니다. 나무 껍질에 텔레니의 이름을 새기고, 그것을 본 새들이 아침부터 저녁까지 지저귀게 하고, 산들바람이 그 이름을 혀짤배기소리로 숲에서 바스락거리는 나뭇잎들에게 전하게 하고 싶었습니다. 해변의 조약돌에 그 이름을 쓰고 싶었습니다. 텔레니를 향한 제 사랑을 바다가 알고 영원히 웅얼거릴지도 모르니까요.

―그래도 저는 다음 날이면 흥분이 사라지고 남자를 연인으로 두었다는 생각에 몸서리쳤을 줄 알았습니다.

―왜요? 제 본성이 평온과 행복을 찾아냈는데, 그것이 자연을 거스르는 죄를 짓는 일인가요? 그렇다면, 그것은 제 피의 잘못이지 제 잘못은 아닙니다. 제 정원에 누가 쐐기풀을 심었죠? 저는 아닙니다. 그것들은 제가 아주 어릴 때부터 저도 모르게 자라고 있었습니다. 그 욕정의 가시들이 결국 어떤 결론을 가져오게 될지 이해하기 훨씬 전부터 저는 그 가시들을 느끼기 시작했습니다. 제 욕정에 굴레를

씌우려 했을 때, 이성의 저울판이 감성의 저울판과 균형을 맞추기에 너무 가벼웠다면, 그것이 제 잘못이었을까요? 저의 격한 행동을 설복할 수 없었던 것이 제 탓인가요? 물에 빠져 죽는 것보다 훨씬 더 우아하게 스스로를 망칠 수 있다는 것을 이아고[47] 같은 운명은 저에게 확실히 보여주었습니다. 저는 제 운명에 굴복하고, 제 즐거움을 택했습니다.

그럼에도 불구하고, 저는 이아고처럼 "선행? 헛소리!" 하고 말한 적이 없습니다. 아니, 선행은 복숭아의 달콤함이요, 악행은 복숭아의 맛있는 풍미인 청산 한 방울입니다. 둘 다 있지 않으면, 인생은 무미합니다.

―그래도 학창 시절부터 남색에 단련되지는 않은 것은 우리 대부분과 마찬가지인데, 다른 남자의 쾌락에 자신의 몸을 바친 것이 진저리 나게 싫을 줄 알았습니다.

―싫어요? 어떤 처녀가 한 남자한테 완전히 반했고 그 남자한테서 그만큼 사랑을 받고 있다고 칩시다. 그 처녀가 그 남자한테 순결을 내줬을 때, 후회하는지 물어보세요. 골콘다[48]의 부를 모두 동원해도 다시 살 수 없는 보물을 잃었고, 순수하고 흠 없는 완벽한 백합이라고 불리던

---

47 셰익스피어의 〈오셀로〉에서 오셀로가 아내 데스데모나를 의심해 죽이도록 이간질하는 인물
48 다이아몬드 가공으로 부를 누린 인도 남부의 고대 도시

존재가 더 이상 아니며, 뱀의 간계 없이도 사회는, 백합들은, 그 여자를 악명 높은 이름으로 낙인찍을 겁니다. 난봉꾼들은 그 여자에게 추파를 던지겠죠. 순결한 자들은 경멸하며 고개를 돌리겠죠. 그렇지만 그 여자가 사랑에, 살면서 추구할 가치가 있는 그 유일한 것에 자기 몸을 바친 것을 후회할까요? 아닙니다. 네, 저도 그랬습니다. '점토처럼 차가운 머리들과 미지근한 심장들'[49]이 격분하여 저를 채찍으로 때리겠다면, 그러라고 하죠.

이튿날 우리가 다시 만났을 때, 피로의 흔적은 다 사라진 뒤였습니다. 우리는 서로의 품에 뛰어들어서 서로를 키스로 뒤덮었습니다. 잠깐의 이별만큼 사랑을 북돋는 것은 없으니까요. 결혼의 결속을 견디기 힘들게 만드는 것은 무엇일까요? 지나치게 가까운 거리, 치졸한 관심, 일상의 시시함이겠죠. 남편이 코를 발작하듯 심하게 골다가, 수염이 덥수룩하고 지저분한 모습으로 방금 깨어나 슬리퍼와 멜빵만 입은 차림으로 있는 것을 보고도, 또, 남자들은 다른 시끄러운 소리를 내지 않더라도 다들 침을 뱉잖아요, 그런데 남편이 컥컥거리다가 침 뱉는 소리를 듣고도 실망하지 않는 젊은 신부라면, 정말 사랑하는 게 틀림없겠죠.

마찬가지로 결혼식을 치르고 며칠 뒤 신부의 아랫도리

---

[49] 로런스 스턴의 《감성 여행》(1768)에 나오는 유명한 인용구

에 악취 나는 피 헝겊이 꽉 묶여 있는 것을 보고도 내심 낙담하지 않는 남편이라면 정말 사랑하는 게 틀림없겠죠. 왜 자연은 우리를 새들처럼, 아니면 각다귀처럼, 여름날 하루만 살도록, 사랑이 넘치는 긴 하루를 살도록 창조하지 않았을까요?

이튿날 밤, 텔레니는 피아노 앞에서 평소 이상의 연주를 선보였습니다. 여자들이 작은 손수건을 흔들고 꽃을 던지고 난 뒤, 텔레니는 자신을 축하하기 위해 몰려든 많은 추종자들 몰래 사라져서, 극장 문 앞에 대기하고 있던 제 마차로 왔습니다. 그리고 우리는 텔레니의 집으로 가 함께 밤을 보냈습니다. 방해받지 않는 숙면의 밤이 아니라 취하게 하는 희열의 밤이었습니다.

그리스 신의 진정한 공증인인 양, 우리는 프리아포스 신에게 넘치는 신주神酒를 일곱 번 쏟아 바쳤습니다. 7은 신비롭고, 비밀스럽고, 상서로운 숫자니까요. 그리고 아침, 우리는 서로의 품에서 떨어지며 영원한 사랑과 충절을 맹세했습니다. 그러나 오호통재라! 끝없이 변하는 이 세상에서 영원한 밤 속에 영원히 빠져드는 잠을 제외하고 불변하는 것이 과연 어디 있을까요?

―어머니는요?

―어머니는 저한테 커다란 변화가 일어난 것을 알아챘

죠. 제가 어디서도 쉴 곳을 못 찾는 노처녀처럼 폐롭고 비벽한 대신 차분하며 쾌활해졌으니까요. 어머니는 제가 물약을 먹고 있어서 달라졌다고 생각했지만, 그 물약의 진짜 정체는 잘 몰랐죠. 나중에 어머니는 제가 밀회 같은 것을 즐긴다고 확신했어요. 하지만 제 사생활을 간섭하지는 않았죠. 어머니는 제가 난봉을 부릴 시기라고 생각했고, 저를 완전히 자유롭게 두었어요.

―음, 운이 좋았군요.

―네, 하지만 완벽한 행복은 오래갈 수 없죠. 지옥은 천국의 문턱에서 입을 떡 벌리고 있고, 한 걸음만으로도 우리는 천상의 빛에서 케레비아[50]의 어둠으로 추락합니다. 저는 이 파란만장한 삶을 늘 지옥과 함께해왔습니다. 참을 수 없는 괴로움과 전율이 이는 즐거움의 잊을 수 없는 밤 이후 보름 동안 저는 더없는 행복 한가운데에 있다가, 잠을 깨보니 철저한 불행 속에 있는 자신을 발견했습니다.

어느 아침, 아침을 먹으러 가다가 전날 우체부가 가져온 편지를 탁자에서 보았습니다. 편지를 주고받는 일은 없어서, 집으로 편지가 온 적도 없었습니다. 사업상 주고

---

50 그리스 신화의 등장인물로, 세리포스 섬의 왕이었던 디크티스와 폴리데크테스의 어머니이며, 폴리데크테스는 페르세우스에게 메두사의 목을 베어 죽이라고 명령한 인물

받는 서신은 늘 사무실로 왔습니다. 제가 모르는 필체였습니다. 저는 장사꾼이 보낸 편지겠거니 하고 별 생각 없이 빵에 버터를 발랐습니다. 마침내 편지봉투를 뜯었습니다. 주소나 서명 없이 글만 두 줄 적힌 카드였습니다.

—뭐였죠?
—아주 강력한 건전지에 실수로 손을 올려놓아서 손가락을 통해 감전되고 잠시 정신을 잃은 적 있습니까? 그렇다면 그 종이쪽이 제 신경에 일으킨 일을 조금이나마 이해할 수 있을 겁니다. 저는 정신을 차릴 수 없었습니다. 그 몇 글자를 읽은 뒤 아무것도 보이지 않았습니다. 방이 빙빙 돌기 시작했습니다.
—도대체 뭐가 적혀 있었기에 그렇게 질렸습니까?
—몇 개 되지 않는 그 거칠고 거슬리는 단어들이 제 머릿속에 지워지지 않게 새겨졌습니다.

연인 T를 포기하지 않으면, 남색가로 낙인찍힐 것이다.

이 끔찍하고 파렴치한 익명의 협박은 이탈리아 사람들의 표현대로 '햇빛 쨍쨍한 날에 갑자기 치는 천둥'처럼 너무도 불쑥 거칠고 불쾌하게 찾아왔습니다.
그런 내용이 있을 줄 꿈에도 모른 채 저는 어머니 앞에서 무심히 봉투를 뜯었고, 편지를 읽다가 쓰러질 것 같은 상태를 숨길 수 없었습니다. 그 작은 종이쪽을 쥐고 있을 힘조차 없었어요.

제 손은 사시나무처럼 떨렸습니다. 아니, 온몸이 떨렸습니다. 너무도 심하게, 수치심에 사로잡히고 두려움에 짓눌렸습니다.

볼에서는 핏기가 사라지고, 입술은 차갑고 축축해졌습니다. 얼음물 같은 식은땀이 눈썹에 맺혔습니다. 제가 창백해지는 것을 스스로도 느낄 수 있었습니다. 뺨이 죽은 듯한 잿빛으로 변했을 게 틀림없었어요.

그럼에도 불구하고 감정을 다스리려 애썼습니다. 커피 한 스푼을 떠서 입으로 가져갔습니다. 그러나 입술에 커피가 닿기도 전에 구역질이 나고 토할 것 같았습니다. 더없이 거친 바다에서 요동치고 흔들리는 작은 배에 타고 있었다 해도 그때의 제 몸만큼 가라앉는 듯한 메스꺼움을 느끼지는 못했을 겁니다. 뱅코의 유령을 본 맥베스도 그때의 저만큼은 겁먹지 않았을 겁니다.

어떻게 하지? 세상에 대고 남색가라고 밝힐까? 아니면 목숨보다 훨씬 소중한 남자를 포기해야 하나? 아니, 그 두 가지보다 죽는 게 나았습니다.

―그렇지만 조금 전에는 피아니스트에 대한 사랑을 세

상에 알리고 싶다고 하셨지 않습니까?

―네, 맞습니다. 부인하지 않습니다. 그렇지만 사람 마음의 모순을 모르십니까?

―게다가 남색을 죄로 여기지 않았잖아요?

―네. 제가 그 때문에 사회에 해를 조금이라도 끼쳤습니까?

―그렇다면 왜 그렇게 겁먹었나요?

―어느 여인이 어린 아들, 세 살쯤 된 혀짤배기소리를 하는 아이에게 아빠는 어디에 있는지 물었습니다.

아이가 말했습니다. "자기 방에."

경솔한 어머니는 물었습니다. "뭐 하고 있어?"

아이는 순진하게, 높은 목소리로, 방에 있는 사람들 귀에 다 들릴 만큼 크게, 대답했습니다. "뿡뿡 하고 있어."

잠시 후 남편이 방으로 들어왔을 때의 그 어머니의 마음, 그 아내의 마음을 상상할 수 있습니까? 그 불쌍한 남자는 얼굴을 붉힌 아내의 입에서 아들의 천진난만한 말을 들었을 때 낙인찍힌 기분이었다고 저에게 말했습니다. 그렇지만 그 남자가 범죄를 저질렀나요?

세상 어떤 남자든 방귀를 뀌면서, 혹은 아이의 표현을 빌리자면 '뿡뿡' 하면서, 완벽한 만족을 느낀 적이 한 번은 있을 겁니다. 자연을 거스르는 죄악은 분명히 아닌데, 거기에 부끄러워할 것이 어디 있습니까?

오늘날 우리는 너무 돌려 말해야 하고 너무 예의를 차려야 합니다. '식사가 끝난 뒤나 포도주를 마신 뒤에도 윗입술을 꼼꼼히' 닦는 에글런타인 부인[51]의 품위 있는 예절조차 식기 닦는 하녀의 것만 못하게 여겨질 정도죠. 오늘날 우리는 어찌나 점잖은 척하며 고지식해졌는지, 조금만 있으면 의회 의원으로 지명되어도 확실히 임명되기 전에 성직자나 주일 학교 교사로부터 윤리 확인서를 받아서 제출해야 할 겁니다. 세상에 밝혀지는 것은 피해야 합니다. 시끄러운 기자들은 질투심 많은 신들이며, 그 분노를 달래기는 어렵습니다. 사람들은 부도덕한 인간들이 무엇을 하는지 알고 싶어 하기 때문에, 그런 일을 밝히면 기자들은 후한 보상을 받습니다.

―그럼, 그런 글을 써서 보낸 사람은 누구였나요?

―누구요? 저는 머리를 쥐어짰습니다. 의심스러운 사람이 몇 명 떠올랐어요. 모두 정체를 알 수 없고 무섭기가 마치 치명적인 화살을 겨누며 위협하는 밀턴의 죽음[52] 같았어요. 심지어 저는 텔레니가 제 사랑의 한계를 시험하려

---

51 초서의 《캔터베리 이야기》 프롤로그에 나오는 문장이며, 에글런타인 부인은 수녀원장이자 예절을 철저히 지키는 인물로 그려진다.
52 밀턴이 《실낙원》에서 묘사하는 죽음

고 이런 편지를 보낸 게 아닐까 하는 상상까지 했습니다.

— 백작 부인이었죠? 아닌가요?

— 저도 그렇게 생각했습니다. 텔레니를 적당히 거리를 두고 사랑하기란 불가능해요. 그리고 사랑에 미친 여자라면 무슨 일이라도 할 수 있죠. 그렇지만 귀부인이 그런 무기를 꺼내 들었을 것 같지는 않았습니다. 게다가 백작 부인은 멀리 떠나 있었어요. 아니, 백작 부인은 아니었어요. 불가능한 일이었어요. 그럼 누구일까? 모두가 의심스럽고, 아무도 의심스럽지 않았습니다.

며칠 동안 저는 끝없이 고통을 당했습니다. 가끔 제가 미치는 게 아닐까 싶을 정도였어요. 그 끔찍한 편지를 쓴 사람을 만나게 되는 게 아닌지 두려운 나머지 집 밖으로 나가지도 못할 지경까지 신경이 곤두섰습니다.

제 이마에는 카인처럼 죄가 새겨져 있는 것 같았습니다. 사람들이 저를 볼 때마다 그 얼굴에서 경멸의 표정이 보였습니다. 손가락이 끝없이 저를 가리켰습니다. 모두에게 들릴 만큼 큰 목소리가 '남색가!'라고 소리쳤습니다.

사무실에 출근할 때에는 뒤에서 따라오는 발소리가 들렸습니다. 제가 속도를 올리면, 뒤에 오는 발걸음도 빨라졌습니다. 저는 달리다시피 했어요. 갑자기 손이 제 어깨에 닿았습니다. 저는 공포에 질려서 기절하기 직전이었습니다. 바로 그 순간, '법의 이름으로 너를 체포한다, 남색가!' 하는 끔찍한 말이 들릴 것 같았습니다.

문이 끼익 하고 열리는 소리에도 저는 덜덜 떨었습니다. 편지만 보여도 심장이 내려앉았습니다.

양심의 가책 때문이었냐고요? 아닙니다. 그저 두려웠을 뿐입니다. 가책이 아닌 굴욕적인 두려움이었죠. 사실, 남색은 종신 징역에 처해지는 중죄 아니던가요?

저를 겁쟁이라고 생각하시겠죠. 하지만 아무리 용감한 사람이라도 적이 눈앞에 실제해야만 싸울 수 있는 법이죠. 정체를 알 수 없는 적의 보이지 않는 손이 늘 죽음의 주먹을 날리려 한다고 생각해보세요. 견디기 힘들죠. 오늘은 높이 신망받는 남자라 해도, 이튿날 사주를 받은 깡패가 거리에서 내뱉은 비난 한마디, 현대 언론의 승리자인 시끄러운 신문에 실린 문장 하나로 명성은 영원히 무너집니다.

─어머니는요?

─제가 편지 봉투를 열 때 어머니는 다른 데에 관심을 쏟고 있었습니다. 나중에 제가 창백해진 걸 보고 어머니가 몇 마디 했죠. 저는 몸이 안 좋다고 말했어요. 어머니는 제가 구역질하는 걸 보고 제 말을 믿었어요. 제가 병에 걸렸을까 봐 걱정했죠.

─텔레니는 뭐라고 했습니까?

―그날은 텔레니를 만나러 가지 않았어요. 내일 보러 가겠다는 전갈만 보냈습니다.

그 밤을 어떻게 넘겼는지! 잠들기 무서워서 최대한 자지 않고 버텼습니다. 그러다가 너무 지쳐서 옷을 벗고 누웠습니다. 침대에 전기가 통하는 것 같았어요. 제 온 신경이 경련을 일으켰습니다. 오싹한 기운에 사로잡혔습니다.

정신을 잃을 것 같았어요. 한참 뒤척였습니다. 그러다가 미치는 게 아닐까 겁나서 일어났어요. 살그머니 식당으로 가서 코냑 한 병을 침실로 가져왔습니다. 반 잔을 단숨에 마시고 다시 침대에 들어갔어요.

그렇게 독한 술에 익숙하지 않아서 곯아떨어졌습니다. 그렇지만 그게 잠이었을까요?

한밤중에 깼어요. 하녀 카트린이 자신을 죽인 살인자라고 저를 비난하고 제가 재판을 받게 되는 꿈을 꿨습니다.

일어나서 또 술을 마셨습니다. 그리고 다시 잠들었다기보다는 의식을 잃었습니다.

이튿날 텔레니가 너무 보고 싶었지만, 그날도 못 만나겠다고 전갈을 보냈습니다. 그리고 그 이튿날, 여전히 제가 만나러 가지 않자, 텔레니가 방문했습니다.

저를 덮친 신체적 감정적 변화를 보고 놀란 텔레니는 우리 둘을 아는 누가 자신을 비방했다고 생각했습니다.

텔레니로부터 많은 질문과 강요를 받은 뒤, 저는 텔레니의 오해를 풀기 위해서 그 끔찍한 편지를 꺼냈습니다. 독사처럼 손대기조차 무서운 편지를 텔레니에게 건넸어요.

그 문제에는 저보다 익숙한 텔레니였지만, 눈썹을 찌푸리고 생각에 잠겼고, 얼굴이 창백해지기까지 했습니다. 잠시 깊이 생각한 끝에 텔레니는 그 무서운 글이 적힌 종이를 살펴보기 시작했습니다. 봉투와 종이 둘 다 들어서 코에 대고 냄새를 맡았습니다. 갑자기 텔레니의 얼굴이 환해졌습니다. 텔레니가 소리쳤어요. "알아냈어. 알아냈어. 겁내지 않아도 돼! 장미 향수 냄새야. 누구인지 알아."

"누구?"

"도대체 왜 몰랐어?"

"백작 부인?"

텔레니가 얼굴을 찌푸렸습니다.

"백작 부인을 어떻게 알아?"

저는 텔레니에게 모두 말했습니다. 제 말이 끝나자 텔레니는 저를 꼭 껴안고 키스하고 또 키스했어요.

"카미유, 당신을 잊으려고 온갖 방법을 다 써봤어. 성공했는지 아닌지는 당신도 알겠지. 백작 부인은 이제 멀리 떠났고, 백작 부인을 만나는 일은 앞으로 다시는 없을 거야."

텔레니가 그 말을 할 때, 저는 텔레니의 새끼손가락에

끼워진 아주 고급스러운 노란 다이아몬드, 문스톤 반지를 보게 되었습니다.

제가 말했죠. "여자 반지네. 백작 부인한테서 받았어?"

텔레니는 대답하지 않았습니다.

"그거 말고 이걸 끼지 않겠어?"

제가 텔레니에게 준 반지는, 특별한 장인의 기술로 만든 골동품으로, 브릴리언트 컷 다이아몬드들이 카메오 주위에 빙 둘러져 있었습니다. 그렇지만 가장 큰 특징은 그 카메오가 안티누스의 머리 조각인 점이었어요.

"너무 귀한 보석이잖아." 텔레니는 그렇게 말하고 자세히 반지를 보았습니다. 그리고 양손으로 제 머리를 잡고 키스로 제 얼굴을 뒤덮었어요. "정말 나한테는 귀해. 당신을 닮았으니까."

저는 웃음을 터뜨렸습니다.

텔레니가 어리둥절해서 물었습니다. "왜 웃어?"

제가 대답했어요. "그 반지 속 조각이 당신 얼굴도 많이 닮아서."

텔레니가 말했습니다. "그렇다면 우리는 취향뿐 아니라 생김새도 비슷한 거네. 당신은 내 도플갱어인지도 모르겠군. 우리 중 한 사람에게는 슬픈 일이야!"

"왜?"

"우리 나라에서는 또 다른 자아를 절대 만나면 안 된다는 말이 있어. 한 사람이, 아니면 두 사람 다 불행해진대." 텔레니는 그 말을 하면서 부르르 떨다가 다시 미소를 지으며 말했습니다. "알다시피 내가 미신을 잘 믿잖아."

제가 말했습니다. "불운이 우리를 갈라놓게 되면, 이 반지를 처녀 여왕의 반지[53]처럼 전령으로 삼아 나한테 보내. 내가 무슨 일이 있어도 맹세코 당신 곁으로 갈 테니까."

반지는 텔레니의 손가락에, 텔레니는 제 품에 있었습니다. 우리의 약속에는 키스의 봉인이 찍혔습니다.

텔레니는 제 귀에 사랑의 말들을 속삭이기 시작했습니다. 나직하고, 달콤하고, 숨죽인, 노래하듯 속삭이는 그 소리는 가물가물 기억나는 황홀한 꿈속에서 아득하게 들리는 메아리 같았습니다. 사람을 취하게 하는 미약의 탄산 거품처럼 제 머리에 쏟아졌어요. 지금도 귓속에 맴도는 것 같습니다. 아니, 그때를 생각하니 지금도 제 온몸에 전율이 일어요. 저를 흥분시키던 텔레니의 만족을 모르는 욕망이 제 피에 불을 붙입니다.

텔레니는 제 옆에, 지금 제가 당신과 붙어 앉은 것처럼,

---

[53] '처녀 여왕'은 영국 여왕 엘리자베스 1세를 가리킨다. 엘리자베스 1세는 메리 1세가 사망하면 그 반지를 곧장 자신이 살고 있는 하트필드 궁까지 가져오도록 니컬러스 스록모턴 경에게 명령했고, 반지를 증표로 삼아 왕위 계승 다툼에서 이기고 즉위했다.

가까이 앉아 있었습니다. 당신 어깨가 제 어깨에 기대어 있는 것과 똑같이 텔레니의 어깨도 제 어깨에 기대어 있었죠.

텔레니는 먼저 제 손을 어루만졌습니다. 거의 느껴지지 않을 만큼 부드럽게 만졌어요. 그리고 서서히 손가락들을 깍지 끼기 시작했어요. 이렇게요. 조금씩 조금씩 저를 소유하면서 즐거워하는 것 같았어요.

그러다 한쪽 팔이 제 허리를 감았습니다. 다른 팔은 제 목을 감쌌습니다. 손가락 끝이 제 목을 간질이고 희롱하자 저는 쾌감에 전율했습니다.

그러면서 우리 뺨이 살짝 맞닿았어요. 그 촉감은, 아마도 너무 느껴질 듯 말 듯 해서인지 제 온몸을 전율시키고, 아랫도리 주위의 온 신경에 불쾌하지 않은 찌릿찌릿한 느낌을 주었습니다. 어느새 우리 입은 맞닿아 있었습니다. 그렇지만 텔레니는 아직 저에게 키스하지는 않았죠. 텔레니의 입술은 제 입술을 그저 안달하게 만들기만 했습니다. 우리가 타고난 짝임을 저에게 더 확실히 일깨우려 하는 듯했죠.

지난 며칠의 신경과민 상태로, 저는 다른 때보다 훨씬 쉽게 흥분되었습니다. 그래서 피를 식히고 머리를 진정시킬 쾌락을 몹시 원했습니다. 그러나 텔레니는 저의 갈망을 더 키우고, 정신이 혼미해지는 관능을 광기에 가까울 정도로 높이 끌어올리려고 하는 것 같았어요.

마침내 우리 둘 다 흥분을 더 이상 참을 수 없게 되었을 때, 우리는 서로 옷을 벗기고 벌거벗은 채 두 마리 뱀처럼 뒹굴며 서로를 최대한 느끼려고 애썼습니다. 제 피부에 있는 모공 하나하나가 작은 입이 되어 키스하려고 입술을 내밀고 있는 것 같았어요.

"나를 안아…… 껴안아! 더 꽉…… 더 꽉! …… 당신 몸을 느끼고 싶어!"

쇳조각처럼 단단해진 제 막대기가 텔레니의 다리 사이로 미끄러져 들어갔습니다. 막대기는 저 혼자 까딱거렸고, 끈끈한 액체가 조금 흘러나왔습니다.

텔레니는 제가 괴로워하는 것을 보다가, 마침내 저를 가엾게 여기고 머리를 숙여서 제 남근에 키스하기 시작했습니다.

그렇지만 저는 이 즐거운 쾌감을 일부만 맛보거나, 혼자서 이 황홀한 흥분을 즐기고 싶지 않았어요. 그래서 우리는 자세를 바꿨죠. 텔레니가 무척 신이 나서 자세를 바꾸자, 순식간에 저는 텔레니의 물건을 입에 물고 있게 되었습니다.

곧 무화과나무나 등대풀의 수액 같은 시금떨떨한 맛의 그 젖, 뇌와 골수에서 흘러나온 것 같은 그것이 뿜어져 나왔고, 모든 것을 녹이는 불길이 몸속 동맥과 정맥을 타고 흘렀습니다. 제 모든 신경은 강한 전류에 감전된 듯 떨렸습니다.

마침내 정액이 마지막 한 방울까지 다 빨려 나가자, 관능이 무아지경을 이루며 폭발하던 쾌감이 가라앉기 시작했습니다. 저는 완전히 지치고 맥이 풀렸습니다. 그다음, 기분 좋은 무감각 상태가 찾아왔어요. 저는 몇 초 동안 행복한 의식 불명에 빠져 눈을 감고 있었습니다.

감각이 돌아오고, 제 눈길은 다시 역겨운 익명의 편지에 닿았어요. 저는 몸서리를 치고, 텔레니가 보호벽인 양 텔레니의 품에 파고들었습니다. 그때까지도 여전히 정말 끔찍했으니까요.

"그런데 저 끔찍한 글을 쓴 사람이 누구인지 아직 말 안 했어."

"누구? 아니, 당연히 장군의 아들이지."

"뭐? 브리앙쿠르?"

"아니면 누구겠어. 우리 사랑을 눈치챌 사람이 브리앙쿠르 말고 또 누가 있겠어. 브리앙쿠르가 우리를 지켜보고 있는 게 틀림없어. 이걸 봐." 텔레니가 종이를 집으며 말을 이었습니다. "자기 문장이나 이니셜이 있는 종이를 쓸 수는 없는데, 다른 종이는 없었을 거야. 그래서 스케치북 종이를 잘라서 썼지. 그림을 그리는 사람이 아니면 누가 이러겠어? 너무 조심하다보면 오히려 자신을 위태롭게 만들지. 게다가 냄새를 맡아봐. 브리앙쿠르는 장미 향수에 절어 있어서 그 손에 닿은 것에서는 그게 뭐든 장미 냄새가 나."

저는 생각에 잠겨서 말했어요. "그래, 그 말이 맞군."

"무엇보다 브리앙쿠르로서는 그냥 한 일이야. 악의를 품고 한 일은 아니고······."

"브리앙쿠르를 사랑하는구나!" 저는 날카로운 질투를 느끼고 텔레니의 팔을 꽉 잡았습니다.

"아니, 아니야. 그냥 이해하는 것뿐이야. 그리고 어릴 때부터 브리앙쿠르를 알았으니, 그렇게 나쁜 사람이 아니라는 건 당신도 알지?"

"나쁘지는 않지. 그냥 미쳤지."

"미쳤다고? 글쎄, 다른 남자들에 비해서 약간 더 미쳤다고 할 수도 있겠네." 텔레니는 빙긋 웃었죠.

"뭐? 남자들이 다 미쳤다고 생각해?"

"내가 아는 남자들 중에 제정신인 사람은 딱 한 명이야. 구두장이. 일주일에 딱 한 번, 월요일에 미쳐. 즐겁게 술에 취했을 때."

"미친 이야기는 그만하자. 우리 아버지는 미쳐서 죽었고, 나도 조만간······."

텔레니가 제 말을 끊고 말했어요. "브리앙쿠르가 오랫동안 당신을 좋아한 거 알지?"

"나를?"

"그래. 그런데 브리앙쿠르는 당신이 자기를 싫어한다고 생각해."

"딱히 좋아한 적은 없어."

"지금 생각해보니, 브리앙쿠르는 우리 둘 다 탐냈던 것 같아. 사랑과 행복의 삼위일체 같은 것을 만들려고."

"그걸 이런 식으로 이야기했다고?"

"사랑과 전쟁에서는 어떤 전략도 유효하지. 브리앙쿠르라면 예수회 사람들처럼 '목적을 위해서라면 수단을 가리지 않아야 한다'고 생각할걸. 어쨌든 이 편지는 한겨울 밤의 꿈이라고 생각하고 잊어버려."

그다음 텔레니는 아직 불기가 남아 있는 벽난로에 그 불쾌한 종이를 넣었어요. 처음에는 오그라들고 타닥거리더니 갑자기 불이 확 붙었습니다. 작은 뱀 같은 불길들이 내달리다가 서로를 잡아먹고, 구깃구깃한 검은색 재만 남았습니다.

그리고 타닥거리는 장작이 푹 하고 숨을 내쉬자, 그 검은 재는 작고 새카만 악마처럼 굴뚝으로 사라졌어요.

벽난로 앞 낮은 소파에서 우리는 벌거벗은 채 서로를

사랑스럽게 껴안고 있었어요.

"그래도 타버리기 전까지는 그 편지가 위협적이지 않았어? 브리앙쿠르가 우리 사이에 다시는 끼어들지 않았으면 좋겠어."

제 친구는 빙긋 웃으며 말했죠. "무시하면 돼." 그리고 제 남근과 자기 남근을 함께 쥐고 흔들면서 말했어요. "이렇게 하는 게 이탈리아에서는 악마의 눈을 쫓는 데에 가장 영험하대. 게다가 브리앙쿠르는 지금쯤 당신도 나도 다 잊어버렸을 거야. 아니, 그 편지를 쓴 것도 잊어버렸을걸."

"왜?"

"새로운 애인을 찾아냈으니까."

"누구? 그 알제리 기병?"

"아니, 젊은 아랍인. 어쨌든 그게 누구인지는 브리앙쿠르가 앞으로 그릴 그림을 보면 알 수 있을 거야. 요전에 브리앙쿠르는 미의 세 여신 구도만 생각하고 있었어. 브리앙쿠르가 보기에는 그게 삼위일체 동성애였지."

며칠 뒤 오페라 극장 휴게실에서 브리앙쿠르를 만났어요. 브리앙쿠르는 우리를 보자 고개를 돌리고 피하려 했죠. 저도 그러고 싶었습니다.

텔레니가 말했습니다. "안 돼, 가서 브리앙쿠르와 이야기하고 이 문제를 드러내야지. 그런 일에는 조금이라도 겁내는 기색을 보이면 안 돼. 적한테 과감히 맞서면 이미 반은 이긴 거야."

텔레니는 저를 끌고 브리앙쿠르 앞으로 갔어요. 텔레니가 악수를 청하며 말했죠. "이런, 그 사이에 무슨 일이라도 있었나요? 못 본 지 며칠은 지난 것 같군요."

브리앙쿠르가 말했습니다.

"물론이죠. 새로운 친구들은 옛 친구들을 잊어버리게 하니까요."

"새로운 그림이 옛 그림을 잊게 하듯이요? 그건 그렇고 요즘은 무슨 그림을 그리시나요?"

"아, 아주 아름다운 걸 시작했죠. 제 그림이 만약 주목을 받는다면 틀림없이 지금 작업하는 그림일 겁니다."

"뭘 그리시는데요?"

"예수 그리스도요."

"예수 그리스도요?"

"네. 아크메트를 만난 뒤로 구세주를 이해하게 됐어요. 그 황홀한 검은 눈, 칠흑 같은 긴 속눈썹을 보면 좋아하시게 될 겁니다."

텔레니가 말했습니다. "누구를 좋아하게 된다는 말인가요? 아크메트 아니면 그리스도?"

브리앙쿠르가 어깨를 으쓱하고 말했습니다. "물론 그리

스도죠! 그 그림을 보면, 그리스도가 대중에 영향을 끼칠 만했다고 생각하게 될 겁니다. 나의 시리아 남자는 말을 하지 않아도, 눈길을 보내는 것만으로도 생각을 전달하죠. 그리스도도 마찬가지로, 대중에게 위선적인 말을 하느라 자신의 호흡을 낭비하지 않았어요. 그리스도는 손가락으로 땅에 썼고,[54] 그래서 '세상에 법의 영향을 끼쳐라'[55]고 할 수 있었죠. 말씀드렸듯 저는 아크메트를 구세주로, 그리고 당신을……." 브리앙쿠르는 텔레니를 보며 말을 이었습니다. "그리스도가 사랑한 사도 요한으로 그릴 겁니다. 예수 그리스도가 그 애제자를 사랑했다고 성경에서도 분명히 말하고 계속 되풀이하니까요."

"그리스도를 어떻게 그릴 겁니까?"

"그리스도는 요한을 잡고 서 있고, 요한은 그리스도를 껴안고 가슴에 머리를 기대고 있죠. 물론 요한의 표정과 태도에는 부드럽고 여성적인 면이 있어서 사랑스러워 보여야 하죠. 텔레니 당신처럼 눈은 몽환적인 보라색이고 입술은 육감적이어야 하겠죠. 부정한 마리아들 중 한 명이 두 사람의 발치에 웅크리고 있죠. 그러나 요한 스스로가 자기 스승의 정부인 양 자신을 겸손하게 가리킨 말인 '또

---

54 요한 복음서 8:6
55 드라이든 John Dryden, 1631~1700 의 희곡 〈클레오메네스〉(1692)의 한 구절

다른 제자'[56]와 그리스도가 반은 경멸, 반은 동정이 담긴 몽환적인 표정으로 여자를 내려다보고 있죠."

"사람들이 그 의미를 이해할까요?"

"조금이라도 지각이 있는 사람이라면 누구라도. 게다가 제 생각이 더 명확하게 드러나도록 그 그림과 짝을 이루는 작품을 하나 더 그릴 겁니다. '그리스의 그리스도인 소크라테스와 애제자 알키비아데스.' 여자는 크산티페겠죠." 그리고 브리앙쿠르는 저를 보며 덧붙였습니다. "알키비아데스의 모델이 되겠다고 약속하세요."

텔레니가 말했습니다. "그러죠. 그렇지만 조건이 있어요."

"말해요."

"카미유한테 왜 그런 편지를 보냈죠?"

브리앙쿠르가 얼굴이 새빨개지며 물었습니다. "무슨 편지요?"

"이런, 허튼소리 그만해요!"

"내가 쓴 걸 어떻게 알았어요?"

"자디그처럼 개 귀의 흔적을 보았죠."[57]

"나인지 아신다니, 솔직히 말하죠. 질투심 때문에 그랬

---

56 요한복음 18:15. 요한은 자신의 이름을 밝히지 않고 '또 다른 제자 하나'로 스스로를 칭함
57 볼테르의 소설 《자디그》(1747)에서 자디그는 개의 발자국 옆에 난 자국을 보고 개의 귀가 길다는 것을 알아차린다.

어요."

"누구를 질투했죠?"

"두 분 다죠. 네, 웃으시겠죠. 그렇지만 사실이에요."

그다음 브리앙쿠르는 저를 보며 말했습니다. "우리 둘 다 아장아장 걷는 아기 때부터 알고 지냈는데 나한테는 한 번도 안 해줬잖아요." 그러면서 브리앙쿠르가 윗니를 엄지손톱으로 톡톡 쳤습니다. 그리고 텔레니를 가리키며 말했습니다. "그런데 이 사람이, 왔노라 보았노라 이겼노라. 어쨌든 앞으로 한동안은 그렇겠죠. 그동안 원한은 품지 않을 테니, 나한테도 그 멍청한 협박 때문에 원한은 품지 않으시리라 믿습니다."

"그 편지 때문에 내가 비참한 낮과 불면의 밤에 얼마나 시달렸는지 모르죠?"

"그랬어요? 미안해요. 용서를 빌어요. 나는 미쳤어요. 모두가 그렇게 말하죠." 브리앙쿠르는 제 손과 텔레니의 손을 잡고 말했습니다. "이제 우리는 친구니까 다음 회합에 꼭 와요."

텔레니가 물었습니다. "언제죠?"

"돌아오는 화요일."

그리고 저를 돌아보며 말했습니다. "만나면 좋아할 유쾌한 친구들을 많이 소개하죠. 당신이 우리와 같은 사람이 아니라는 데에 오랫동안 경악하던 친구가 많아요."

그 주는 빨리 지나갔어요. 브리앙쿠르의 편지 때문에 생긴 끔찍한 불안은 곧 즐거움에 묻혔습니다.

약속된 만찬 며칠 전에 텔레니가 물었어요. "회합에 어떻게 입을까?"

"어떻게라니? 가장 무도회인 거야?"

"모두가 각자 즐겨 하는 차림이 있지. 군인 차림을 좋아하는 사람들도 있고, 선원 차림을 좋아하는 사람들도 있어. 줄타기 곡예사 차림을 좋아하는 사람, 멋 부린 신사 차림을 좋아하는 사람, 같은 남자를 사랑하지만 여자 옷을 입은 남자만 찾는 남자도 있어. 'L'habit ne fait pas le moine(옷이 남자를 만들지는 않는다)'라는 격언이 항상 참은 아니지. 새들도 짝을 사로잡으려고 더 화려한 깃털을 뽐내는 것은 수컷이잖아."

제가 말했죠. "그러면 내가 어떤 옷을 입으면 좋겠어? 나는 당신에게만 잘 보이면 되니까 당신이 원하는 대로 입을게."

"아무것도 입지 마."

"아! 그렇지만……."

"벌거벗은 모습을 보이는 건 부끄러워?"

"당연하지."

"음, 그럼, 딱 붙는 사이클 선수 옷을 입어. 몸매를 가장 잘 드러낼 수 있도록."

"좋아. 당신은?"

"나는 앞으로 항상 당신과 똑같은 차림을 할 거야."

그날 저녁, 우리는 화가의 작업실로 갔습니다. 건물 밖은 깜깜하지는 않았지만 조명이 아주 흐릿했습니다. 텔레니가 세 번 노크하자, 잠시 후에 브리앙쿠르가 몸소 문을 열었습니다.

이 장군의 아들은 결점이야 많은 사람이지만, 매너는 프랑스 귀족의 것으로 완벽했어요. 위엄 있는 걸음걸이는 프랑스 왕궁을 걸어도 될 만했죠. 정중함은 타의 추종을 불허했어요. 사실, 브리앙쿠르는 로런스 스턴이 말하듯 '첫눈에 사랑하게 만드는 경향을 야기하는' 그 온갖 '사소하고 다정한 삶의 예의범절'을 모두 갖추고 있었습니다.[58] 브리앙쿠르는 우리를 서둘러 안으로 들이려 했지만, 텔레니가 막았습니다.

텔레니가 말했습니다. "잠깐만요. 카미유한테 먼저 당신의 하렘을 보여주는 게 어때요? 아시다시피, 카미유는 프리아포스 신을 모시는 종교에 이제 막 들어왔잖아요. 카미유한테는 내가 첫 연인이고……."

[58] 로런스 스턴의 《감성 여행》 33장에 나오는 구절

브리앙쿠르가 말을 가로챘습니다. "네, 알아요. 하지만 오래오래 마지막 연인으로 남으라고 진심으로 기원하지는 못하겠네요."

"카미유는 이런 연회에 익숙하지 않으니, 포티파르의 아내한테서 도망치는 요셉처럼 도망치게 될 겁니다."[59]

"잘 알겠습니다. 그렇다면 부디 이쪽으로 오시겠어요?"

브리앙쿠르는 그 말과 함께 조명이 어두운 통로로 우리를 안내했습니다. 구불구불한 계단을 올라가자, 브리앙쿠르의 아버지가 튀니스나 알제에서 보내왔을 아라비아 격자 창으로 이루어진 발코니가 나타났습니다.

"여기서는 다른 사람 눈에 띄지 않게 모두 볼 수 있습니다. 그럼 잠시 안녕히. 그렇지만 오래 있지는 마세요. 저녁 식사가 곧 나옵니다."

회랑에 들어서서 아래를 내려다보자, 황홀까지는 아니어도, 당혹은 더없이 크게 느꼈습니다. 지금 있는 이런 일상 세계에서 마법의 요정 세상으로 전송된 것 같았습니다. 모양도 다양한 수천의 램프들이 환하지만 은근한 빛으로 실내를 채우고 있었습니다. 학 모양의 촛대들과 스페인 성당에서 약탈한 거대한 동이나 은 촛대들 위에서 빛나는

---

59   창세기 39:12 "그 여자가 요셉의 옷을 붙잡고 '나와 함께 자요!' 하고 말하자, 요셉은 자기 옷을 그의 손에 버려둔 채 밖으로 도망쳐 나왔다."

양초들, 무어인 사원이나 동양 예배당에서 가져온 별 모양이나 팔각형의 등, 기묘하게 뒤틀린 디자인으로 묘하게 세공된 철제 화로들, 무수히 많은 유리 장식들이 금박 고리를 반사시켜 무지갯빛 광채를 내는 샹들리에들, 카스텔두란테[60]산 마욜리카 벽 촛대 등이 있었습니다.

공간이 무척 넓었는데, 벽에는 온통 더없이 선정적인 그림들이 걸려 있었습니다. 장군의 아들은 큰 부자였고, 오직 자기 만족을 위해서만 그림을 그렸기 때문입니다. 반쯤 그리다 만 미완성 그림이 많았는데, 브리앙쿠르의 열정적이지만 변덕이 심한 상상력은 하나의 소재에 오래 머물 수 없었고, 그 창조적인 재능도 하나의 화법에 오래 만족할 수 없었죠.

음란한 폼페이 납화를 모사한 그림들에서는 사라진 예술의 비밀을 되살리려 애썼죠. 레오나르도 다빈치처럼 변성 안료를 사용해 세심하게 주의를 기울여 그린 그림이 있는가 하면, 그뢰즈의 파스텔화 같거나 바토의 섬세한 색감을 떠올리게 하는 그림도 있었죠. 살결에서는 베네치아파의 흐릿한 황금빛이 돌기도 하고…….

— 브리앙쿠르의 그림 때문에 옆길로 새지 말고, 어서

---

60 이탈리아 중부 우르비노 지방에 위치한 도자 공방. 마욜리카 도기로 유명하다.

실제 그 광경이 어땠는지를 들려주세요.

―오래되고 색이 바랜 다마스크 소파에, 독실한 신자들이 금실과 은실로 수놓은 사제의 영대로 만든 커다란 베개에, 페르시아와 시리아의 푹신한 긴 의자에, 사자와 표범 깔개에, 고양잇과 동물의 화려한 털로 덮인 매트리스에, 젊고 잘생긴 남자들이 있었어요. 거의 모두가 벌거벗고, 둘씩 혹은 셋씩 모여 있었죠. 그 자세들은 전혀 상상조차 할 수 없는 것으로, 호색적인 스페인이나 음탕한 동양의 남창 매음촌들에서만 볼 수 있을 것 같이, 더없이 음란했어요.

―그런 발코니에서 보면, 정말로 특이한 광경이었겠군요. 그리고 당신과 텔레니의 자지가 아주 힘차게 불끈거려서 아래에 있는 벌거벗은 남자들이 성수를 소나기처럼 맞을 위기에 처했겠어요. 분명히 당신과 텔레니가 그 위에서 서로 상대의 물총을 뜨겁게 흔들었을 테니까요.

―구도는 그야말로 그림 같았죠. 앞서도 말했지만, 그 작업실은 소돔이나 바빌론에나 있을 법한 음란 미술 전시관이었으니까요. 음화건 음경 디자인이건 회화, 석상, 동상, 석고상 등 걸작들이 벨벳 같이 부드럽고 색이 짙은 실크를 바탕으로 반짝거리는 크리스털, 보석 같은 에나멜, 금빛 도자기, 유백색 마욜리카 등을 배경으로 전시되어 있

었습니다. 산호와 터키옥을 비롯해서 반짝이는 갖가지 보석들이 박힌 금은 문장이 칼집과 칼자루에 장식된 터키 군도와 검 들도 다채로움을 더했습니다.

양치류, 우아한 인도 종려나무, 덩굴과 기생식물이 새겨진 값비싼 커다란 중국 항아리에는 아메리카 숲에서 온 사악한 모습의 꽃들이 꽂혀 있고, 세브르 화병에는 나일강에서 온 깃털 같은 풀들이 있었습니다. 그리고 위에서 이따금 만개한 빨간색과 분홍색의 장미들이 소나기처럼 쏟아졌습니다. 장미의 어지러운 향은 향로와 은제 곤로에서 흰 작은 구름으로 피어오르는 향유의 향과 섞였습니다.

과열된 분위기의 향기, 억누른 한숨 소리, 쾌감의 신음, 절대 충족될 수 없는 젊음의 욕정이 드러나는 격정적인 키스 소리로 저는 머리가 어지러웠어요. 한편 제 피는 바싹 말랐죠. 가라앉히려고, 혹은 더 자극적이고 강렬한 쾌감을 만들어내려고, 미친 듯이 정욕을 폭발시키며 계속 바뀌는 음란한 자세, 우윳빛 정액과 루비색 핏방울이 벌거벗은 허벅지로 흘러내리며, 넘쳐버린 감정으로 쓰러지거나 정신을 잃는 광경 때문이었습니다.

— 흥분되는 광경이었겠군요.

— 네, 그렇지만 지독한 정글에 있는 기분이었어요. 아름다운 것은 모두 금방 죽는다는 말을 현실로 볼 수 있는

곳 같았죠. 무리를 이룬 아름다운 독사들이 색색의 꽃다발로 보이는 곳, 예쁜 꽃송이들이 위험한 독을 줄줄 흘리고 있는 곳.

어쨌든 모든 것이 눈을 즐겁게 하고 피를 뜨겁게 했어요. 여기는 암녹색 새틴의 은빛 광택, 저기는 수련의 매끈한 녹색 잎들에서 보이는 은색 그물 무늬. 온통 끈끈한 자국들이 가득했지요. 여기는 인간의 창조력의 자국, 저기는 징그러운 파충류의 자국.

제가 텔레니에게 말했습니다. "저기 봐, 여자도 있어."

텔레니가 대답했습니다. "아니, 여자는 우리 연회에 절대로 못 들어와."

"그렇지만 저기 저 쌍을 봐. 저 벌거벗은 남자가 자기를 꽉 껴안고 있는 여자 치마 아래로 손을 넣고 있잖아."

"둘 다 남자야."

"뭐? 하얀 얼굴에 붉은 갈색 머리의 저 사람은? 퐁그리모 자작의 내연녀 아니야?"

"맞아, 사람들 사이에서 '일의 베누스'로 통하는 사람. 그리고 자작은 저쪽 구석에 있어. 그렇지만 일의 베누스는 남자야!"[61]

---

[61] 《일의 베누스 La Vénus d'Ille》는 메리메가 1835년에 쓴 단편소설로, 프랑스 일 지방에서 청동 베누스 상이 살아나서 사람을 죽이는 공포 소설이다.

저는 깜짝 놀라서 뚫어져라 보았습니다. 제가 여자로 본 사람은 정말로 아름다운 청동상 같았어요. 에나멜을 칠한 듯한 파리 매춘부의 얼굴에, 일본 밀랍으로 본을 뜬 것처럼 매끈하고 윤이 났어요.

남자인지 여자인지 모를 그 낯선 존재는 몸에 꽉 끼는 드레스를 입고 있었습니다. 빛을 받는 곳은 금색, 그늘진 곳은 짙은 녹색으로 보이는 드레스였죠. 그리고 실크 장갑을 끼고, 드레스의 새틴과 같은 색의 스타킹을 신고 있었습니다. 통통한 팔과 아주 아름다운 다리에 장갑과 스타킹이 딱 달라붙어서, 팔다리가 청동상처럼 단단하고 매끈해 보였습니다.

"그러면 저기, 검은 애교머리에 짙은 파란색 벨벳 가운을 입고 팔과 어깨를 드러낸, 저 예쁜 여자도 남자야?"

"저 남자는 이탈리아 후작이야. 부채에 있는 문장 보이지? 그것도 로마에서 제일 유서 깊은 가문 출신이야. 그건 그렇고 저쪽을 봐. 브리앙쿠르가 계속 우리한테 내려오라고 손짓하고 있어. 가자."

저는 텔레니에게 매달리며 말했습니다. "싫어, 싫어. 그냥 나가자."

하지만 저는 그 광경에 피가 너무 뜨거워져서, 롯의 아내처럼 홀린 듯이 바라보며 가만히 서 있었어요.

"나는 뭐든 당신 뜻을 따르겠지만, 지금 그냥 가버리면 나중에 후회할걸. 게다가 뭐가 두려워? 내가 당신 옆에 있잖아. 아무도 우리를 떼어놓을 수 없어. 우리는 밤새 같이 있을 거야. 여기는 보통 무도회와 다르니까. 그런 무도회에는 남자들이 아내와 함께 가면서도, 혹시 처음 온 여자와 껴안고 왈츠를 출 수 있지 않을까 기대하지. 게다가 저 방탕한 광경은 우리의 쾌락에 자극을 줄 거야."

"그래도 나가자." 저는 일어서다가 다시 말했습니다. "잠깐. 저기 광택 나는 회색 동양 가운을 입은 남자가 그 시리아 사람이지? 눈이 아몬드 모양으로 아주 예쁜 남자."

"맞아, 저 사람이 아크메트야."

"같이 얘기하고 있는 사람은 누구야? 브리앙쿠르의 아버지 아니야?"

"맞아. 아들의 작은 파티에 장군이 종종 손님으로 와서 구경하곤 해. 자, 가실까요?"

"아직 잠깐만. 눈에 불을 켜고 있는 저 사람은 누구야? 완전히 욕망의 화신 같고, 음란 행위의 명수로 보여. 얼굴은 눈에 익은데 어디서 봤는지 기억이 안 나."

"돈을 자제할 줄 모르고 쓰는 젊은이야. 그래도 가산이 끄떡 없대. 프랑스 육군에 입대했는데, 알제리인들한테서 어떤 쾌락을 얻을 수 있는지 알아보려는 게 목적이었어. 저 남자는 정말이지 화산이야. 결국 브리앙쿠르가 왔네."

브리앙쿠르가 말했습니다. "밤새 이 어두운 위쪽에 있을 겁니까?"

텔레니가 빙긋 웃으며 말했어요. "카미유가 부끄러워하네요."

"그러면 가면을 쓰고 갑시다." 화가는 우리를 아래로 이끌며 말했습니다. 그리고 우리를 안으로 밀어 넣기 전에 얼굴의 반을 가리는 검정색 벨벳 가면을 하나씩 건넸습니다.

옆방에 저녁이 준비되었다는 말에 연회는 일순 멈췄습니다.

안으로 들어가는데, 우리의 검은 옷과 가면 차림이 모두에게 불쾌감을 주었나 봅니다. 그래도 곧 우리는 젊은이들에게 둘러싸였습니다. 젊은이들은 우리를 환영하고 애무했는데, 그중에는 오래된 저의 지인도 몇 명 있었습니다.

몇 번의 질문 뒤에 텔레니는 정체를 들켰고, 그 즉시 텔레니의 가면은 누가 홱 벗겼습니다. 하지만 제 정체는 꽤 한참 동안 아무도 알아내지 못했습니다. 그사이 저는 주위에 있는 벌거벗은 남자들의 아랫도리를 계속 쳐다보았습니다. 고불고불한 굵은 털이 배와 허벅지를 덮고 있는 남자들도 있었습니다. 네, 그 낯선 광경에 저는 몹시 흥분하여 그 유혹적인 신체 기관을 어루만지고 싶은 욕구를 참기 힘들 지경이었습니다. 텔레니를 사랑하는 마음이 아니었으면, 저는 손으로 만지는 것보다 더한 짓도 했을 겁니다.

특히 한 음경, 자작의 물건에 저는 깊은 경외를 느꼈습니다. 로마 여자가 그 물건을 독차지하고 있었다면 엉덩이는 괜찮다고 했을 만한 크기였어요. 사실, 창녀들은 모두 겁냈어요. 외국에서 어떤 여자가 그 음경에 찢어졌다는 소문도 있었습니다. 그 거대한 연장으로 여자의 자궁을 찔렀는데, 앞 구멍과 뒷구멍 사이가 찢어져서 불쌍한 그 여자는 후유증으로 결국 죽었다더군요.

그래도 자작의 애인은 그 물건에도 잘 살고 있는 게 틀림없었는데, 안색이 화장을 해서만이 아니라 원래도 더없이 발그레했기 때문입니다. 제가 그 청년을 보며 남자인지 여자인지 모르겠다는 표정을 짓자, 청년은 입고 있던 치마를 쳐들어, 짙은 금색 털이 무성한 가운데 옅은 분홍색의 앙증맞은 음경을 보여주었습니다.

모두가 저한테 가면을 벗으라고 간청해서 제가 따르려 할 때, 샤를마뉴라는 이름으로 통하는 샤를 박사가 흥분한 고양이처럼 제 몸에 몸을 비비고 있다가 갑자기 저를 껴안고 격정적으로 키스했습니다.

샤를 박사가 말했습니다. "브리앙쿠르, 이분을 새로 모신 것을 축하합니다. 이 자리에 오는 사람으로 데그리외

보다 더 큰 즐거움을 줄 수 있는 이는 없죠."

그 말이 채 끝나기도 전에 재빠른 어떤 손이 제 가면을 휙 벗겼습니다.

적어도 열 명이 넘는 사람들의 입이 저한테 키스하려 했고 수십 개의 손이 저를 애무했어요. 브리앙쿠르가 사람들을 막았죠.

브리앙쿠르가 말했습니다. "오늘 저녁에 카미유는 케이크 위에 놓인 설탕 장식입니다. 볼 수는 있지만 손대면 안 됩니다. 르네와 카미유는 아직 밀월을 즐기고 있습니다. 오늘 파티는 두 사람을 축하하고 저와 제 새 연인 아크메트를 축하하는 자리입니다." 그리고 브리앙쿠르는 돌아서서 예수 그리스도 그림의 모델로 삼고 있는 젊은이를 소개했습니다. "자, 이제 저녁을 듭시다."

방, 아니 홀이라고 할까요, 그런 곳으로 안내되었는데, 트리클리니움[62]처럼 기다란 식탁에 의자 대신 침대와 소파가 있었습니다.

장군의 아들이 말했습니다. "여러분, 저녁이 보잘것없습니다. 코스가 다양하지도 풍부하지도 않습니다. 음식도 배부를 만한 것이 아닌 입맛을 돋우는 데 그칠 것들입니다. 그래도 원기를 북돋을 술과 와인은 많이 준비되어 있

---

[62] 고대 로마의 삼 면에 누울 수 있는 안락의자가 붙은 식탁

으니 다시 열정적으로 쾌락에 빠질 힘을 얻을 수 있을 겁니다."

―그래도 루쿨루스[63]가 즐길 만한 식탁이었겠죠?

―지금은 기억이 잘 안 납니다. 부야베스, 또, 인도 조리법대로 만든 달콤하고 매콤한 쌀 요리를 처음 맛봤고, 둘 다 맛있었다는 것만 떠오르는군요.

저는 소파에 텔레니와 함께 앉아 있었죠. 그 옆에는 샤를 박사가 있었어요. 샤를 박사는 키가 크고 몸이 다부지고 어깨가 넓었어요. 수염을 멋지게 늘어뜨리고 있었는데, 그 수염 때문에, 또 이름과 몸집 때문에, 샤를마뉴 대제라는 별명이 붙었죠. 저는 샤를 박사의 목을 보고 놀랐어요. 박사의 목에 정교한 베네치아 체인 금 목걸이가 걸려 있고, 목걸이에는 로켓이 달려 있었어요. 아, 저는 처음에 로켓인 줄 알았는데, 자세히 보니, 금으로 된 월계관 모양에 작은 보석들이 박힌 장식이었어요. 저는 박사한테 부적이나 유물 같은 것이냐고 물어보았어요.

그러자 샤를 박사가 일어서서 말했어요. "여러분, 여기 내가 애인 삼고 싶은 이 데그리외 씨가 나에게 이 목걸이

---

[63] 루쿨루스Lucius Licinius Lucullus, 기원전 118~57/56는 로마 정치가이자 군인으로, 그의 이름에서 '(음식이) 호화로운'을 뜻하는 'lucullan'이라는 단어가 나왔을 만큼 미식으로 유명하다.

가 무엇이냐고 묻는군요. 똑같은 질문을 나에게 던졌던 분들도 여기 많이 계시니, 이제 내가 거기에 답하겠습니다. 그리고 오늘 이야기를 끝으로 앞으로 이 목걸이에 대해서는 언급하지 않겠어요."

박사는 손가락으로 목걸이를 잡고 쳐들며 말했습니다. "이 월계관은 잘했다는 의미의 상입니다. 아니, 더 정확히 말하면, 순결을 지킨 상이죠. 나의 couronne de rosière(장미 화관)[64]입니다. 의학 공부를 마치고 병원에 나가니 내가 의사가 되어 있더군요. 그렇지만 내 진료에 20프랑은커녕 1프랑을 내놓을 환자도 나타나지 않았어요. 어느 날, N 박사가 내 건장한 팔을 보고 중년 부인한테 나를 추천했어요." 샤를 박사의 팔은 정말로 헤라클라스 같았어요. 샤를 박사의 이야기는 이어졌죠. "부인의 이름은 밝히지 않겠어요. N 박사는 나를 마사지사로 추천한 거죠. 그래서 그 부인을 찾아갔어요. 이름이 포티파르 부인은 아니었죠. 내가 코트를 벗고 소매를 걷자, 부인은 내 근육을 갈망하는 눈으로 보더군요. 그리고 깊은 생각에 잠기는 것 같았어요. 나는 그 부인이 비례의 법칙에 따라 계산하고 있다고 결론지었죠.

---

[64] 프랑스에는 미덕이 있고 품행이 바른 젊은이에게 장미 화관을 전달하는 풍습이 있다.

N 박사는 그 부인의 하체 신경이 약한 원인이 무릎 아래에 있다고 말했는데, 부인 본인은 무릎 위가 문제라고 생각하는 것 같았죠. 저는 누구 말이 맞는지 몰라서 실수하지 않으려고 발부터 위쪽으로 마사지했어요. 그런데 마사지하는 부위가 위로 올라갈수록 부인이 나직한 신음을 점점 더 많이 내더군요.

십 분쯤 지났을 때 내가 말했어요. '힘드시죠? 오늘은 처음이니까 이 정도면 충분한 것 같습니다.'

부인이 오래된 생선처럼 흐리멍덩한 눈빛을 보이며 대답했습니다. '아, 온종일 마사지를 받아도 괜찮아요. 벌써 효과를 느끼고 있어요. 선생님 손에는 남자의 힘과 여자의 부드러움이 다 있네요. 그렇지만 선생님께서 피곤하시겠어요. 가엾어라! 자, 뭘 좀 드시겠어요? 마데이라주? 아니면 셰리?'

'감사합니다만, 괜찮습니다.'

'샴페인이랑 비스킷을 드실래요?'

'괜찮습니다.'

'그래도 뭘 드셔야죠. 아, 그래, 피렌체 체르토사 수도원에서 만든 알케르메스[65]가 좋겠어요. 그래요, 나도 같이 한

---

65 설탕, 계피, 정향 등의 향신료와 붉은 색소인 케르메스를 넣은 이탈리아 리큐어

잔하면 되겠네요. 마사지 덕분에 벌써 훨씬 좋아졌어요.' 그러면서 부인은 내 손을 부드럽게 쥐더군요. '부탁인데, 종을 좀 울려주세요.'

내가 종을 울리고, 하인은 곧 알케르메스를 가져왔어요. 나는 부인과 알케르메스를 마신 뒤에 그 집에서 나왔죠. 그렇지만 부인은 나한테서 다음 날에도 꼭 온다는 약속을 확실하게 받은 뒤에야 나를 나가게 해주었어요.

이튿날 약속한 시각에 맞춰 그 집에 도착했어요. 부인은 저를 침대 옆에 앉히고 잠시 쉬라고 하더군요. 내 손에 자기 손을 얹고 부드럽게 다독이더니, 이 손이 그렇게 자기에게 잘해줬다고, 머지않아 놀랄 만큼 잘 치료되겠다고 말한 뒤에 선웃음을 치며 덧붙이더군요. '그렇지만 선생님, 통증 부위가 더 위로 올라갔어요.'

나는 우스워서 입꼬리가 올라가는 걸 참을 수 없었죠. 그 통증의 정체가 뭐겠어요.

마사지를 시작했죠. 아주 굵은 발목부터 무릎으로, 그 다음 더 높이, 또 계속 더 높이 올라가자, 부인은 확실히 좋아했어요. 마침내 다리 맨 위까지 손이 올라갔죠. 부인이 만족스러운 듯 부드럽게 속삭였어요. '거기, 거기요. 선생님. 딱 거기에요. 그 부위를 딱 찾아내다니 정말 똑똑하시네요. 그 주위를 부드럽게 문지르세요. 네, 그렇게요. 더

위도, 더 아래도 아니고, 옆으로 조금 더 넓게, 약간만 더 중앙으로, 선생님! 아, 이렇게 마사지를 받으니까 얼마나 좋은지 모르겠어요! 다른 사람이 된 기분이에요. 훨씬 젊어진 것 같아요. 정말로 펄펄 뛸 것 같아요. 선생님, 문질러요, 문질러요!' 부인은 좋아하며 침대에서 늙은 고양이처럼 굴렀어요.

그러다가 갑자기 이러더군요. '선생님 때문에 혼이 빠지겠어요! 아, 눈이 어쩜 그렇게 파랗고 곱죠? 눈동자가 반드르르해서 거울처럼 제 모습이 다 비쳐요.' 그러면서 한쪽 팔로 내 목을 감고 나를 자기 쪽으로 끌어당기더니 열렬히 키스했어요. 아니, 두꺼운 입술로 제 입술을 빨았다고 하는 게 더 맞는 표현이겠어요. 말거머리가 빠는 느낌이었어요.

마사지는 계속하기 힘들어졌고, 그 부인이 어떤 마사지를 바라는지도 드디어 알게 됐고, 그래서 나는 굵고 구불구불하고 억센 털들을 헤치고, 불룩한 입술 사이에 손가락 끝을 댔어요. 완전히 커져서 까불대는 클리토리스를 간질이고 문지르고 비볐어요. 곧 엄청나게 물을 뿜더군요. 부인은 그것으로 만족을 느끼고 편안해지기는커녕 더 달아올라서 흥분하기만 했죠. 그래서 부인에게서 벗어날 수 없었어요. 부인은 나를 손잡이 잡듯 꽉 잡았고, 나는 요셉처럼 달아날 수도 없어서 그냥 부인의 손에 저를 맡겼어요.

　부인을 진정시킬 길은 부인 위에 올라타서 다른 마사지를 실행하는 것뿐이었죠. 최대한 즐겁게 했어요. 물론, 여러분이 다 알고 있듯이 나는 여자한테 관심을 쏟은 적이 없어요. 나이 든 여자라면 더더욱 아니죠. 그렇지만 그 부인은 여자, 나이 든 여자치고, 그다지 나쁘지 않았어요. 입술은 두툼하고 포동포동하고 불거져 있었죠. 노화로 괄약근이 풀어지지도 않았어요. 발기 조직의 근력도 그대로여서 강하게 꽉 물더군요. 그 부인이 주는 쾌감은 결코 우습게 여길 게 아니었어요. 그래서 나는 두 번이나 소중한 액을 부인에게 바친 뒤에 풀려났죠. 그동안 부인의 나지막한 소리는 신음으로, 올빼미의 날카로운 울음소리로 변했어요. 그만큼 부인은 큰 쾌감을 느꼈죠.

　정말인지 아닌지 몰라도, 자기는 평생 그런 쾌감을 못 느껴봤다고 하더군요. 어쨌든 내가 한 치료의 효과가 대단해서 부인은 금세 꽤 회복해서 다리를 쓸 수 있게 됐죠. N 박사도 나를 자랑스러워했어요. 내가 마사지사로 지금의 위치에 오른 건 그 부인과 내 팔 덕분입니다."

　제가 물었습니다. "그럼 그 목걸이는요?"

　"아, 그 이야기를 잊고 있었네요. 여름이 오고 부인은 물가로 피서를 가게 됐죠. 나는 따라가고 싶은 마음이 없었어요. 부인은 나한테 맹세를 시켰어요. 부인이 없는 동안 절대로 여자를 만나지 않겠다는 맹세였죠. 물론 나는 가볍게 별 생각 없이 맹세했어요.

부인은 돌아와서 나한테 다시 맹세를 시키더니, 내 바지 단추를 풀고 음경을 꺼내서 왕관처럼 이걸 씌웠어요. 조심스레 말하자면, 음경은 목을 거만하게 빳빳이 들지도 않았어요. 아니, 이런 상을 받을 자격이 없다고 생각하는 것처럼, 아주 기가 죽어서 수줍게 고개를 숙이고 있었죠. 내가 갖고 있던 줄에 달고 다녔는데, 보는 사람마다 이게 뭐냐고 물어보더군요. 부인한테 얘기했더니, 부인이 이 목걸이 줄을 나한테 선물해서 목에 걸고 다니게 됐어요."

형제애 같은 분위기는 끝나가고 있었습니다. 수그러들었던 우리 욕정은 성욕을 불러일으키는 음식들, 독한 술, 즐거운 대화 등등으로 다시 깨어났습니다. 소파마다 사람들의 자세가 조금씩 도발적으로 변하고, 농담은 더 음탕해지고, 노래는 더 외설적으로 흘렀죠. 웃음소리가 더 요란해지고, 머리는 흥분하고, 몸은 새로 깨어난 욕망으로 따끔거렸습니다. 거의 모두가 벌거벗었고, 음경은 모두 빳빳하게 굳어 있었어요. 음란 지옥 같았습니다.

한 사람이 음경 샘물 만드는 법, 달리 말하면, 술을 제대로 마시는 법을 보여줬어요. 주둥이가 긴 은제 물병을 젊은 청년의 손에 쥐여주고, 그 안에 담긴 샤르트뢰즈를 브리앙쿠르의 가슴에 계속 따르게 했죠. 술은 배를 타고 흘러내려서, 흑단 같고 장미 향이 나는 구불구불한 짧은 털을 지나 남근을 타고 흘렀습니다. 그리고 그 앞에 무릎을 꿇고 앉은 남자의 입으로 들어갔죠. 그 세 남자가 어찌나 잘생기고 그 전체 모습이 어찌나 고전적이었는지, 누가 석회광 조명에 사진을 찍었어요.

알제리인 기병이 말했어요. "아주 예쁘네요. 그렇지만 내가 더 좋은 걸 보여줄 수 있을 것 같아요."

브리앙쿠르가 물었습니다. "그게 뭐죠?"

"알제리에서 피스타치오를 안에 넣은 대추를 먹는 방법이죠. 마침 식탁에 이 대추가 있으니 한번 해보죠."

장군이 킥킥거렸어요. 즐거워하는 게 분명했죠.

알제리인 기병은 자기 잠자리 친구를 엎드리게 했어요. 얼굴은 아래로, 엉덩이는 위로 들게 했죠. 그리고 항문에 대추를 넣었습니다. 그 친구의 항문이 대추를 다시 밀어내자, 기병은 대추를 야금야금 먹은 뒤, 엉덩이로 흘러내린 시럽을 모두 샅샅이 핥았습니다.

모두가 환호했어요. 두 남자는 흥분한 것이 분명했어요. 방망이가 고개를 쳐들고 확실하게 까딱거리고 있었거든요.

기병이 말했습니다. "잠깐만, 아직 그대로 엎드려 있어요. 아직 다 끝나지 않았어요. 선악과를 넣겠어요." 그러면서 기병은 친구 위에 올라타서 손으로 물건을 쥐고, 대추가 들어갔던 구멍에 자기 물건을 넣었습니다. 구멍은 미끌미끌한 상태였고, 한두 번 밀어넣자 기병의 물건이 다 들어갔습니다. 기병은 그 물건을 조금도 빼지 않고 엎드린 남자의 엉덩이에 몸을 계속 비볐습니다. 항문을 내놓은 남자의 자지가 어찌나 들썩이는지 자기 주인의 배를 북 치듯 퉁퉁 쳤습니다.

장군이 말했어요. "이제 나이와 경험에 남겨진 수동적인 재미를 찾을 때군." 그러면서 장군은 그 남자의 자지를 혀로 애무하고, 빨고, 손가락으로 아주 능란하게 어루만졌습니다.

항문을 내놓은 남자는 이루 말할 수 없는 쾌감을 드러냈습니다. 헐떡거리고, 부르르 떨고, 눈꺼풀은 처지고, 입술은 늘어지고, 얼굴 근육은 경련을 일으켰어요. 너무 커다란 자극 때문에 금방이라도 기절할 것 같았죠. 폭발하지 않으려고 온 힘을 다해 버티고 있었어요. 군인이 섹스를 무한히 계속할 수 있는 기술을 외국에서 습득했다는 사실을 잘 알고 있었기 때문이죠. 남자는 가끔 힘이 다 빠진 듯 고개를 푹 숙였지만, 그러다가도 다시 고개를 들고 입을 벌렸어요. 그리고 말했죠. "누가…… 내 입에……."

다이아몬드 목걸이와 검정 실크 스타킹만 걸친 채 옷을 다 벗고 있던 이탈리아 후작이 늙은 장군 뒤에 다리를 벌리고 서서 장군을 만족시키기 시작했습니다.

이 지옥 같은 욕정의 활인화에, 사람들의 머리로 피가 솟구쳤습니다. 이 네 남자가 느끼는 것을 즐기고 싶은 욕구가 모두에게 넘치는 것 같았어요. 음경은 모두 포피를 벗고 피가 완전히 쏠렸을뿐더러 쇠꼬챙이처럼 딱딱했어요. 그리고 발기 때문에 고통스러워했습니다. 모두가 안쪽 깊은 곳에서 일어나는 경련으로 괴로워하는 것 같았어요. 그런 광경에 익숙하지 않은 저는 텔레니의 격정적인 키스와 제 발바닥을 입술로 애무하는 박사 때문에 쾌락에 신음했습니다.

이제 기병은 열심히 박고, 장군은 열렬히 빨고, 후작도 열렬히 빨리고 있었어요. 마침내 마지막 순간이 온 것을 느낄 수 있었죠. 우리 모두에게 전기 충격이 온 것 같았죠.

"잘한다, 잘한다!" 그렇게 외치는 소리가 모두의 입술에서 튀어나왔습니다.

커플들은 모두 착 달라붙어서 키스하고 벌거벗은 몸을 어루만지며 새로운 음란 행위를 어디까지 시도할 수 있는지 시험하고 있었습니다.

마침내 기병이 늘어진 자기 물건을 친구의 뒤에서 빼자,

박히던 그 남자는 땀, 대추 시럽, 정액, 침으로 뒤범벅된 채 소파에 정신을 잃고 널브러졌습니다.

기병은 조용히 담배에 불을 붙이며 말했어요. "아! 소돔과 고모라의 쾌락에 비할 것이 무엇이겠어요? 아랍인들이 옳았어요. 그 사람들이야말로 이 방면에서 우리의 대스승이죠. 왜냐하면 그곳에서는 남자가 성인기에 모두 받는 쪽은 아니라 해도, 주는 쪽이 될 수 없는 소년기나 노년기에는 반드시 받는 역할을 하니까요. 우리와 달리 그 사람들은 이 쾌감을 영원히 연장하는 방법을 오랜 수련으로 터득하죠. 그 사람들의 연장은 거대하지는 않지만, 좋은 비율로 두툼해요. 다른 사람한테 만족을 줘서 자신의 쾌락도 높이는 기술을 갖고 있어요. 이 사람들은 묽은 정액으로 상대의 몸을 물바다로 만들지 않아요. 끈적한 몇 방울만 찍 짜는데, 몸에 닿으면 데일 듯이 뜨거워요. 피부는 얼마나 매끈하고 반드르르한지! 혈관 속에서 끓어오르는 용암이라니까요! 그 사람들은 남자가 아니에요. 사자죠. 욕정을 위해서 포효해요."

"아랍 남자를 꽤 많이 만나셨겠군요."

"많이 만났죠. 그것 때문에 입대했고, 즐거웠다고 힘주어 말하고 싶습니다. 자작께서 그 연장을 충분히 오래 세우실 수 있다 해도, 저한테는 그저 싫지 않게 간질거리는 정도에 그칠 겁니다."

기병은 탁자에 놓인 넓은 유리병을 손가락으로 가리켰습니다. "저 병도 쉽게 넣을 것 같습니다. 저걸 넣어도 아프지 않고 쾌감만 느낄 겁니다."

여러 사람들이 말했습니다. "해보세요."

"못할 것 없죠."

어느새 제 옆에 와 있던 샤를 박사가 말했습니다. "아니, 안 하는 게 좋겠어요."

"왜요? 겁낼 게 어디 있어요?"

"자연을 거스르는 죄악이에요." 박사가 빙긋 웃었습니다.

"남색보다 더 나쁜 '병색'이죠." 브리앙쿠르가 말했습니다.

그 모든 말에 대꾸하듯 기병은 소파에 바로 누워서 엉덩이를 우리 쪽으로 쳐들었습니다. 남자 둘이 그 양옆에 앉았고, 기병은 양쪽 남자의 어깨에 다리를 하나씩 걸쳤습니다. 그리고 뚱뚱한 늙은 매춘부의 엉덩이처럼 풍만한 엉덩이를 받치고 양손으로 벌렸습니다. 그러자 우리 눈에는 검은 줄과 갈색 동그라미와 털이 다 보였을뿐더러 구멍 주위의 수많은 주름과 융기, 아가미 같은 피부 부속기관들과 울퉁불퉁한 조직들까지 보였습니다. 그것들과 크게 확장된 항문과 이완된 괄약근 등으로 판단할 때, 기병의 말이 허세가 아님을 알 수 있었습니다.

"가장자리를 미끌미끌하게 적시는 호의를 베푸실 분?"

그 즐거움을 누리고 싶은 사람이 아주 많은 것 같았습니다. 그러나 그 일을 맡은 사람은 자신을 '혀의 대가'라고만 겸손하게 소개한 남자였습니다. "제가 숙달된 사람이기는 하지만, 그보다는 권투 교수라고 자처하는 바입니다." 사실 그 남자는 어떤 평민의 피도 전혀 섞이지 않은 오래된 가문 출신으로, 전쟁과 정치, 문학, 과학 분야에서 유명한 이름에 걸맞은 무게를 갖추고 있었습니다. 남자는 무릎으로 걸어서 흔히 엉덩이라 부르는 그 거대한 살덩이 앞으로 갔습니다. 혀를 창끝처럼 뾰족 내밀고 최대한 깊이 구멍에 밀어 넣었습니다. 그다음, 주걱처럼 편평하게 펴서 더없이 솜씨 좋게 둘레에 온통 침을 바르기 시작했습니다.

"자, 제 일은 끝났습니다." 남자의 말투에는 방금 작품을 완성한 예술가의 자부심이 담겨 있었습니다.

또 다른 남자가 병을 집고, 푸아그라 파테 기름을 병에 문질렀습니다. 그리고 안에 넣기 시작했어요. 처음에는 들어갈 수 없을 것 같았죠. 그러나 기병이 손가락으로 항문 가장자리를 넓히고, 병을 쥔 사람이 그 병을 돌리고 조금씩 움직여 서서히 또 꾸준히 밀어 넣었습니다. 마침내 병은 안으로 미끄러져 들어가기 시작했어요.

"아, 아!" 기병은 입술을 깨물며 말했습니다. "아주 꽉 끼지만 그래도 결국 들어오는군요."

"아파요?"

"조금 아프긴 했지만 지금은 괜찮아요." 기병은 그렇게 말한 뒤 쾌감에 신음하기 시작했습니다.

주름과 요철은 사라졌고, 가장자리 살은 이제 병을 꽉 물고 있었어요.

기병의 얼굴은 심한 통증과 격한 욕정이 뒤섞인 표정이었습니다. 몸의 모든 신경이 팽팽하게 당기고, 강력한 축전지의 영향을 받는 것처럼 떨리고 있었어요. 눈은 반쯤 감기고, 눈동자는 거의 사라져서 보이지 않았고, 이를 악문 채 갈고 있었고, 병은 시시각각 조금씩 더 깊이 들어갔습니다. 고통 말고 아무것도 못 느꼈을 때에는 축 처지고 죽어 있던 음경이 다시 완전히 커졌어요. 그리고 그 안의 핏줄이 모두 부풀어 오르기 시작했고, 신경은 최고조로 빳빳해졌습니다.

막대기가 마구 흔들리는 것을 보고 어떤 남자가 물었습니다. "키스받고 싶어요?"

기병이 말했습니다. "고맙습니다만, 지금 이대로 충분히 느끼고 있습니다."

"어떤 기분이죠?"

"날카롭지만 좋은 자극이 엉덩이에서 뇌로 올라가요."

유리병이 천천히 들락날락하며 기병의 몸을 찢고 거의 갈라놓을 듯하자, 기병의 온몸은 경련을 일으켰습니다. 갑자기 자지가 힘차게 흔들리다가 딱딱하게 부풀었습니다. 작은 입술은 저절로 벌어지고, 그 가장자리에는 무색의 액체 한 방울이 반짝이며 나타났습니다.

"더 빨리…… 더 깊이…… 느끼게 해줘…… 느끼게 해줘!"

그리고 곧 울고, 히스테릭하게 웃고, 그러다가 암말을 본 수말처럼 힝힝대기 시작했습니다. 음경에서는 되직하고 끈끈하고 하얀 정액이 몇 방울 뿜어졌습니다.

"밀어 넣어…… 밀어 넣어!" 기병은 죽어가는 목소리로 신음했습니다.

유리병을 넣고 있던 남자의 손이 심하게 떨렸습니다. 남자는 유리병을 한 번 세차게 흔들었어요.

우리는 모두 기병이 느끼고 있는 강렬한 쾌락을 보면서 흥분으로 숨죽이고 있었습니다. 기병의 신음과 몸을 떠는 작은 소리만 사이사이 끼어들 뿐 완벽한 정적이 이어지다가 갑자기 커다란 비명이 울렸습니다. 유리병을 받고 있는 남자는 고통과 공포의 비명을, 또 다른 남자는 경악의 비명을 질렀어요. 유리병이 깨졌습니다. 병의 손잡이와 일부가 병을 누르고 있던 항문 가장자리를 다 찢으며 밖으로 나왔고, 나머지 부분은 항문 안에 껴 있었습니다.

8

―시간이 흐르고…….

―당연히 시간은 멈추지 않죠. 그러니까 시간이 흘렀다 같은 말은 하나 마나예요. 그보다 그 불쌍한 기병은 어떻게 됐는지 궁금해요.

―불쌍한 친구. 죽었어요. 우선, 사람들 대부분은 브리앙쿠르의 작업실에서 얼른 빠져나갔어요. 샤를 박사는 기구들을 가져와서 유리 조각들을 뺐어요. 그 불쌍한 젊은이는 더없이 극심한 고통을 겪으며, 극기하듯 비명이나 신음 한 번 내지 않았다고 하더군요. 그 젊은이의 용기는 정말이지 더 좋은 명분에 쓰였어도 좋았을 겁니다. 수술이 끝나고, 샤를 박사는 찢어진 직장 안쪽에 감염이 일어날지도 모르니 얼른 병원으로 환자를 이송해야 한다고 말했습

니다.

기병이 말했습니다. "뭐? 병원에 가서 간호사와 의사들의 웃음거리가 되라고요? 절대로 안 해요!"

기병의 친구인 샤를 박사가 말했어요. "그렇지만 감염되면……."

"몸 전체로 퍼질까요?"

"그렇겠죠."

"감염될 가능성이 있고요?"

"이런! 가능성 정도가 아니죠."

"그래서 감염되면……?"

샤를 박사의 표정이 굳었지만, 대답은 하지 않았습니다.

"죽을 수도 있을까요?"

"네."

"음, 생각해볼게요. 어쨌든 나는 집에, 그러니까 내 하숙집에 가야 해요. 가서 정리를 해야겠어요."

실제로 부축을 받아서 집으로 갔고, 집에서 혼자 있게 해달라고 삼십 분 동안 애원했답니다.

혼자가 되자마자 기병은 방문을 잠그고 권총을 꺼내서 자살했어요. 자살한 이유는 우리만 알고 다른 사람들에게는 의문으로 남았습니다.

이 사건에 곧이어 또 다른 사건이 하나 벌어진 뒤, 우리 모두는 우울해졌고, 얼마 지나지 않아 브리앙쿠르의 회합은 더 이상 열리지 않았어요.

―그 또 다른 사건은 뭐죠?

―아마 신문에서 읽으셨을 겁니다. 그 사건이 일어난 당시에 신문마다 기사가 났으니까요. 이름은 지금 기억이 안 나는데, 어느 중년 신사가 시골에서 막 올라온 팔팔한 젊은 신병을 만나서 그 군인의 항문을 탐하고 있는 바로 그 순간에 부주의하게도 사람들한테 들켰어요. 아주 떠들썩한 사건이었습니다. 그 신사는 사회적 지위도 아주 높고, 결점 없는 명성을 쌓아온 인물일뿐더러 아주 독실하다고 알려진 사람이었거든요.

―네? 진정 종교적으로 독실한 사람이 그런 악에 중독되는 게 가능하다고 생각해요?

―당연히 가능하죠. 악은 우리를 미신에 빠지게 만들죠. 그리고 미신이라는 게 뭡니까. 한물가서 버려진 숭배 아닌가요. 구세주, 중재자, 성직자는 누구한테 필요합니까? 성자가 아니라 죄인에게 필요하죠. 속죄할 게 없다면, 종교가 무슨 소용 있나요? 종교는 절대 열정에 씌우는 굴레가 아닙니다. 그 열정은 자연에 어긋난다고 일컬어지지만, 이성으로 가릴 수도 누그러뜨릴 수도 없을 만큼 우리의 본성에 깊게 뿌리박혀 있습니다. 그러므로 유일하게 참

된 성직자는 예수회 수사들뿐입니다. 그 사람들은 큰소리로 설교하는 가톨릭교도들과 달리 비난은 하지 않고 오히려 자신들이 치료할 수 없는 온갖 질병에 천 개가 넘는 완화제, 무거운 짐을 짊어진 모든 양심을 달랠 연고를 갖추고 있죠.

어쨌든 우리 이야기로 돌아가죠. 판사가 젊은 군인에게 어떻게 스스로를 비하하고 입고 있는 군복의 명예를 실추시킬 수 있느냐고 묻자, 군인은 솔직하게 말했죠. "그 신사는 저한테 아주 친절했습니다. 그리고 대단히 영향력이 큰 분이고, 저한테 un avancement dans le corps(신체의 발전)를 약속했어요!"

시간이 흘렀고, 저는 텔레니와 행복하게 살았습니다. 그렇게 잘생기고, 착하고, 똑똑한 사람과 함께하는데 행복하지 않을 사람이 어디 있겠어요? 그 당시 텔레니의 연주는 아주 다감하고 삶의 활기로 가득하고 관능적인 행복으로 빛났어요. 그래서 날마다 더 각광받고 모든 여자들로부터 전보다 더 큰 사랑을 받았습니다. 그렇지만 저는 신경 쓰지 않았어요. 텔레니는 완전히 내 것이었으니까요.

―뭐요? 질투 나지 않았다고요?

―텔레니가 아주 작은 꼬투리 하나 주지 않는데, 제가 어떻게 질투하겠어요? 저한테는 텔레니의 집 열쇠가 있었

고, 밤이나 낮이나 언제라도 갈 수 있었죠. 텔레니가 다른 도시로 갈 때면, 저도 늘 동행했습니다. 네, 저는 텔레니의 사랑을, 그래서 그 정절도, 확신했죠. 텔레니도 저를 완벽하게 믿었어요.

하지만 텔레니에게는 큰 약점이 있었어요. 예술가의 사치스러운 성향이었죠. 안락하게 살기에 충분한 수입이 들어왔지만, 호화로운 생활은 연주회 출연료로 감당할 수 없었어요. 제가 그 문제를 두고 자주 잔소리했고, 텔레니는 돈을 허투루 쓰지 않겠다고 항상 약속했지만, 오호라! 텔레니의 천성이라는 천에는 저와 성姓이 같은 남자의 정부, 마농 레스코[66]의 실이 섞여 있었습니다.

텔레니에게 빚이 있고, 텔레니가 빚쟁이들 때문에 자주 걱정하고, 이런 사정을 다 알고 있던 저는 여러 번 간청했어요. 나한테 돈 관리를 맡기라고, 내가 빚을 다 정리해서 새롭게 시작할 수 있게 하겠다고. 그렇지만 텔레니는 그런 일에 말도 못 꺼내게 했어요.

텔레니가 말했죠. "당신이 나를 아는 것보다 내가 나를 더 잘 알아. 내가 한번 받아들이면 또 그럴 거고, 결국 어

---

[66] 아베 프레보 Abbé Prévost, 1697~1763의 소설 《마농 레스코 Manon Lescaut》(1731)에서 슈발리에 데그리외는 미모의 마농에게 반하지만, 마농 레스코는 사치와 향락을 좋아해 그의 재산을 탕진시킨다.

떻게 되겠어? 당신한테 매여 살게 될 거야."

제가 대답했죠. "그래서 큰 피해를 볼 게 뭐 있어? 그것 때문에 내가 당신을 덜 사랑할 것 같아?"

"아! 아니야. 아마 당신은 나한테 들인 돈 때문에 나를 더 사랑하겠지. 사람은 어떤 친구에게 베풀었을 때 그것 때문에 그 친구를 좋아하게 될 때가 많으니까. 그렇지만 내가 당신을 덜 사랑하게 될지도 몰라. 고마움은 인간 본성에 견딜 수 없이 무거운 짐이니까. 나는 당신의 애인이야. 그건 사실이지. 그렇지만 나를 그 이하로 만들지 마, 카미유." 아쉽게도 텔레니는 열을 내며 말했습니다.

"봐! 당신을 만난 뒤로는 내가 번 만큼만 쓰려고 애쓰지 않았어? 조만간 오래된 빚도 갚을 수 있을 것 같아. 그러니까 이제 나를 설득하지 마."

그러면서 텔레니는 저를 껴안고 키스를 퍼부었어요.

그때 텔레니가 얼마나 잘생겼던지! 짙푸른 새틴 쿠션에 기대서 양손으로 머리를 받치고 있는 텔레니의 모습이 지금도 눈에 선해요. 지금 당신이 기대고 있는 모습과 비슷해요. 고양이처럼 우아한 텔레니의 모습이 당신한테서도 자주 보여요.

저와 텔레니는 떨어질 수 없는 사이가 되어 있었죠. 우리 사랑은 날마다 더 강해지고 더 커지는 것 같았어요. 우리 사이에서는 '불이 불을 몰아내는'[67] 일은 전혀 없었습니다. 아니, 오히려 불은 불을 먹고 더 자라났어요. 저는 집에 있을 때보다 텔레니와 함께 있을 때가 더 많았죠.

회사 일은 시간을 많이 잡아먹지 않았고, 저는 필요한 일을 할 정도는 사무실에 있었습니다. 그리고 텔레니에게도 피아노 연습할 시간을 줬죠. 나머지 시간은 둘이 함께 보냈습니다.

극장에서는 칸막이 객석을 이용했어요. 둘만 있거나 우리 어머니와 함께 있었죠. 우리 둘 중 한 사람이 초대받지 않은 곳에는 어떤 자리에도 가지 않았고, 그 사실은 곧 널리 알려졌어요. 산책로에서 함께 걷고 마차를 같이 탔어요. 사실 우리의 결합이 교회의 축복을 받았다면, 그렇게 가까운 사이가 될 수 없었을 겁니다. 우리가 무슨 해를 끼쳤는지 도덕주의자가 설교하겠다면 하라죠. 우리에게 최악의 범죄자들에게 내려지는 중죄를 선고하려는 입법자는 우리가 사회에 무슨 잘못을 했는지 설명해야 할 거예요.

우리는 옷을 비슷하게 입지는 않았지만, 체격이 거의 같고 나이도 거의 같고 취향도 똑같은 데다가 항상 팔짱을

---

67 셰익스피어의 〈줄리어스 시저〉 3막 1장에서 브루투스의 대사로, '불이 불을 몰아내듯 시저를 향한 연민을 더 큰 연민이 몰아냈다'는 맥락으로 쓰인다.

끼고 다니는 모습을 보였기 때문에, 결국 사람들은 우리 둘을 떼어서 생각할 수 없게 되었죠.

우리 우정은 유명해졌습니다. '카미유 없이는 르네도 없다'는 말이 상용구처럼 쓰였죠.

─하지만 그전에는 익명의 편지에 심하게 겁먹었잖아요? 두 사람이 진짜 무슨 사이인지 사람들이 의심하기 시작하면 어쩌나 두렵지 않았나요?

─그 두려움은 꽤 많이 사라졌어요. 바람피우는 유부녀가 이혼 법정에 서는 것이 수치스러워서 샛서방을 안 만날까요? 도둑이 법을 겁내서 도둑질을 안 할까요? 저의 가책은 행복으로 진정되어서 고요한 휴식에 들어갔습니다. 게다가 브리앙쿠르의 회합에서 소크라테스식 사랑을 하는 타락한 사회의 구성원이 나 하나뿐이 아니라는 사실, 더없이 높은 지성과 더없이 친절한 마음과 더없이 순수한 미적 감각을 갖춘 남자들이 나처럼 남색가라는 사실을 알게 된 뒤로 마음이 편해졌습니다. 우리가 두려워하는 것은 지옥의 고통이 아니라, 저승에서 만날지도 모르는 천한 사회입니다.

그때쯤에는 여자들이 우리의 지나친 우정에 애정의 본성도 들어 있지 않은가 의심하기 시작했을 겁니다. 그즈음에 우리가 '소돔의 천사들'이라는 별명으로 불린다는 말도 들었습니다. 그러니까 이 천상의 전령들은 저주를 벗어나지 못한 것이죠. 그러나 제가 신경 쓴 것은, 여자 동성애자들이 우리도 자기들과 같은 나약한 성격을 갖고 있다고 착각하지 않을까 하는 것뿐이었습니다.

—어머니는요?

—어머니야말로 텔레니와 정을 통하는 사이라는 의심을 받았어요. 너무 어이없는 생각이어서 저는 오히려 재미있었습니다.

—어머니는 당신이 친구를 사랑하는 것을 전혀 눈치 못 챘나요?

—아내의 부정을 가장 늦게 의심하는 사람은 그 남편이죠. 어머니는 제 변화에 놀랐습니다. 그토록 경멸하고 무시했던 사람을 어쩌다 좋아하게 된 거냐고 저한테 물어보기까지 했어요. 그리고 이렇게 덧붙였죠.

"봐, 선입견을 가지거나 사람을 알아보지도 않고 평가하면 안 돼."

하지만 어머니의 관심은 텔레니에서 다른 곳으로 확 돌아갔어요. 어떤 사건 때문이었죠.

젊은 발레리나가 가장무도회에서 저를 봤는데, 저를 좋아하게 됐는지 아니면 쉬운 먹잇감으로 여겼는지는 모르지만, 저한테 관심을 갖게 됐어요. 애정 어린 편지를 저한테 보내서, 자기를 만나러 오라고 초대했어요.

그 발레리나가 저한테 베푼 영광을 어떻게 거절해야 할지 몰라서, 또 동시에 여성에게 무례하게 대하기는 싫어서, 커다란 꽃 바구니와 그 꽃말이 적힌 책을 보냈어요.

발레리나는 제 사랑이 다른 곳에 있다는 것을 이해했죠. 그래도 제 선물에 대한 보답으로 커다란 자기 사진을 보내더군요. 그래서 저는 감사 인사를 하려고 그 여자 집에 들렀고, 그 뒤로 우리는 곧 아주 친한 친구 사이가 됐습니다. 하지만 친구 그 이상은 전혀 아니었어요.

제 방에 편지와 사진을 두었는데, 어머니가 사진은 확실히 봤고, 편지는 읽었을 가능성이 높죠. 그래서 어머니는 텔레니와 저의 밀회를 조금도 생각하지 않았습니다.

어머니는 저와 대화할 때, 어리석은 남자들이 발레하는 여자 때문에 신세를 망친다고 은근히 빗대어 말하거나 두루뭉술하게 이야기하곤 했습니다. 혹은 발레하는 여자와 결혼했거나 그런 여자를 정부로 둔 남자들의 형편없는 취향을 이야기하기도 했죠. 그렇지만 그게 전부였어요.

어머니는 제 성격이 독립적인 것을 알고 있었고, 그래서 제 사생활에 참견하지 않았어요. 제가 하는 대로 그냥 두었죠. 제가 몰래 여자와 살림을 차렸다면, 저한테는 훨씬 좋은 일일 수도, 훨씬 나쁜 일일 수도 있었겠죠. 어머니는 제가 les convenances(예의)를 지킬 정도의 식견을 갖추고, 누구와 만나는 사실을 공공연하게 드러내지 않는 것에 기뻐했어요. 결혼하지 않겠다고 결심한 남자가 세평에 용감히 맞서고 뽐내듯 정부를 두려면, 마흔다섯 살은 넘어야 하죠.

게다가 어머니가 자주 다니는 짧은 여행도 그 이유였다고 생각합니다. 어머니는 제가 여행의 목적을 자세히 캐묻는 것을 바라지 않았고, 그래서 저한테도 전적으로 자유를 주었을 겁니다.

— 당시에 어머니는 아직 젊지 않았나요?

— 젊다는 말을 어떤 뜻으로 쓰느냐에 달렸죠. 어머니는 서른일곱이나 서른여덟 살쯤이었죠. 나이에 비해서 아주 젊어 보였습니다. 아름답고 매력적이라는 찬사를 항상 듣고 있었죠.

아주 예뻤습니다. 큰 키에, 멋진 어깨와 팔, 바른 자세로 꼿꼿이 든 고개. 어디를 가더라도 찬사를 보내지 않는 사람이 없었어요. 커다란 눈에 깃든 한결같고 굳건한 침착함은 무엇에도 흔들리지 않을 것 같았죠. 곧고 또렷한 눈썹은 양쪽이 거의 닿을 듯했어요. 타고난 짙은 곱슬머리에 숱이 풍성했습니다. 낮은 이마는 시원시원하고, 곧바른 코는 자그마했어요. 이 모두가 어우러져 어머니의 얼굴 전체에 고전 조각품 같은 면이 깃들었죠.

무엇보다 입이 가장 멋졌어요. 선이 완벽했을뿐더러 튀어나온 듯한 입술이 어찌나 앵두 같고 촉촉하고 부드러워 보였는지 누구나 맛보기를 갈망했죠. 그런 입은 강렬한 욕망을 품고 바라보는 남자들을 꼼짝 못하게 만들 게 틀림없죠. 아니, 더없이 맥없는 사람들의 마음에도 욕정의 간절한 불길을 불러일으키는 사랑의 미약처럼 작용할 게 틀림없어요. 사실, 우리 어머니 옆에 있으면서 바지가 부풀지 않은 남자는 거의 없었어요. 그 남자들은 바지 안에서 북이 요동치는 것을 들키지 않으려 애썼지만요. 그리고 제 생각에 이것은 여성의 아름다움에 보내는 최고의 찬사입니다. 감상적인 것이 아니라 자연스러운 것이니까요.

어쨌든 어머니는 행동거지가 여유롭고 걸음걸이는 침착해서, 르 드베르[68]와 같은 부류임이 뚜렷이 드러났을뿐더러 이탈리아 농부와 프랑스 귀부인의 특징도 가지고 있었죠. 독일 귀족과는 거리가 멀었지만요. 응접실의 여왕으로 군림하기 위해 태어났고, 그래서 그 임무를 받아들인 사람 같았죠. 유행을 쫓는 신문들의 온갖 아첨하는 기사들은 물론이고, 멀리서 흠모하는 여러 사람이 감히 수작

---

[68] 테니슨 Alfred Tennyson, 1809~1892의 시 〈클라라 베르 드베르 Lady Clara Vere de Vere〉 속 인물로, 부유한 귀족 여인의 전형을 보여준다.

을 걸 엄두도 못 낸 채 공손히 드러내는 경애의 표시에도 절대 기쁨을 드러내지 않았어요. 모든 사람에게 어머니는 헤라 여신 같았죠. 화산일 수도 빙산일 수도 있는, 다가갈 수 없는 여자였죠.

―어머니의 직업은 무엇이었나요?

―수없이 많은 초대에 응하고 초대를 하고, 어머니가 직접 연 만찬이든 초대되어서 간 만찬이든, 어디에서나 항상 모임을 주도하는 귀부인이었죠. 자선과 후원에 앞장서는 귀부인의 전형이었습니다. 어떤 상인은 이런 말을 했어요. "데그리외 부인이 우리 상점 쇼윈도 앞에 멈춰서는 날은 기념할 날입니다. 데그리외 부인은 남자들의 관심뿐 아니라 여자들의 관심도 끌기 때문이죠. 부인의 심미안에 포착된 물건은 여자들이 즐겨 구입합니다."

게다가 어머니는 '여자에게는 빼어난 것'을 갖추었어요. 목소리죠. '그 음성은 언제나 부드럽고 상냥하고 조용했어요.'[69] 저는 외모가 평범한 여자를 아내로 맞아서 익숙해질 수는 있지만, 목소리가 높고 거칠고 날카로운 여자한테는 그럴 수 없다고 생각합니다.

---

69 〈리어왕〉 5막 3장에서 리어왕이 코딜리아의 목소리를 언급하며 "그 음성은 언제나 부드럽고 상냥하고 조용했어. 여자에게는 빼어난 것이지"라고 말한다.

―사람들은 당신이 어머니와 아주 많이 닮았다고 말하던데요.

―사람들이 그래요? 어쨌든 제가 라마르틴처럼 어머니를 칭송한 뒤 겸손하게 '나는 어머니의 이미지를 뒤쫓고 있다'고 덧붙이기를 바라지는 않으시면 좋겠군요.[70]

―그렇지만 아주 젊은 나이에 남편을 잃고 재혼하지 않은 채 사는 게 어땠을까요? 미모와 재력이 있었으니, 페넬로페만큼 많은 남자한테 구혼을 받았을 텐데요.

―어머니 인생 이야기는 나중에 들려드릴게요. 그러면 어머니가 왜 결혼의 속박 대신 자유를 택했는지 이해할 수 있을 겁니다.

―어머니가 당신을 좋아했죠?

―네, 아주 좋아했죠. 저도 어머니를 좋아했어요. 제가 어머니에게 감히 털어놓을 수 없는, 동성애자 여성들만 이해할 수 있는, 그런 성향을 타고나지 않았다면, 제 또래 다른 남자들처럼 매춘부와 정부와 적극적인 젊은 여자들과 통정하는 즐거운 삶을 살았다면, 저는 어머니에게 종종 제 은밀한 성적 경험들을 전부 이야기했을 겁니다. 쾌락의 순

---

[70] 프랑스 시인 알퐁스 드 라마르틴Alphonse de Lamartine, 1790~1869은 어머니를 지극히 사랑한 것으로 유명하며, 어머니의 글을 편집하고 서문을 써서 《어머니의 수기Le Manuscrit de Ma Mère》(1871)라는 책을 펴내기도 했다.

간에는 감정을 지나치게 소모하기 바빠 오히려 잘 느끼지 못하는 반면, 기꺼이 추억을 나누는 것은 우리의 감각과 정신, 두 요소가 결합한 진짜 즐거움이기 때문이죠.

한편 텔레니는 그즈음에 어머니와 저 사이의 장애물이 됐어요. 어머니가 텔레니를 질투했던 것 같아요. 텔레니라는 이름을 불쾌히 여기는 듯했죠. 예전에 그 이름이 저한테 그랬듯이 말이죠.

— 어머니가 밀회를 의심하기 시작했나요?

— 어머니가 우리 사이를 의심했는지, 텔레니에게 품은 제 애정을 질투하기 시작했는지, 그건 저도 모르겠어요.

어쨌든 상황은 안 좋은 방향으로 치닫고 있었고, 끔찍한 형태의 결말을 만들어가고 있었습니다.

어느 날, 큰 연주회를 앞두고 연주하기로 되어 있던 피아니스트가 병이 났어요. 텔레니에게 그 자리를 대신해달라는 요청이 들어왔어요. 영광스러운 요청으로, 거절할 수 없었죠.

텔레니가 말했습니다. "하루나 이틀이라도 당신과 떨어져 있기 싫어. 그런데 당신은 요즘 일이 바빠서 사무실을 비울 수 없잖아. 더구나 당신 회사 지배인도 아프고."

"그래, 조금 힘들지. 그래도……."

"아니, 아니, 어리석은 일이야. 내가 못하게 할 거야."

"그렇지만 벌써 꽤 오랫동안 당신이 연주할 때에는 내가 꼭 있었잖아."

"몸은 없어도 마음이 옆에 있을 거잖아. 내 눈에는 당신이 늘 앉던 자리에 앉아 있는 모습이 보일 거야. 당신을 위해, 당신만을 위해 연주할게. 우리는 길게 떨어져 있었던 적이 없잖아. 그래, 브리앙쿠르 편지 사건 이후로 하루도 떨어진 적이 없지. 이틀 동안 떨어져서 살 수 있는지 한번 시험해보자. 누가 알아? 어쩌면 조만간······."

"무슨 뜻이야?"

"아무것도 아니야. 당신이 이런 생활에 진력낼지도 모른다는 얘기야. 다른 남자들처럼 당신도 가족을 이루려고 결혼할지 모르지."

"가족!" 저는 웃음을 터뜨렸습니다. "그 귀찮은 짐이 남자의 행복에 그렇게 필수적인가?"

"당신이 내 사랑을 지겨워할 수도 있지."

"르네, 그렇게 말하지 마! 내가 당신 없이 살 수 있어?"

텔레니가 의심스럽다는 듯이 미소를 지었어요.

"왜 그래? 내 사랑을 의심해?"

"별들이 불타고 있다는 것을 의심할 수 있겠어?" 텔레니는 그렇게 말한 뒤 나를 보며 천천히 말을 이었죠. "당신은 내 사랑을 의심해?"

그 질문을 던질 때 텔레니는 얼굴이 창백해진 것 같았어요.

"아니. 당신의 사랑을 의심할 여지를 조금이라도 준 적 있어?"

"내가 당신한테 충실하지 못했다면?"

저는 현기증이 났어요. "텔레니, 다른 연인이 생겼어?" 제 눈앞에는 나의 것, 나만의 것이었던 지복을 맛보는, 다른 사람의 품에 안긴 텔레니가 보였어요.

텔레니가 말했어요. "아니. 애인은 없어. 하지만 만약 있다면?"

"당신은 그 남자, 아니면 그 여자를 사랑하고 내 인생은 영원히 망가지겠지."

"아니, 영원히는 아니야. 한동안은 그럴지도 모르지. 그렇지만 나를 용서할 수는 없을까?"

"당신이 나를 계속 사랑한다면, 용서할 수 있어."

텔레니를 잃는다는 생각만으로도 가슴이 쓰라렸어요. 모진 채찍질 같았어요. 눈에는 눈물이 고이고, 피가 끓어올랐습니다. 저는 텔레니를 팔로 감싸고, 모든 근육에 힘을 주며 꽉 끌어안았어요. 제 입술은 격렬하게 텔레니의 입술을 찾고, 제 혀는 텔레니의 입속에 있었죠. 텔레니에게 키스할수록 저는 점점 더 슬퍼졌고, 욕망은 점점 더 격해졌습니다. 저는 잠시 멈추고 텔레니를 보았습니다. 그날 텔레니는 어찌나 잘생겼던지! 천상의 아름다움 같았습니다. 비단결의 부드러운, 황옥색 와인이 담긴 크리스털 잔으로 비치는 햇살 같은 금빛 머리카락. 반쯤 벌린, 관능적이고 동양적인 촉촉한 입. 달거리로 혈관에 루비색 피 대신 무색의 액체만 남은 개미허리의 창백하고 맥없는 처녀의 파리한 입술도, 짙게 화장하고 사향 향기를 풍기며 돈을 벌려고 타락한 지복을 잠깐잠깐 파는 고급 매춘부의 병으로 시든 입술도 아닌, 피처럼 붉은 입술.

그 빛나는 눈 속의 타고난 어두운 불은 육감적 입의 욕정을 누그러뜨리는 듯했죠. 또, 청순하고 복숭아처럼 둥글어서 마치 어린아이의 뺨 같은 텔레니의 뺨은 남자다운 힘으로 가득한 굵은 목과 대조를 이루고……. '정말이지, 모든 신들이 보장하는, 세상에 남자임을 확인시키는 자태'[71]였습니다. 텔레니의 남자다운 아름다움이 내 가슴에 불 지핀 미칠 듯이 뜨거운 열정이 있으니, 그림자와 사랑에 빠진, 붓꽃 향을 풍기는 무기력한 유미주의자가 나를 괴롭히게 두는 것은 그다음으로 미루자. 그래요. 네, 저는 나폴리의 화산흙에서, 혹은 동양의 뜨거운 태양 아래서 태어난 남자들처럼 몸속에 뜨거운 피가 흐릅니다. 어쨌든 저는,

---

71 〈햄릿〉 3막 4장 중 햄릿이 아버지의 모습을 묘사하는 대사 가운데

자신은 스스로가 맥없는 상상력으로 만들어낸 천국이라고 불리는 재미없는 장소로 가고, 다른 남자들은 모두 지옥으로 보낸 단테 같은 사람이 아니라, 남자들을 사랑한 남자, 브루넷 라툰Brunette Latun[72] 같이 되고 싶습니다.

절망의 열정이 담긴 제 키스에 텔레니가 응답했습니다. 텔레니의 입술이 불탔고, 그 사랑은 분노의 열병으로 변한 것 같았어요. 무엇 때문인지 모르겠지만, 이 기쁨이 저를 죽일 수는 있어도 진정시킬 수는 없다고 느꼈어요. 제 얼굴은 온통 불타올랐죠!

색정의 감정에는 두 종류가 있습니다. 둘 다 똑같이 강렬하고 압도적이죠. 하나는 뜨겁고 세속적인 욕정으로, 이것은 생식기에서 불붙어 머리로 올라갑니다. 그래서 '웃음에 잠기고, 지상을 버릴 수 있는 날개를 자라게 하는 신격을 자신들 안에서 느낀다고 상상하게'[73] 만들죠.

다른 하나는 건강한 피를 바싹 마르게 하는 두뇌의 날카롭고 맹렬한 활동인 차갑고 호색적인 상상력입니다.

우선, 남자들이 '사랑과 사랑 놀이를 충분히' 섭취하자마자, 육체에는 자연스럽게, '새 포도주에 취한' 원기 왕성

---

72 원서에는 브루넷 라툰으로 적혀 있지만, 브루네토 라티니Brunetto Latini, 1220~1294를 가리키는 것으로 보인다. 라티니는 단테의 후견인이자 스승으로 생전에 피렌체에서는 동성애자로 널리 알려졌다.

73 밀턴의 《실낙원》의 구절로, 아담과 하와가 선악과를 먹은 상황에 나온다.

한 젊음의 강한 성욕이 채워집니다. 무거운 꽃밥은 자신을 막고 있던 씨를 세차게 흔들죠. 그다음 우리 최초의 부모가 '사랑 놀이에 지쳐 달콤한 잠에 빠진'[74] 때에 느낀 것과 비슷하게 느낍니다. 이제 아주 즐겁게 가벼워진 육신은 '가장 신선하고 부드러운 지상의 낮잠'으로 쉬는 것 같죠. 그리고 풀어져 있으면서도 반쯤 깨어 있는 정신은 졸고 있는 껍데기를 경멸하듯 돌아봅니다.

둘째, '불쾌한 향이 낳은' 머릿속에 불 지펴지는 것은 노년의 호색입니다. 식탐처럼 병적인 갈망이죠. 메살리나처럼, 'lassata sed non satiata(지쳤지만 만족할 줄 모르고)'[75] 불능이 된 뒤에도 여전히 안절부절못하며 계속 갈망합니다. 꽃밥이 씨를 모두 내보낸 뒤에도 외설적인 환상이 주는 흥분의 영향은 계속되기 때문에, 정액의 사정은 몸을 결코 진정시키지 않고 자극할 뿐입니다. 크림 같고 향기로운 액체 대신 얼얼한 피가 나와도, 괴로운 자극만 느낄 뿐이죠. 색광증과 달리 발기가 일어나지 않고 음경이 힘없이

---

[74] 《실낙원》의 구절
[75] 메살리나는 로마 황제 클라우디우스 1세의 아내로, 성적으로 방탕한 여성의 대명사처럼 알려져 있다. 'lassata sed non satiata'는 라틴어로, 로마 시인 데키무스 유니우스 유베날리스가 《풍자시》 6권에서 메살리나를 묘사하며 쓴 구절이다. 사창가에 가려고 궁전에서 몰래 빠져나오는 메살리나를 표현한 것이며, 보들레르의 《악의 꽃》에서 26번째 시의 제목(Sed non satiata)으로도 쓰였다.

늘어져 있어도, 신경계는 여전히 불능의 욕망과 색욕에 경련합니다. 과열된 두뇌의 신기루는 음경이 쇠약해졌다고 해도 전혀 누그러들지 않아요.

이 두 가지 감정을 한데 섞으면 제가 겪은 감정과 비슷합니다. 제가 두근거리고 요동치는 가슴에 텔레니를 꽉 끌어안고 있을 때, 텔레니의 압도적인 슬픔, 애타는 갈망에 저도 깊이 전염됐고, 그때 그런 감정을 느꼈어요.

제 친구의 셔츠 칼라와 크라바트를 벗겼습니다. 그 아름다운 벗은 목을 감상하고 어루만졌습니다. 그리고 조금씩 옷을 벗겼죠. 텔레니는 제 품 안에서 마침내 완전히 나체가 됐어요.

텔레니는 정말이지 관능미의 모범이었어요! 튼튼한 근육질 어깨, 두껍고 넓은 가슴, 수련 꽃잎처럼 부드럽고 산뜻하며 진주처럼 하얀 피부, 모든 여자들이 사랑한 레오타르[76]처럼 말쑥한 팔다리. 절묘하게 우아한 허벅지, 다리와 발도 완벽한 모범이었죠.

텔레니를 보면 볼수록 저는 텔레니에게 더욱더 빠져들었어요. 그러나 보는 것만으로는 충분하지 않았죠. 촉각

---

[76] 쥘 레오타르Jules Léotard, 1838~1870는 프랑스 곡예사로, 공중그네 곡예를 발전시켰으며, 그의 이름에서 몸에 딱 붙는 옷을 가리키는 '레오타드'라는 단어가 유래했다.

으로 시각의 기쁨을 끌어올려야 했어요. 단단하면서도 탄력 있는 팔 근육을 제 손바닥으로 느껴야 했어요. 육중한 근육질 가슴을 애무하고, 등을 어루만져야 했어요. 제 손은 거기서 둥글고 볼록한 엉덩이로 내려가 제 엉덩이 쪽으로 끌어당겨 딱 붙였습니다. 그리고 제 옷을 모두 벗고, 제 온몸을 텔레니의 온몸에 밀착하고 애벌레처럼 꿈틀거리며 텔레니의 몸에 제 몸을 비볐어요. 제 몸은 텔레니의 몸 위에 있고, 제 혀는 텔레니의 입속에서 혀를 찾았어요. 텔레니의 혀는 뒤로 숨었다가, 제 혀가 뒤로 가자 앞으로 튀어나왔죠. 두 혀는 음탕한 숨바꼭질을 하고 있는 것 같았죠. 그 숨바꼭질로 온몸이 쾌감에 떨렸습니다.

손가락은 아랫도리 주위의 고슬고슬하고 억센 털을 비틀거나 고환을 어루만졌습니다. 만진다는 느낌도 거의 없을 정도로 아주 부드럽게 살며시 만졌지만, 음경 안에 있는 액체가 때 이르게 흐를 정도로 부르르 떨었죠.

아주 숙달된 매춘부라도 제가 연인에게서 느낀 것 같은 황홀한 흥분은 절대 줄 수 없죠. 결국 매춘부의 기교는 자신이 느낀 쾌감을 바탕으로 터득한 거예요. 하지만 매춘부는 자신과 다른 성의 정서를 더 예민하게 알지 못하고, 상상할 수도 없죠.

마찬가지로, 여성 동성애자만큼 여성을 강한 욕정으로

미치게 만들 수 있는 남자는 전혀 없죠. 여성을 애무할 때, 딱 맞는 지점과 딱 맞는 순간을 알 수 있는 사람은 여성뿐이니까요. 그러므로 쾌락의 진수는 동성에게서만 얻을 수 있습니다.

우리 두 몸은 장갑과 그 속의 손처럼 맞붙었습니다. 서로 발을 희롱하며 간질였고, 무릎은 서로를 누르고, 허벅지의 살갗은 착 달라붙어서 하나의 육체가 된 것 같았습니다.

저는 아직 몸을 일으키기 싫었지만, 딱딱하게 부푼 텔레니의 음경이 제 몸을 툭툭 치는 것이 느껴지자 텔레니의 몸을 밀치고 그 펄떡거리는 쾌감의 도구를 저의 입에 넣고 모조리 빨아들이고 싶었습니다. 텔레니는 제 음경이 이제 딱딱해졌을뿐더러 넘칠 정도로 축축해진 것을 느끼고, 팔로 저를 꽉 잡고 저를 아래로 밀었습니다.

텔레니는 허벅지를 벌리며, 제 다리를 자기 다리 사이에 넣고, 양 발꿈치가 각기 제 종아리 옆에 닿도록 다리를 감았습니다. 저는 바이스에 꽉 물린 듯이 움직일 수 없었죠.

그다음 텔레니는 팔을 풀고, 몸을 들어서 엉덩이 밑에 베개를 놓았습니다. 텔레니의 두 다리는 넓게 벌어지고 엉덩이도 벌어졌습니다.

그런 뒤에 텔레니는 제 막대기를 잡고 벌어진 자기 항

문에 대고 밀었습니다. 구멍은 기운찬 음경의 끝을 환대하며 입장시키려고 애쓰고, 음경은 곧 그 입구를 찾았습니다. 저는 조금 밀었습니다. 귀두 전체가 다 들어갔습니다. 괄약근은 곧 음경을 꽉 물었습니다. 애쓰지 않고는 나올 수 없을 정도로 꽉 물었죠. 저는 귀두를 천천히 밀어 넣으며, 사지 전체로 뻗어가는 형언할 수 없는 쾌감을 최대한 늘이고, 떨리는 신경을 진정시키고, 피의 열기를 가라앉혔습니다. 또 한 번 밀어서, 음경의 반이 텔레니의 몸 안으로 들어갔습니다. 그리고 다시 1센티미터쯤 뺐습니다. 큰 쾌감 때문에 1미터는 되는 것 같았습니다. 다시 앞으로 밀었습니다. 음경 전체가, 뿌리 밑까지, 모두 안으로 들어갔습니다. 음경을 더 위로 올리려고 애썼지만, 꽉 물려 있어서 헛수고였죠. 기교를 부리기는 불가능했어요. 텔레니의 몸에 꽉 잡힌 채, 제 음경은 그 안에서 어머니의 자궁 안에 있는 태아처럼 꿈틀거렸습니다. 그러자 텔레니와 저는 말로 표현할 수 없는 쾌감을 느꼈습니다.

어찌나 큰 행복이 저를 뒤덮었는지, 저는 천상에서 미지의 생명수가 제 머리에 쏟아져서 떨리는 몸으로 서서히 흘러내리는 게 아닐까 생각했습니다.

여름 태양의 불볕에 바싹 마른 뒤 소나기를 맞아 깨어나는 꽃들이 분명 그렇게 느낄 겁니다.

텔레니가 다시 팔로 제 몸을 감고 꽉 껴안았습니다. 저는 텔레니의 눈 속에 있는 저를, 텔레니는 제 눈 속에 있는 자신을 바라보았죠. 이 부드럽게 빛나는 관능 속에서 우리는 서로의 몸을 부드럽게 어루만지고, 입술은 서로 맞붙었죠. 그리고 제 혀는 다시 텔레니의 입안에 있었습니다. 우리는 이렇게 결합한 채 거의 조금도 움직이지 않았습니다. 조금만 움직여도 엄청나게 사정을 할 게 분명했고, 그렇게 빨리 끝내기에는 그 느낌이 너무 소중했습니다. 그래도 우리는 온몸을 비틀지 않을 수 없었고, 쾌감에 거의 기절할 지경이었습니다. 우리 둘 다 욕정으로 머리끝부터 발끝까지 몸을 떨었죠. 한낮에 순수한 장미 꽃잎들을 방금 흩날린, 달콤한 향의 음탕한 산들바람에게서 키스를 받은 잔잔한 호수 물처럼, 우리 두 사람의 몸은 온통 관능적으로 흔들렸습니다.

그렇게 강렬한 쾌감은 그리 오래갈 수 없죠. 괄약근이 무의식적으로 몇 번 수축하며 남근을 흔들었습니다. 그 날카로운 첫 번째 타격을 받고, 저는 전력을 다해서 밀어 넣으며 텔레니의 몸 안에서 뒹굴었습니다. 제 숨은 거칠어졌습니다. 저는 숨을 헐떡이고 한숨을 쉬고 신음했습니다. 되직하고 뜨거운 액체가 긴 간격을 두고 천천히 뿜어져 나왔습니다.

제가 텔레니에게 몸을 문지르는 사이, 텔레니도 제가 느끼는 온갖 쾌락을 느꼈죠. 제 정액의 마지막 한 방울이 나오기 전에, 텔레니의 펄펄 끓는 정액이 제 몸에 쏟아졌습니다. 우리는 더 이상 키스하지 않고 있었습니다. 우리의 입술은 서로의 숨결을 갈망할 뿐, 맥없이 지쳐서 벌어져 있었습니다. 엄청난 절정 뒤에 따르는 행복한 탈진에 빠져서, 우리의 눈은 시력을 잃고 서로를 더 이상 볼 수 없었습니다.

잠에 빠지지는 않았지만, 말도 할 수 없는 무기력 상태로 마비되어 있었어요. 그 상태에서 우리는 서로에게 품은 사랑만 남기고 다른 모든 것을 잊었고, 서로의 몸에서 느끼는 쾌감을 빼고 아무것도 못 느꼈죠. 두 몸이 하나로 얽히고 섞여서 각각의 개성은 사라진 것 같았어요. 정말이지 우리의 머리는 하나, 우리의 심장도 하나였어요. 심장이 하나가 되어 뛰었고, 우리 머릿속에는 흐릿한 생각들이 똑같이 스쳐갔으니까요.

왜 야훼는 그 순간에 우리를 죽이지 않았을까요? 우리의 도발이 부족했나요? 그 질투심 많은 신이 우리의 행복을 어떻게 부러워하지 않을 수 있었을까요? 왜 늘 쓰던 복수의 벼락을 내려서 우리를 없애지 않았을까요?

―그게 무슨! 그럼 두 사람 다 지옥으로 곤두박질쳤을

텐데요?

―음, 그럼 어때서요? 물론 지옥이 특급 호텔은 아니죠. 이룰 수 없는 이상에 대한 헛된 희망을 품고 쓰라린 실망을 맛본 뒤에 다시 거짓된 염원을 꿈꿀 수 있는 곳이 아닙니다. 우리가 거짓된 모습을 제 모습인 양 속이지 않을 때, 우리는 진정한 정신적 만족을 찾을 것입니다. 그리고 우리 몸은 자연이 우리 몸에 부여한 능력을 개발할 수 있을 겁니다. 위선이나 가식을 버리면, 우리의 진짜 모습이 드러나면 어쩌나 하는 두려움에 시달릴 일은 절대로 없습니다.

우리가 지독히 악하다면, 우리는 적어도 그 악한 모습에 충실해야 합니다. 이곳 지상에서 도둑들 사이에서만 존재한다는 정직이 우리와도 함께할 겁니다. 더욱이 우리는 마음이 맞는 동지들과 다정히 함께해야 합니다.

그렇다면 그곳이 그렇게 두려운 곳일까요? 바닥이 안 보이는 구덩이로 들어간다 해도, 자연이 지옥에 맞게 창조한 이들에게는 그곳이 낙원일 뿐이겠죠. 동물들은 인간으로 창조되지 않은 것에 불평할까요? 아니, 저는 그렇지 않을 것 같습니다. 그렇다면 왜 우리는 천사로 태어나지 않았다고 스스로를 불행하게 만들어야 하나요?

그 순간, 우리는 천국과 지상 사이 어디에 떠 있는 것 같았습니다. 시작이 있으면 반드시 끝이 있다는 것을 그때는 잊고 있었습니다.

감각은 무뎌졌고, 우리가 쉬고 있는 푹신한 소파는 구름 침대 같았습니다. 죽음 같은 고요가 주위를 채웠죠. 대도시의 소음과 웅성거리는 소리가 멈춘 것 같았습니다. 아니 적어도 우리 귀에는 들리지 않았습니다. 지구가 자전을 멈추고 시간의 손이 음울한 행진을 그만둘 수 있었던 걸까요?

감각을 잃은 몸이 죽은 듯한 무기력에 빠지고, '떨어지는 재들 사이의 불씨 같은'[77] 정신은 편안하고 평화로운 휴식을 의식할 수 있을 만큼만 깨어 있는, 최면에 걸린 듯한, 그 고요하고 멍하고 꿈속 같은 상태에서 제 삶이 이대로 끝나버리기를 맥없이 바랐습니다.

우리는 기분 좋은 비몽사몽에서 갑자기 깨어났습니다. 귀에 거슬리는 초인종 소리 때문이었죠.

텔레니가 벌떡 일어나서 가운을 얼른 몸에 두르고 문으로 갔다가, 잠시 후, 손에 전보를 들고 왔습니다.

제가 물었죠. "뭐야?"

"X가 보낸 전보야." 아쉬운 듯 나를 바라보는 텔레니의 목소리에는 두려움이 깃들어 있었습니다.

"가야 해?"

---

[77] 스윈번 Algernon Charles Swinburne, 1837~1909 시 〈11음절 시 Hendecasyllabics〉 중

"그래야 할 것 같아." 텔레니가 애절한 슬픔이 담긴 눈으로 말했습니다.

"그렇게 내키지 않아?"

"내키지 않는다는 말은 맞지 않아. 견딜 수 없다는 말이 맞지. 우리가 떨어져 있는 건 이번이 처음이고……."

"그래, 그렇지만 하루 이틀뿐이야."

텔레니가 우울하게 대꾸했습니다. "하루 이틀 사이에도 삶과 죽음이 갈려. '류트에 생긴 작은 균열이 결국 음악 소리가 나지 않게 하고 서서히 침묵을 넓히기만 하리니.'"[78]

"텔레니, 며칠 동안 마음에 짐을 지고 있는 거 알아. 그 짐이 뭔지는 모르겠어. 당신 친구에게 그게 뭔지 들려주지 않겠어?"

텔레니는 한없이 깊은 공간을 들여다보듯 눈을 크게 떴습니다. 입술에는 고통이 서려 있었습니다. 텔레니가 천천히 말했습니다.

"내 운명. 자선 연주회 때 본 예언 같은 환영을 잊었어?"

"뭐? 안티누스의 죽음을 슬퍼하는 하드리아누스?"

"그래."

"당신이 연주한 음악에 내 머리가 과열돼서 나온 상상이야. 그 헝가리 음악은 마음을 뒤흔들게 육감적이면서도

---

[78] 테니슨의 시 〈멀린과 비비언〉 중

아주 아름답게 애절해서 두 특질이 상충했으니까."

텔레니가 슬프게 고개를 가로저었습니다.

"아니, 그건 공연한 환상이 아니야."

"당신은 이미 변했어. 지금 당장은 당신 성격에 종교적이거나 영적인 요소가 감각적인 것보다 지배적일 수는 있지만, 어쨌든 당신은 예전의 당신과 달라졌어."

"요즘 아주 행복한 건 나도 알아. 그렇지만 우리 행복은 모래 위에 지어진 거야. 우리 같은 관계는……"

"교회의 축복을 받지 못하고, 고상한 저 대부분의 사람들은 질색하는 관계지."

"음…… 그래. 이런 사랑에는 항상 이런 게 있지. '안으로 파고들며, 서서히 전체를 썩게 하는, 귀한 과일에 파인 작은 얼룩.'[79] 우리는 왜 만났을까? 아니, 왜 우리 둘 중 하나가 여자로 태어나지 않았을까? 당신이 저 딱한 여자이기만 했다면……"

"자, 그런 끔찍한 상상은 그만둬. 그랬다면 지금보다 나를 더 사랑했을 것 같아? 솔직히 말해봐."

텔레니가 저를 슬프게 바라보았습니다. 그러나 거짓을 말하지는 못하더군요. 한참 뒤에 텔레니는 한숨을 쉬며 말했습니다.

[79] 테니슨의 시 〈멀린과 비비언〉 중

"청춘의 뜨거운 날들이 옛일이 되어도 계속되는 사랑이 있다.'[80] 카미유, 말해봐. 우리 사랑도 그래?"

"왜 아니겠어? 내가 당신을 항상 좋아하듯이 나를 언제까지고 좋아해줄 수 없어? 내가 당신한테서 받는 성적 쾌감만 생각해서 당신을 좋아할까? 쾌감이 채워지고 성욕이 누그러졌을 때에도 내 마음은 당신을 갈망해. 그건 당신도 알잖아."

"그렇지만 나만 없었으면 당신은 한 여자를 사랑하고 결혼했을 수도……"

"그리고 나중에 너무 늦게 깨닫게 됐겠지. 내가 다른 욕망을 타고났다는 걸. 아니, 어쨌든 오래지 않아 내 운명을 따랐을 거야."

"아주 다른 결과가 될 수도 있지. 내 사랑에 진력나서, 어쩌면, 결혼하고 나를 잊을지도 모르지."

"절대로. 그런데 지금 고해성사하는 거야? 칼뱅교로 개종하려고? 아니면, '춘희'나 안티누스처럼 나를 위해서 사랑의 제단에 희생하려는 거야?"

"이런, 농담으로 넘기지 마."

"아니, 이제 내 말대로 해. 같이 프랑스를 떠나자. 스페인이나 이탈리아 남부로 가자. 아니, 유럽을 떠나자. 동양으

80 란도 Walter Savage Landor, 1775~1864 의 시 가운데

로 가자. 나는 전생에 틀림없이 동양에서 살았을 거야. 그리고 몹시 보고 싶어. '꽃들이 늘 피어 있고 햇살이 늘 내리쬐는 곳',[81] 그곳, 아무에게도 알려지지 않고 세상에서 잊힌 곳. 내 어린 시절 고향 같이 느껴지는 곳."

"그래, 그렇지만 내가 이 도시를 떠날 수 있을까?" 텔레니는 생각에 잠겨서 말했어요. 저한테 하는 말이기보다 스스로에게 하는 말이었죠.

저는 텔레니가 빚을 많이 졌고, 그동안 고리대금업자들 때문에 자주 시달린 것을 알고 있었어요.

그래서 사람들이 나를 어떻게 생각할지는 거의 신경 쓰지 않고 ― 빚을 갚는 사람에 대해서 좋게 생각하지 않을 사람이 어디 있겠습니까만 ― 저는 텔레니의 빚쟁이들을 모두 불러서, 텔레니 모르게, 빚을 다 갚았습니다. 저는 그 일을 텔레니에게 말해서 텔레니를 짓누르던 짐의 무게를 덜어주려던 참이었죠. 그렇지만 운명이, 거스를 수 없고 걷잡을 수 없는 잔인한 운명이, 제 입을 봉했습니다.

또 초인종 소리가 크게 울렸습니다. 초인종이 단 몇 초만 늦게 울렸어도 텔레니와 저의 인생이 얼마나 달라졌을까요! 그러나 터키 말대로 그것은 키스메트kismet, 운명이었습니다.

[81] 바이런의 시 〈아비도스의 신부〉 중

역까지 텔레니를 데려갈 마차가 온 것이었죠. 텔레니가 준비하는 동안 저는 예복과 필요한 물건들을 챙기는 것을 도왔습니다. 그러다가 우연히 콘돔이 들어 있는 작은 성냥갑을 보고, 웃으며 말했어요.

"이것도 트렁크에 넣을게. 쓸 데가 있을지도 모르니까."

텔레니는 부들부들 떨며 시체처럼 창백해졌어요.

제가 말했죠. "누가 알아. 어떤 아름다운 여성 후원자가……."

"농담하지 마." 텔레니는 거의 화내며 대꾸했어요.

"아, 이제는 나도 후원할 능력이 돼. 하지만 전에는……. 그거 알아? 내가 우리 어머니까지 질투했던 거?"

그 순간 텔레니의 손에 들려 있던 거울이 손에서 미끄러졌습니다. 거울은 바닥에 떨어져 산산이 조각났어요.

잠시 둘 다 겁에 질렸습니다. 무서운 징조가 아닐까?

그때 벽난로 위에 놓인 시계가 정각을 알렸습니다. 텔레니는 어깨를 으쓱했습니다.

"자, 꾸물거릴 시간 없어."

텔레니가 트렁크를 홱 낚아챘고, 우리는 서둘러 계단을 내려갔습니다.

저는 역까지 같이 갔어요. 마차에서 텔레니가 내리기 전, 저는 양팔로 텔레니를 껴안았습니다. 시간이 없는데도 우리 입술은 오래 맞닿아 있었습니다. 두 입술은 욕정의 열병이 아닌 부드러움만 실린 사랑으로, 심장의 근육을 꽉 조이는 슬픔으로 딱 붙어 있었습니다.

텔레니의 키스는 시들어가는 꽃의 마지막 발산, 새벽에 꽃을 피우고 낮 동안 행진하는 태양을 따르다가 지구의 마지막 빛과 함께 축 처져서 시드는, 여린 흰 선인장 꽃이 저녁 무렵 풍기는 달콤한 향 같았습니다.

텔레니와 떨어지며, 저는 제 영혼을 잃은 기분이었습니다. 제 사랑은 네소스의 옷 같았어요. 떼어내려 하면 살점이 산산이 찢기는 듯이 고통스러웠죠.[82] 제 삶의 기쁨이 사라진 것 같았어요.

저는 텔레니가 용수철 같은 걸음으로 고양이처럼 우아하게 서둘러 사라지는 것을 지켜보았습니다. 입구에서 텔레니가 몸을 돌렸습니다. 시체처럼 창백하고, 절망에 빠진 표정은 자살하기 직전인 사람 같았어요. 마지막으로 손을 흔들고, 금방 사라졌습니다.

저의 태양이 졌습니다. 세상에 밤이 왔습니다. '짝도 없이, 지옥과 천국에서 늦은 영혼처럼'[83] 저는 몸을 떨며 생

---

[82] 그리스 신화에서 헤라클레스의 아내 데이아네이라는 네소스의 독혈을 사랑의 미약으로 잘못 알고 남편의 옷에 바른다.
[83] 스윈번의 시 〈페르세포네의 정원 The Garden of Proserpine〉(1866) 가운데

각했습니다. 이 깊은 어둠 속에 과연 아침이 올 수 있을까?

텔레니의 얼굴에서 엿보인 괴로움이 제 안에 깊은 두려움으로 남아 있었습니다. 쓸데없이 서로에게 상처를 주다니 우리는 정말 어리석었어요. 그런 생각을 하며 저는 마차에서 황급히 튀어나와 텔레니를 쫓아갔습니다.

느닷없이 덩치 큰 촌놈이 나타나 앞을 가로막고 저를 꽉 붙잡았어요.

"오!" 남자가 어떤 이름으로 저를 불렀는데 그 이름은 제대로 못 들었어요. "아니, 여기서 만날 줄 생각도 못했어! 언제 온 거야?"

"놔요, 놔요! 사람 잘못 봤어요!" 제가 소리를 질렀지만, 남자는 저를 꽉 잡고 있었죠.

그 남자와 드잡이하는 동안 종소리가 들렸습니다. 저는 힘껏 남자를 밀치고 역으로 달려갔습니다. 플랫폼에 도착했을 때에는 몇 초 늦었더군요. 기차는 이미 움직이고 있었고, 텔레니의 모습은 보이지 않았습니다.

역에서 할 일은 없었습니다. 저는 제 친구 텔레니에게 편지를 썼습니다. 텔레니가 저한테 하지 말라고 자주 언급한 일, 다시 말해, 변호사를 시켜서 텔레니가 아직 갚지 못한 빚들을 알아보고 오랫동안 시달린 빚을 모두 갚은 것에 용서를 구하는 편지였습니다. 하지만 제가 부친 편지는 텔레니의 손에 도달하지 못했습니다.

저는 마차에 다시 올라타서, 붐비는 시내 대로를 따라 서둘러 사무실로 향했습니다.

사방이 어찌나 시끄럽고 부산스럽던지! 이 세상이 어찌나 지저분하고 무의미해 보이던지!

야한 차림의 여자가 실실 웃으며 젊은 남자에게 음란한 눈길로 따라오라고 유혹했습니다. 외눈박이 사티로스가 아주 어린 소녀에게 추파를 던지고 있었습니다. 제가 아는 사람 같았어요. 네, 제 학교 동창인 역겨운 비옹[84]이었어요. 예전 자기 아버지보다 훨씬 더 뚱쟁이 같은 모습이었습니다. 뚱뚱한 대머리 남자가 수박을 운반하고 있었고, 그 입에는 아내와 아이들과 수프를 먹은 뒤 그 수박을 즐길 생각에 침이 고여 있었어요. 저는 생각했죠, 남자든 여자든 저렇게 침 흘리는 입에 구역질을 느끼지 않으면서 키스할 수 있을까?

앞서 사흘 동안 저는 사무실 일에 소홀했고, 지배인은 아팠어요. 그래서 회사에 돌아가서 할 일을 하는 게 의무라고 느꼈습니다. 마음을 파먹는 슬픔에도 불구하고 편지와 전보 들에 답신하고 대응 방향을 제시하는 등 일을 시

---

[84] 비옹Bion은 외눈이라는 것으로 미루어 3장에 등장한 비우Biou와 같은 인물로 보인다. 원문에서는 이와 같은 오자나 실수를 간혹 볼 수 있다.

작했습니다. 사람이 아니라 기계인 듯 맹렬히 일했어요. 몇 시간 동안 복잡한 거래에 열중했습니다. 일하고 계산을 정확하게 하면서도, 슬픔에 잠긴 눈, 씁쓸한 미소를 띤 관능적인 입술이 계속 눈앞에 어른거렸고, 텔레니의 키스가 남긴 뒷맛이 제 입술에 계속 남아 있었습니다.

사무실을 닫을 시간이 됐지만 제 일은 반도 끝나지 않았어요. 직원들이 저녁 식사나 여가를 즐기지 못하게 되어 실망한 표정을 짓고 있는 것이 꿈속인 듯 제 눈에 보였습니다. 직원들은 모두 갈 곳이 있었지만, 저는 혼자였어요. 어머니마저 집을 떠나 있었죠. 그래서 저는 경리 부장만 남고 다른 직원들은 퇴근하라고 했습니다. 직원들은 제 말이 떨어지기 무섭게 나갔고, 순식간에 사무실은 텅 비었습니다.

경리 부장은 화석 같은 인물이었습니다. 살아 있는 계산기라고 할 수 있죠. 움직일 때마다 사지에서 녹슨 경첩처럼 빠가닥거리는 소리가 날 정도로 사무실에서만 늙어 간 인물이었습니다. 거의 움직이지 않았죠. 높은 의자에 앉아 있는 모습 외에 다른 모습을 아무도 본 적이 없었어요. 가장 먼저 출근해서 자기 자리에 앉아 있고, 직원들이 퇴근할 때에도 여전히 자기 자리에 있었죠. 그 사람한테는 인생의 목표가 하나뿐이었어요. 끝없는 장부 정리였죠.

저는 속이 좀 좋지 않아서 급사를 보내 셰리 한 병과 바닐라 웨이퍼를 사 오게 했습니다. 돌아온 급사에게 퇴근해도 좋다고 말했어요.

경리 부장한테 셰리를 따라주고 웨이퍼도 건넸습니다. 노인은 양피지 색 손으로 잔을 받고, 술의 화학 성분이나 무게를 계산하는 듯 조명에 비춰 보았습니다. 그다음, 흡족한 표정으로 천천히 마셨습니다.

웨이퍼로 말하자면, 기재해야 할 어음인 양 세심히 살펴보더군요.

그리고 우리는 다시 일을 시작했습니다. 열 시쯤 편지와 문서에 답을 모두 마치고, 저는 안도의 한숨을 깊이 내쉬었습니다.

'지배인이 예정대로 내일 출근하면, 흡족하게 여기겠지.'

그 생각이 머리를 스치자 제 얼굴에 미소가 떠올랐죠. 저는 무엇을 위해 일하고 있었을까요? 돈? 제 회사의 지배인을 만족시키려고? 일 자체를 목적으로? 알 수가 없었습니다. 일에서 느낄 수 있는 과열된 흥분 때문에 일했던 것 같아요. 사람들이 자신을 괴롭히는 생각에서 벗어나 다른 데에 뇌를 쓰려고 체스를 두는 것과 마찬가지였죠. 아니면 제가 벌이나 개미처럼 일하는 성격을 타고났는지도 모르죠.

불쌍한 경리 부장을 의자에 계속 앉혀두기 싫어서, 이제 사무실 문을 닫을 시간이라고 말했습니다. 경리 부장은 우두둑 소리를 내며 천천히 일어서서, 자동인형처럼 안경을 벗어 느긋하게 닦아서 안경집에 넣고, 조용히 다른 안경을 꺼내서—경리 부장은 상황마다 다른 안경을 썼어요—코에 걸친 뒤에 저를 보더군요.

"일을 엄청나게 많이 하셨어요. 할아버님과 아버님께서 보셨다면, 분명 기뻐하셨을 겁니다."

저는 또 셰리를 두 잔 따라서 한 잔을 경리 부장에게 건넸습니다. 경리 부장은 즐거워하며 술을 쭉 들이켰습니다. 셰리에 즐거워한 것이 아니라 술을 건넨 제 친절에 즐거워한 것이었죠. 우리는 악수를 나누고 헤어졌습니다.

이제 어디로 가야 하나? 집?

어머니가 집에 도착해 있으면 좋겠다고 생각했어요. 오후에 편지를 받았거든요. 원래는 하루나 이틀 뒤에 오기로 했는데, 어쩌면 잠시 이탈리아에 갈지 모른다는 내용이었어요. 어머니는 기관지염으로 조금 고생하고 있었고, 우리 도시의 안개와 습기를 두려워했습니다.

불쌍한 어머니! 그때 저는 텔레니와 가까이 지내느라 어머니와 조금 소원해졌다는 생각이 들었습니다. 어머니를 덜 사랑해서가 아니라 텔레니에게 제 몸과 마음을 다 빼앗겼기 때문이죠. 텔레니와 멀리 떨어지니, 어머니가 사무치게 그리웠습니다. 그래서 집에 도착하자마자 어머니에게 사랑이 담긴 편지를 길게 쓰기로 마음먹었습니다.

발길 가는 대로 걸었습니다. 한 시간쯤 배회하다 보니, 저도 모르게 텔레니의 집 앞에 와 있었습니다. 어디로 가는지도 모른 채 그쪽으로 발걸음을 옮겼던 겁니다. 갈망하는 눈길로 창문을 올려다보았습니다. 그 집을 얼마나 사랑했는지. 저는 텔레니가 디뎠던 돌에도 키스할 수 있었어요.

어둡지만 맑은 밤이었어요. 거리는 아주 조용했고, 불빛이 다 켜져 있지는 않았어요. 어쩐 일인지 가장 가까이 있는 가스등이 꺼져 있었죠.

저는 계속 창문을 쳐다보고 있었죠. 닫힌 블라인드 틈으로 흐릿한 불빛이 새어나오는 것 같았어요. 저는 생각했죠. '당연히 착각일 거야.'

눈을 부릅떴습니다. "아니, 분명해, 잘못 본 게 아니야." 저는 소리 내서 혼잣말을 했습니다. "불이 켜져 있는 게 확실해."

'텔레니가 돌아왔나?'

우리가 헤어질 때 나를 덮친 낙심에 텔레니도 똑같이 사로잡히지 않았을까. 창백한 내 얼굴에 확연히 드러난 고통을 보고 분명 텔레니도 몸이 굳었겠지. 그런 상태로 연주도 할 수 없었고, 그래서 돌아왔을 거야. 아마 연주회는 연기됐겠지.

도둑이 아닐까?

아니면 텔레니가……?

아니, 말도 안 되는 생각이야. 사랑하는 사람을 어떻게 의심할 수 있어? 그런 생각만으로도 몸이 떨렸어요. 악랄한 것, 도덕적 타락을 마주한 듯 떨렸죠. 그래, 그건 절대 아닐 거야. 정문 열쇠는 제 손에 있었고, 저는 이미 건물에 들어가 있었어요.

살금살금 위층으로 올라가면서, 어둠 속에서 생각했죠. 텔레니와 처음 함께 온 밤을 생각하고, 층계를 한 단 한 단 오를 때마다 멈춰서 키스하고 포옹했던 것을 생각했어요.

그렇지만 이제 텔레니는 없고, 어둠은 제 어깨에 무거운 짐을 지우고 저를 짓누르고 우그러뜨렸습니다. 마침내 제 친구 텔레니가 살고 있는 중이층의 층계참까지 왔습니다. 건물 전체가 쥐 죽은 듯 조용했습니다.

열쇠를 넣기 전에 구멍으로 안을 들여다보았어요. 텔레니나 하인이 가스등을 켜놓고 갔나?

그러다가 깨진 거울이 떠올랐습니다. 온갖 끔찍한 생각들이 머릿속을 스쳤어요. 그러다가 다시 저도 모르게, 저 아닌 다른 사람이 텔레니의 애정을 차지했을지 모른다는 끔찍한 불안에 사로잡혔습니다.

'아니야, 말도 안 돼. 누가 내 자리를 대신할 수 있겠어?'

저는 도둑처럼 열쇠를 돌렸습니다. 경첩에 기름칠이 잘 돼 있어서 문은 소리 없이 열렸습니다. 저는 안으로 들어가서, 아주 작은 소리도 나지 않게 조심스레 문을 닫았습니다. 발끝으로 살금살금 들어갔습니다.

온통 두툼한 양탄자가 깔려 있어서 발소리는 나지 않았어요. 저는 불과 몇 시간 전에 그토록 황홀한 행복을 느꼈던 방으로 갔습니다.

방에는 불이 켜져 있었어요.

안에서 숨죽인 소리가 들렸습니다.

그 소리가 무엇을 뜻하는지 저는 너무 잘 알고 있었습니다. 처음으로 몸이 산산이 조각나는 날카로운 질투를 느꼈습니다. 독을 묻힌 단검에 갑자기 심장을 찔린 것 같았어요. 거대한 히드라가 제 몸을 붙잡고 그 거대한 송곳니들을 제 가슴에 박은 것 같았어요.

내가 왜 여기 왔을까? 뭘 해야 할까? 어쩔 생각이었나?

쓰러질 것 같았어요.

제 손은 이미 문손잡이에 놓여 있었지만, 문을 열기 전, 저는 대부분의 사람들처럼 했습니다. 머리부터 발끝까지 덜덜 떨고, 속 깊은 곳에서 욕지기를 느끼며, 허리를 굽혀 열쇠 구멍으로 안을 들여다본 것입니다.

꿈을 꾸고 있나? 끔찍한 악몽인가?

저는 손톱을 살 깊이 박으며 꿈이 아닌지 확인했습니다.

여전히 제가 살아 있고 깨어 있는지 확신할 수 없었습니다.

삶이 가끔 현실감을 잃을 때가 있죠. 현실이 눈을 현혹하는 이상한 환영, 더없이 가벼운 숨만으로도 사라져버릴 한순간의 거품으로 느껴질 때가 있습니다.

저는 숨을 참고 들여다보았습니다.

네, 환영이 전혀 아니었습니다. 저의 지나친 상상에서 비롯된 것이 아니었습니다.

우리의 포옹으로 아직 따뜻할 의자에 두 사람이 앉아 있었습니다.

그런데 누구지?

'텔레니가 친구에게 집을 하룻밤 빌려주었는지도 몰라. 깜박 잊고 나한테 말하지 않았겠지. 아니면 굳이 나한테 말할 필요가 없다고 생각했겠지. 그래, 분명 그랬을 거야. 텔레니가 나를 속일 리 없어.'

다시 들여다보았습니다. 방 안의 조명은 현관보다 훨씬 밝았고, 저는 모두 뚜렷이 볼 수 있었습니다.

쾌락을 늘리려는 텔레니의 기발한 생각으로 고안된 의

자에 어떤 남자가 앉아 있었어요. 남자의 얼굴은 보이지 않았습니다. 하얀색 새틴 가운을 입고 검은 머리카락을 부스스하게 늘어뜨린 여자가 남자 위에 비스듬히 걸터앉아 있었습니다. 문을 등진 자세여서 여자의 얼굴도 확인할 수 없었어요.

저는 하나도 놓치지 않고 세세히 보려고 눈을 부릅떴습니다. 그러자 여자가 실제로는 앉아 있지 않고 까치발로 서 있고, 그래서 조금 통통한 몸이지만 남자의 무릎 위에서 가볍게 튀어 오르고 있는 것이 보였습니다.

보이지는 않았지만, 여자가 아래로 내려올 때마다 구멍에 꽉 차는 큼직한 축을 받고 있는 것을 알 수 있었어요. 더구나 여자는 어찌나 쾌감을 크게 느끼는지 고무공처럼 통통 튀면서 다시 내려왔고, 과육처럼 폭신하고 촉촉한 입술로 떨고 있는 쾌감의 막대기 전체를 털 많은 뿌리 끝까지 삼켰습니다. 귀부인인지 매춘부인지 알 수 없었지만 초보자는 전혀 아니었고, 능숙한 솜씨로 아프로디테의 말타기를 할 줄 아는 경험이 아주 많은 여자였어요.

제가 지켜보고 있는 동안 여자가 느끼는 쾌감이 점점 끝없이 커지는 것을 알 수 있었습니다. 폭발에 가까워지고 있었습니다. 천천히 평보로 시작해서 속보로, 이어서 구보로, 여자는 승마하듯 점점 커지기만 하는 열정으로 무릎에 탄 남자의 머리를 꽉 움켜쥐며 계속 달려갔습니다. 자신의 몸에 닿는 남자의 입술, 자신의 몸 안에서 부풀고 꿈틀거리는 남자의 연장이 여자를 불같은 정념으로 몰아넣고, 여자는 질주하기 시작하며 '필사적인 욕망으로 더 높이, 더 높이, 더 높이 뛰어올라'[85] 그 여정의 목적지인 쾌락까지 나아가고 있었습니다.

한편, 누구인지 모르겠지만, 남자는 흐트러진 가운 사이로 여자의 엉덩이를 쓰다듬은 뒤 가슴을 어루만지고 꽉 쥔 채 주무르기 시작했습니다. 이렇게 계속해서 여자를 조금씩 애무하며 거의 미칠 정도의 쾌감을 더했습니다.

우리 뇌의 작동 방식은 더없이 기이하죠. 더없이 슬픈 생각에 사로잡혀 있을 때조차 우리 정신은 그 생각과 별 관련 없는 대상들에게 이끌립니다. 여자의 호화로운 새틴 가운이 위에서 비추는 등불 아래에서 계속 광택을 내며 곳곳에서 명암이 달라지는 모습이 무척 예술적이어서 보기 좋았던 것이 지금도 기억납니다. 반짝이는가 하면 반드르르하거나 윤기가 죽어서 어두워지는, 그 부드러운 진주 광택의 색조에 감탄했던 것이 아직도 떠오릅니다.

그러던 중, 가운 자락이 어쩌다가 의자 다리에 꼬였고, 여자의 점점 빨라지던 율동적인 움직임에 방해가 되자 여

---

[85] 에드거 앨런 포 Edgar Allan Poe, 1809~1849의 시 〈종 The Bells〉 가운데

자는 남자의 목을 꽉 껴안은 상태로 능숙하게 가운을 벗었습니다. 그리고 남자의 품 안에서 완전한 나체가 되었습니다.

여자의 몸매는 환상적이었어요! 가장 아름다울 때의 헤라 여신이라도 따라오지 못할 만큼 완벽했습니다. 하지만 제가 그 고상한 아름다움, 우아함, 힘, 아름답게 대칭을 이룬 몸매, 날렵함, 능숙한 기술을 칭송할 시간은 없었습니다. 이제 경주가 끝에 다다르고 있었기 때문이죠.

두 사람은 정액이 관으로 넘쳐 흐르기 직전에 나타나는 황홀경의 마법으로 떨고 있었습니다. 남자의 연장 끝이 질의 입에 빨리고, 모든 신경이 경련을 일으키고 있는 것이 분명했습니다. 막대 전체를 감싼 칼집은 더 꽉 조여졌습니다. 그리고 두 사람의 몸은 경련하듯 부르르 떨렸습니다.

자궁이 탈출증이나 염증을 일으킬 게 틀림없어 보일 만큼 강렬한 경련이었으니, 여자가 주는 쾌감이 얼마나 대단했을까요.

제 귀에 들리는 것은 뒤섞인 한숨과 헐떡임, 나지막한 속삭임, 목에서 가르랑거리는 욕정의 소리였어요. 그 욕정의 소리는 탈진한 채로 아직 서로 맞대고 있는 입술이 주고받는 키스에 먹먹하게 막혀 있었죠. 그리고 두 사람이 마지막 쾌감의 경련으로 몸을 떨었을 때, 저는 분노로 몸을 떨었습니다. 그 남자가 제 애인이라고 거의 확신했기 때문이죠.

저는 속으로 물었습니다. '그런데 저 증오스러운 여자는 누구지?'

방금 내린 눈처럼 하얀 두 살덩어리, 엄청난 쾌락의 포옹으로 맞붙은 두 벌거벗은 몸, 숨죽인 황홀한 행복의 소리, 이런 것들이 저의 맹렬한 질투를 잠시 압도했습니다. 저는 방 안으로 뛰어들고 싶은 충동을 참기 힘들 만큼 걷잡을 수 없이 흥분했습니다. 저의 푸드득거리는 새는—이탈리아 사람의 표현으로는 저의 나이팅게일은—스턴의 찌르레기처럼[86] 새장에서 탈출하려 애쓰고 있었습니다. 그뿐 아니라 열쇠 구멍에 닿으려는 듯 고개를 쳐들었습니다.

제 손가락은 이미 문손잡이를 잡고 있었습니다. 비록 뒷문으로 들어온 거지처럼 비굴할지라도, 안으로 뛰어들어 이 향연에서 내 몫을 누리지 못할 이유가 무엇인가?

정말이지, 그러지 못할 이유가 무엇인가?

바로 그때, 여전히 남자의 목을 팔로 꽉 감은 채 여자가 말했습니다.

"Bon Dieu(맙소사)! 정말 좋았어! 이렇게 엄청난 황홀감은 아주 오랜만이야."

---

[86] 로런스 스턴의 《감성 여행》에는 찌르레기가 작은 새장 안에 갇혀 "나갈 수 없어요, 나갈 수 없어요"라고 말하는 대목이 있다.

순간 저는 깜짝 놀랐습니다. 손가락이 문손잡이에서 흘러내리고, 팔이 축 처졌습니다. 저의 새마저 맥없이 수그러들었습니다.

아름다운 목소리였어요!

혼자 생각했죠. '그런데 내가 아는 목소리야. 아주 친숙해. 피가 머리까지 치솟아서 귀가 윙윙대고 있지만 않으면 누구 목소리인지 알 수 있을 텐데.'

제가 놀라서 고개를 든 사이에, 여자는 일어서서 몸을 돌렸더군요. 이제 문 가까이에 서 있었는데, 여자의 얼굴은 제 시야에 들어오지 않았지만, 벌거벗은 몸은 어깨부터 아래까지 보였습니다. 아주 멋진 몸매였어요. 제가 그때껏 본 중 가장 아름다운 몸이었죠. 여성의 상체가 내보일 수 있는 아름다움의 정점이었습니다.

눈부시게 흰 살갗은 진주광택뿐 아니라 그 매끈함까지, 여자가 아까 벗은 가운의 새틴에 비길 만했습니다. 가슴은 미학적으로 아름답다고 하기에는 조금 지나치게 크지만, 티치아노가 그린 풍만한 베네치아 매춘부들의 가슴 같았습니다. 젖으로 부푼 듯, 볼록하고 단단하게 서 있었어요. 톡 튀어나온 젖꼭지는 화사한 분홍색 꽃잎 같았고, 그 주위 갈색 원은 시계꽃의 부드러운 꽃술 같았죠.

엉덩이의 강렬한 선에 다리는 더 아름답게 돋보였습니

다. 완벽하게 둥글고 매끈한 아랫배는 비버의 털처럼 반드르르하고 까만, 멋진 털로 덮여 있었어요. 그래도 아이를 낳은 적이 있다는 것을 알 수 있었어요. 아랫배에 물에 젖은 실크 같은 주름이 있었거든요. 입을 크게 벌리고 있는 축축한 입술에서는 진주 빛깔 방울이 천천히 흘러내리고 있었습니다.

아주 젊다고 할 수는 없었지만, 그것 때문에 절대로 매력이 줄어들지는 않았습니다. 그 여자의 아름다움은 만개한 장미의 화려함을 모두 갖췄고, 향기롭게 핀 진홍색 꽃의 쾌락, 그 꿀을 빨던 꿀벌이 쾌감으로 가슴에서 기절할 쾌감을 줄 수 있을 게 틀림없었어요. 최음제 같은 그 몸은 한 명 이상의 남자를 위해 만들어졌고, 분명히 한 명 이상의 남자에게 쾌락을 주었을 겁니다. 그만큼 그 여자는 타고난 베누스의 숭배자임이 분명했어요.

그렇게 여자는 제 눈이 휘둥그레질 만큼 아름다움을 뽐낸 뒤 옆으로 걸음을 옮겼고, 저는 여자의 파트너를 볼 수 있었습니다. 남자는 손으로 얼굴을 가리고 있었지만, 텔레니였습니다. 틀림없었어요.

처음에는 신 같은 몸, 그다음, 제가 더없이 잘 알고 있는 음경, 그리고 손가락에서 반짝이는 반지. 반지에 눈길이 닿았을 때에는 기절할 뻔했는데, 제가 준 반지였어요.

여자가 다시 뭐라 말했어요.

남자가 얼굴에서 손을 뗐습니다.

텔레니였어요! 내 친구, 내 사랑, 내 인생, 텔레니였어요!

제 기분을 어떻게 설명할 수 있을까요? 불을 삼키고 있는 것 같았어요. 시뻘건 재가 비처럼 몸에 쏟아지는 것 같았어요.

문은 잠겨 있었습니다. 저는 거센 회오리바람이 커다란 프리깃의 돛을 흔들듯 손잡이를 흔들었고, 손잡이는 부서졌습니다. 문이 벌컥 열렸습니다.

저는 문턱에서 휘청였습니다. 발밑이 쑥 꺼지는 것 같았습니다. 사방이 온통 빙빙 돌았습니다. 거센 회오리바람 한가운데에 제가 있었습니다. 쓰러지지 않으려고 문기둥을 잡았습니다. 말할 수 없이 끔찍하게도, 제가 얼굴을 맞대게 된 그 여인은, 바로, 제 어머니였습니다!

수치심, 공포, 절망. 세 겹의 비명, 찢어질 듯 날카로운 울부짖음이 아파트 건물에서 평온하게 잠든 모든 주민을 깨우며 고요한 밤공기에 울려 퍼졌습니다.

―당신은? 당신은 어떻게 했나요?

―어떻게 했느냐고요? 정말 모르겠습니다. 무슨 말을 하기는 했겠죠. 무슨 행동을 하기는 했을 거예요. 그런데 전혀 기억이 없어요. 어두운 계단 아래로 비틀거리며 내려

갔어요. 깊은 우물 속을 아래로 더 아래로 내려가는 것 같았습니다. 음울한 거리를 내달린 것만 기억납니다. 어디로 가는지 모른 채 미치광이처럼 달렸습니다.

카인처럼, 영원한 방랑자처럼 저주를 받은 기분이었습니다. 그래서 발길 가는 대로 내달렸습니다.

그 두 사람한테서 달아났듯 나 자신으로부터 달아날 수 있을까?

길모퉁이에서 느닷없이 어떤 사람과 마주쳤어요. 우리 둘은 서로 움찔했습니다. 저는 분노와 공포에 질려 있었고, 그 사람은 그저 깜짝 놀라기만 했습니다.

―그 사람이 누구였나요?

―제 모습 그대로였어요. 저와 똑같았죠. 진짜 제 도플갱어였습니다. 그 사람은 잠시 저를 빤히 보다가 지나갔습니다. 반면 저는 얼마 남지 않은 힘을 다 짜내서 달렸습니다.

머리는 빙빙 돌고 몸에서 힘이 빠졌어요. 여러 번 넘어졌습니다. 그래도 계속 달렸어요.

내가 미쳤나?

숨이 턱까지 차서 헐떡이고, 몸과 마음이 멍투성이가 된 채, 저는 어느새 다리 위에, 몇 달 전에 제가 서 있던 바로 그 자리에 서 있었어요.

자지러지는 웃음이 거칠게 제 입에서 튀어나왔습니다. 제가 웃고도 제가 두렵더군요. 그래, 결국 이렇게 됐네.

주위를 얼른 둘러보았어요. 멀리서 어두운 형체가 다가왔습니다. 나의 또 다른 자아일까?

바들바들 떨고 경련하며 광기에 휩싸인 채 잠시도 머뭇거리지 않고 난간을 올라 저 아래 포말이 이는 물길로 머리부터 몸을 내던졌습니다.

저는 또 다시 소용돌이 한가운데에 있었어요. 세찬 물소리가 귀에 들렸습니다. 어둠이 온통 저를 짓눌렀습니다. 생각의 세계는 놀랍도록 빠르게 제 머릿속에서 사라지고, 잠시 후, 더 이상 아무것도 남지 않았습니다.

희미하게 기억하는 것은 단 하나, 눈을 떴을 때 거울 속의 제 모습인 듯 놀란 제 얼굴이 저를 빤히 보고 있던 것뿐입니다.

다시 기억은 공백 상태가 됐습니다. 마침내 감각이 돌아왔을 때, 저는 시체 안치소에 있더군요. 그 끔찍한 시체 안치소! 제가 죽은 줄 알고 저를 거기로 데려간 거죠.

주위를 둘러보았습니다. 모르는 얼굴들뿐이었어요. 저의 또 다른 자아는 어디에서도 보이지 않았습니다.

―진짜로 존재하는 사람이었나요?

―그렇습니다.

―그럼, 누구죠?

―제 또래고, 쌍둥이로 보일 만큼 저랑 꼭 닮은 남자였어요.

―그 사람 덕분에 살았고요?

―네. 저와 마주쳤을 때 우리가 아주 닮았다는 사실뿐 아니라 제가 제정신이 아닌 듯한 데에도 놀란 나머지 저를 뒤쫓았나 봅니다. 제가 강물에 투신하는 것을 보고 물로 뛰어들어서 저를 구했죠.

―그 사람을 다시 만났나요?

―만났죠. 불쌍한 친구! 그 만남은 저의 파란만장한 삶에서 또 하나의 기묘한 사건인데, 다음에 들려드리죠.

―그래서 시체 안치소에서는요?

―가까운 병원으로 옮겨달라고 했어요. 혼자 있을 수 있는 개인 병실이 있는 곳으로요. 아무도 만나지 않아도 되는 곳, 아무도 저를 볼 수 없는 곳으로요. 저는 몸이 아주, 아주 좋지 않았습니다.

시체 안치소에서 나가는 마차에 실릴 때, 천으로 덮인 시체가 그곳으로 들어왔습니다. 자살한 지 얼마 안 된 젊은 남자라는 말이 들렸습니다.

저는 두려움에 몸을 떨었습니다. 끔찍한 의심이 머릿속을 스쳤어요. 저와 동행한 의사에게 마차를 멈춰달라고 간청했습니다. 그 시체를 보아야 했어요. 틀림없이 텔레니의 시체일 것 같았어요. 의사는 제 말을 듣지 않았고, 마차는 계속 갔습니다.

병원에 도착해서, 제 담당 간호사는 저의 심리 상태를 보더니 죽은 남자가 누구인지 알아보게 사람을 보냈습니다. 이름을 확인하니 제가 모르는 사람이었습니다.

사흘이 지났어요. 말이 사흘이지, 영원히 계속될 것 같은 우울한 시간이었습니다. 의사가 아편을 처방해서 잠들고, 끔찍한 신경의 경련도 멈췄습니다. 그렇지만 짓이겨진 마음을 치료할 아편이 어디 있겠습니까?

사흘이 지났을 때, 저희 회사 지배인이 저를 찾아내서 면회하러 왔습니다. 제 몰골을 보고 경악하는 것 같았어요.

불쌍한 양반! 무슨 말을 해야 할지 몰라서 안절부절못했어요. 제 신경을 건드릴 말은 피하려고 사업 얘기를 하더군요. 지배인의 말이 저한테는 아무 의미도 없었지만, 저는 잠시 들었습니다. 그러다가 어찌어찌하여 지배인에게서 어머니가 이 도시를 떠났다는 것, 어머니가 제네바에 도착해서 벌써 지배인한테 편지까지 보냈다는 것을 알아냈습니다. 지배인은 텔레니의 이름을 언급하지 않았고, 저도 차마 그 이름을 입 밖에 내지 않았습니다.

지배인이 자기 집에서 지내라고 했지만, 저는 사양하고

지배인과 함께 제 집으로 갔습니다. 어머니가 떠났으니 제가 최소한 며칠이라도 집을 지키는 게 마땅한 일이었죠.

제가 없는 동안 찾아온 사람은 아무도 없었습니다. 편지나 전갈도 없었습니다.

'친척과 친지들은 떨어져 나가고 집안 식객들은 나를 잊었으며'[87]

'계집종들은 나를 낯선 자로 여기니 저들 눈에 나는 이방인이 되었다네'[88]

욥과 같은 기분이었습니다.

'어린것들조차 나를 업신여기고[89] 내게 가까운 동아리도 모두 나를 역겨워하고 내가 사랑하던 자들도 내게 등을 돌리는구려'[90]

저는 텔레니 소식이 몹시 궁금했지만, 모든 면에서 몹시 두려웠습니다. 어머니와 함께 떠났을까? 그러면서 나한테 아주 짧은 메모도 남기지 않았나?

그렇지만 텔레니가 나에게 무슨 말을 남길 수 있겠나?

텔레니가 그 도시를 떠나지 않았다면, 나는 텔레니에게, 어떤 잘못을 하더라도 늘 용서하겠다고 말하지 않을까?

[87] 욥기 19:14
[88] 욥기 19:15
[89] 욥기 19:18
[90] 욥기 19:19

단, 내가 준 반지를 돌려받는다는 조건하에.

—텔레니가 반지를 돌려줬다면, 용서할 수 있었을 거라고 생각하나요?

—저는 텔레니를 사랑했습니다.

더 이상 참을 수 없었어요. 아무리 고통스러워도 진실이 그 끔찍한 불확실보다 나았습니다.

브리앙쿠르를 찾아갔습니다. 작업실 문은 닫혀 있더군요. 브리앙쿠르의 집으로 갔습니다. 집에 오지 않은 지 이틀이 지났다고 하더군요. 하인들도 브리앙쿠르가 어디 있는지 모르고, 이탈리아에 있는 아버지 집으로 가지 않았을까 생각하더군요.

마음 붙일 곳도 없이, 거리를 쏘다녔습니다. 저도 모르게 텔레니의 집 앞에 와 있었습니다. 아래층 문은 열려 있었어요. 경비실을 몰래 지나갔습니다. 경비가 저를 제지하고 제 친구는 집에 없다고 말하지 않을까 두려웠어요. 하지만 저를 본 사람은 아무도 없었습니다. 저는 살금살금 계단을 올라갔습니다. 몸에 힘이 다 빠지고, 덜덜 떨리고, 토할 것 같았습니다. 잠금장치에 열쇠를 꽂았습니다. 문은 며칠 전에 그랬듯 소리 없이 열렸습니다. 안으로 들어갔습니다.

내가 뭘 하려고 이러나 하는 생각이 들자, 돌아서서 달려 나가고 싶었습니다.

주저하며 서 있는데, 희미한 신음이 들리는 것 같았어요.

저는 귀를 기울였습니다. 온통 고요하기만 했습니다.

아니, 끙끙거리는 소리가 났어요. 죽어가는, 나지막한 신음이었어요.

하얀 방에서 계속 나는 것 같았습니다.

저는 공포에 몸서리쳤습니다.

서둘러 그 방으로 갔어요.

그때 제 눈앞에 펼쳐진 광경을 다시 생각하기만 해도 골수가 얼어붙는군요.

떠올리기만 해도 두렵고, 몸에 경련이 이네요.

눈부시게 흰 모피 카펫에 굳은 피 웅덩이가 보이고, 곰 가죽을 씌운 소파에서 반쯤 기절하고 반쯤 뻗어 있는 텔레니가 보였습니다. 텔레니의 가슴에는 작은 단검이 꽂혀 있었고, 상처에서는 피가 계속 솟았습니다.

저는 텔레니에게 한걸음에 달려갔습니다. 아직 숨이 붙어 있었어요. 텔레니가 신음하며, 눈을 떴습니다.

비탄에 휩싸이고, 두려움에 황망하여, 저는 제정신이 아니었습니다. 텔레니의 머리를 붙잡았던 손을 떼고 제 관자놀이를 양손으로 눌렀습니다. 정신을 차리고 친구를 도울 방법을 생각하려고 애썼습니다.

단도를 뽑아야 할까? 아니, 그러면 죽을지도 몰라. '아,

외과 의학 지식이 조금이라도 있었다면!' 그렇지만 의학 지식이라고는 전혀 없으니, 제가 할 수 있는 일은 도움을 청하는 것뿐이었죠.

층계참으로 달려갔습니다. 온 힘을 다해 소리쳤어요.

"사람 살려, 사람 살려! 불이야, 불! 사람 살려!"

계단으로 제 목소리가 천둥처럼 울렸습니다.

수위가 곧장 수위실에서 나왔습니다.

문과 창문이 열리는 소리가 들렸습니다. 다시 "사람 살려!" 하고 소리친 뒤 주방 찬장에서 코냑 병을 낚아채고 얼른 텔레니한테 갔습니다.

코냑을 한 방울씩 텔레니의 입에 떨어뜨려서 입술을 적셨습니다.

텔레니가 다시 눈을 떴어요. 눈빛은 흐릿하고 거의 죽은 상태였습니다. 텔레니가 늘 보이던 고통에 찬 표정은 더욱 강렬해져서, 눈동자는 아가리를 벌린 무덤처럼 침울했습니다. 그 눈동자는 저에게 말로 표현할 수 없는 괴로움을 안겼습니다. 그 불쌍하고 멍한 표정을 보고 있기가 힘들었습니다. 제 신경이 무디어지고 숨이 쉬어지지 않았어요. 발작처럼 울기 시작했습니다.

저는 울부짖었습니다. "오, 텔레니! 왜 자살하려 했어? 내 사랑, 내가 용서할 거라는 생각은 못 했어?"

텔레니가 제 말을 들은 것 같았습니다. 그리고 말을 하려 했지만 제 귀까지 들리는 말은 없었습니다.

"안 돼, 죽으면 안 돼. 당신과 헤어질 수 없어. 당신은 내 생명이야."

텔레니가 제 손가락을 약하게, 거의 알아챌 수 없이 잡는 것이 느껴졌습니다.

수위가 나타났지만, 놀라고 겁먹은 채 문지방에 멈춰 섰습니다.

저는 애원조로 말했습니다. "의사, 제발, 의사를! 마차를 타고, 빨리요!"

다른 사람들이 들어오기 시작했습니다. 저는 사람들에게 나가라고 손짓했습니다.

"문 닫아요. 아무도 못 들어오게 해요. 그리고 제발, 너무 늦기 전에 의사를 데려와요!"

사람들은 놀란 채 멀찍이 서서 그 끔찍한 광경을 바라보았습니다.

텔레니가 다시 입술을 움직였습니다.

저는 준엄한 목소리로 나직이 말했습니다. "쉿! 조용! 말하려 해요!"

텔레니가 뭐라 말하려 했지만 저는 한마디도 알아들을 수 없어서 미칠 것 같았습니다. 몇 번을 실패한 끝에 간신히 알아챘습니다.

"용서를!"

"내 사랑, 내가 용서하지 않을 것 같아? 용서뿐 아니라 내 생명도 주겠어!"

텔레니의 눈빛은 더 음울해져 있었고, 여전히 비탄에 차 있었지만 그래도 행복한 표정이 깃들었습니다. 조금씩 조금씩 절절한 슬픔이 형언할 수 없는 다정함으로 변했습니다. 저는 텔레니의 시선을 더 이상 견딜 수 없었어요. 그 시선은 저를 고문했습니다. 그 타오르는 불길은 제 영혼 깊이 내려앉았습니다.

다시 텔레니가 말을 했지만, 저는 그 가운데 두 단어만, 그것도 들었기보다 추측할 수 있었습니다.

"브리앙쿠르…… 편지."

그 말을 남기고 사그러지는 기운은 텔레니를 떠나기 시작했습니다.

텔레니의 눈은 흐릿해졌습니다. 희미한 막이 눈을 덮었습니다. 텔레니는 더 이상 저를 보고 있는 것 같지 않았습니다. 그렇습니다. 그 눈은 점점 더 유리처럼 반드르르해지고 있었습니다.

텔레니는 말을 하려는 시도도 하지 않았습니다. 입술은 굳게 다물어졌습니다. 그러다 잠시 후, 경련하듯 입을 열었습니다. 한숨을 쉬었습니다. 나직이 목이 막힌 듯한 쉰 소리를 뱉었습니다.

그것이 마지막 숨이었습니다. 죽음의 끔찍한 가르랑 소리.

방 안에는 숨죽인 침묵이 감돌았습니다.

사람들이 성호를 그었습니다. 무릎을 꿇고 기도를 외우는 여자들도 있었습니다.

끔찍한 깨달음이 저를 엄습했습니다.

뭐야? 텔레니가 죽었어?

텔레니의 머리는 제 가슴에서 맥없이 떨어졌습니다.

제 입에서 찢어지는 비명이 흘렀습니다. 도와달라고 소리쳤습니다.

마침내 의사가 왔습니다.

의사가 말했습니다. "늦었습니다. 사망했습니다."

뭐야? 나의 텔레니가 죽어?

저는 사람들을 둘러보았습니다. 사람들은 겁에 질려서 저를 피하는 것 같았습니다. 방이 빙빙 돌기 시작했습니다. 아무것도 알 수 없었습니다. 저는 기절했습니다.

몇 주 뒤에야 정신을 차렸습니다. 저는 멍하기만 했습니다. '세상은 내가 건너가야 하는 사막 같았'[91]습니다. 자살

---

91 램Charles Lamb, 1775~1834의 시 〈오래된 낯익은 얼굴들The Old Familiar Faces〉(1798) 가운데

하겠다는 생각은 두 번 다시 들지 않았습니다. 죽음은 저를 원하지 않는 것 같았습니다.

그사이에 제 이야기는 약간 각색되어 모든 신문에 실렸습니다. 흥미진진한 이야깃거리라 금세 들불처럼 번져나갔죠.

텔레니가 자살하기 전에 저한테 쓴 편지, 저희 어머니가 텔레니의 빚을 갚아주어서 저를 속일 수밖에 없었다는 내용의 편지도 모두 알게 되었습니다.

하늘이 저의 죄악을 들춰냈고, 땅은 저를 가로막으며 솟아올랐습니다. 사회가 우리에게 본질적인 선을 강요하지는 않는다 해도, 강요하는 것은 있습니다. 윤리를 충실히 지킬 것을, 무엇보다 추문을 피할 것을 강요합니다. 어느 유명한 성직자는 당시에 교화적인 설교를 했습니다. 그 설교는 이렇게 시작되었죠.

"그에 대한 기억은 땅에서 사라지고 그의 이름은 거리에서 자취를 감추네."[92] 그리고 이렇게 끝맺었습니다. "그는 빛에서 어둠으로 내몰리고 세상에서[93] 내쫓길 것입니다."

그러자 텔레니의 모든 친구들, 소발들, 빌닷들, 엘리바스들이 크게 아멘을 외쳤습니다![94]

---

92   욥기 18:17
93   욥기 18:18

―브리앙쿠르와 어머니는 어떻게 됐나요?

―아, 어머니의 모험을 들려드리기로 약속했죠! 다음에 들려드리죠. 들을 만할 겁니다.

---

94 소발, 빌닷, 엘리바스는 성서 욥기에 등장하는 욥의 세 친구다.

옮긴이의 글

　이 책의 제목은 흔히 《텔레니》로 불리지만, 원제는 'Teleny, or The Reverse of the Medal'로 조금 길다. 'the reverse of the medal'은 프랑스어 'le revers de la médaille'를 영어로 바꾼 것이다. 흔히 쓰는 영어로 바꾸면 'the reverse of the coin', 즉, 동전의 이면이 된다. 직역하면 메달의 이면, 동전의 이면이라는 뜻이며, 관용적으로 어떤 사물의 '이면' 혹은 '뒷면'을 뜻한다. 'le revers de la médaille'라는 표현이 본문 26쪽에 직접 언급되는데, 텔레니의 연주를 듣고 환영으로 떠오른 심상을 청년들이 이야기할 때 누가 여성의 관능적인 모습을 이야기하자, 변호사가 그 '뒷면' 아니냐고 말하며, 엉덩이와 항문을 묘사한다. 이런 맥락에서, 이 제목은 이성애의 이면을 의미한다고도 볼 수 있다.

본문이 시작하자마자 프랑스어가 등장한다. 영어로 쓰였지만 배경은 프랑스다. 구체적 지명은 딱 한 곳, 카르티에 라탱(64쪽)만 언급되고 그 외의 지명들은 이니셜로 표기되거나 드러나지 않게 설명되지만, 파리라는 것을 짐작할 수 있다. 1893년 런던에서 처음 발행된 이 소설의 배경은 파리다. 재미있는 것은 이 소설의 프랑스판은 배경이 런던인 점. 1934년에 프랑스어로 발행된 《텔레니》에서 역자인 샤를 이르슈Charles Hirsch는 서문을 통해 흥미로운 사실들을 공개했다. 처음 런던에서 이 책의 원고를 받은 사람이 자신이며, 오스카 와일드가 일행과 함께 와서 원고를 전했다는 것. 이때 배경을 프랑스로 바꾸었다가, 프랑스어로 번역하며 원래 배경인 런던으로 바꾸었다는 것이다. 이를 통해 《텔레니》가 오스카 와일드의 작품이라는 주장이 제기되었다. 그리스 로마 신화나 셰익스피어의 작품을 인용하거나, "죄야말로 인생의 유일한 가치"(94쪽)를 비롯한 오스카 와일드 특유의 아포리즘 등을 근거로 오스카 와일드의 작품임이 분명하다는 게 정설이 되었다.

한편, 오스카 와일드는 상업성에 특히 신경을 쓴 작가인데 한정된 부수의 책을 출판했을 리 없고, 재판을 받기 전까지는 동성애자로서의 면모를 확실히 드러내지 않았던 점을 들어 《텔레니》가 와일드의 작품이 아니라고 보는 이들도 있다. 또 한편 고르지 않은 진행, 의도인지 실수인지 구분하기 힘든 오자(265쪽의 브루넷 라툰, 282쪽의 비웅을 비롯해 특히 영어가 아닌 외국어에서 오자가 많다) 등으로 미루어 이 작품이 오스카 와일드가 다른 필자들과 함께 협업한 결과물일 것이라는 주장도 있다. 공동 창작은 당시 외설 문학 집필에서 일반적인 관행이었으므로 와일드도 그런 관례를 따랐으리라고 보는 것이다. 와일드의 주도 아래 공동 창작된 것이건, 와일드가 혼자 쓴 것이건, 《텔레니》가 오스카 와일드 문학의 특질을 잘 갖추고 있다는 데에는 이견이 없다.

텔레니와 카미유는 안티누스와 하드리아누스 황제의 환영을 함께 보며, 처음 본 순간부터 서로가 운명의 상대임을 확인한다. 안티누스와 하드리아누스는 작품 전반에 걸쳐 등장한다. 안티누스는 로마 황제 하드리아누스의 연인으로, 그 아름다운 모습은 로마 시대 수많은 미술 작품으로 남아 있다. 열아홉 살인 서기 130년 시월에 나일강에서 시체로 발견되었고, 죽음의 원인에는 의견이 분분하다. 그중, 하드리아누스를 살리려고 스스로 제물이 되어 나일강에 몸을 던졌으리라는 견해도 있다. 당시 로마 제국에는 한 사람이 죽으면 그 죽음으로 다른 사람이 건강하게 되살아난다는 믿음이 있었는데, 그 믿음을 기반으로 오래

병을 앓고 있던 하드리아누스가 다시 건강해지도록 안티누스 스스로 강물에 빠져 죽었을 것이라고 보는 견해다. 《텔레니》에서 두 주인공은 안티누스가 하드리아누스를 위해 자신을 희생한 것으로 여긴다. "안티누스와 하드리아누스. 그대는 황제, 나는 노예. (…) 누가 알겠어요. 언젠가 제가 그대를 위해 목숨을 바칠지!"(29~30쪽)라는 텔레니의 말은 이 작품에서 두 사람의 관계가 하드리아누스와 안티누스에 대입되어 있음을 보여주며, 텔레니의 죽음을 암시한다. 안티누스와 하드리아누스는 오스카 와일드의 단편소설 〈어린 왕〉[1]에도 언급된다.

성서의 인용도 아주 많다. "불타는 우박을, '들판의 여러 성읍'에 휘몰아치는 루비와 에메랄드의 비를 보았죠"(15쪽)에서 '들판의 여러 성읍'은 천주교 번역 성서에 나오는 'cities of Plain'을 가리킨다. 창세기에는 소돔과 고모라를 비롯한 다섯 곳을 '들판의 여러 성읍'으로 칭하는데, 'cities of Plain'이라 하면 소돔과 고모라의 통칭으로 쓰이기도 한다. 소돔과 고모라는 '죄악의 도시'로 통하며, 남색을 뜻하는 단어 'Sodomy'가 소돔Sodom에서 나왔다. 소돔과 고모라는 유황과 불로 멸망하는데, 소돔에 살던 롯 가족은

---

[1] 오스카 와일드, 《별에서 온 아이》, 김전유경 옮김(펭귄클래식코리아, 104쪽)

천사의 도움으로 탈출한다. 그러나 롯의 아내는 뒤를 돌아보다 소금 기둥이 된다. 카미유가 "그 광경에 피가 너무 뜨거워져서, 롯의 아내처럼 홀린 듯이 바라보며"(227쪽) 서 있었다는 것은 브리앙쿠르의 연회에서 펼쳐진 광경이 소돔의 풍경과 같았음을 의미한다. '들판의 여러 성읍'을 비롯해 책에 인용된 성경 구절이나 성경 속 인물의 이름은 천주교 성서를 따랐다. 작품에 나오는 기독교가 개신교가 아닌 천주교이기 때문이다. 한편 《들판의 성읍들의 죄악The Sins of the Cities of the Plain》이라는 게이 포르노 소설이 1881년에 출간되었고, 1890년에 샤를 이르슈는 오스카 와일드가 《들판의 성읍들의 죄악》을 자신에게서 사갔다고 말하기도 했다. 이 책 역시 작자 미상이지만 '잭 사울Jack Saul'이라는 인물이 자신의 경험담을 적은 듯이 쓰인 책이어서 저자의 이름은 잭 사울로 표시되곤 한다.

"미노스조차 테세우스를 탐한 것으로 보입니다"(84쪽)와 같이 그리스 신화도 곳곳에서 언급된다. 번역할 때 아폴로도로스의 《원전으로 읽는 그리스 신화》(숲, 2004)의 도움을 많이 받았다. 이 책 30쪽에는 재미있는 대목이 있다. "클레이오가 피에로스를 만나 아들 휘아킨토스를 낳았는데 필람몬과 요정 아르기오페의 아들 타뮈리스가 휘아킨토스에게 연정을 품게 되었다. 그리하여 타뮈리스는 남자를 사랑한 최초의 남자가 되었다." 여기에는 주도 달려 있다. "최초의 남자 동성애자는 테바이의 라이오스 또는 크레테의 미노스라는 설도 있다."

셰익스피어의 인용도 많다. 재미있는 사실 하나는 오스카 와일드가 셰익스피어를 주인공으로 소설을 쓰기도 한 것. 1889년에 출간된 《W. H. 씨의 초상 The Portrait of Mr. W. H.》은 셰익스피어가 소네트를 바친 인물의 정체를 추적하는 이야기로, 오스카 와일드가 실명으로 발표한 작품 중에서 동성애 주제가 가장 크게 드러난 것으로 이야기된다.

존 메이시 Jon Macy가 각색한 그래픽노블 《텔레니와 카미유 Teleny and Camille》가 2010년에 출간되었고 그해 람다 문학상을 받았다. 《텔레니》가 오늘날까지 사랑받고 있음을 알 수 있다. 빅토리아 시대의 영국에서 처음 출간되어 한정된 곳에서 한정된 독자에게 한정된 부수만 팔렸던 이 소설이 20세기 말을 지나 21세기에는 더욱 널리 읽히고 있는 것이다. 오늘날 읽기에는 부당해 보이는 여성 비하 표현도 곳곳에 있지만, 시대상을 반영한 것으로 보는 게 좋겠다. 아마 이런 시대상이 지금 독자를 끌어들이는 요소이기도 할 것이다. 19세기 유럽에서 동성애의 모습은 과연 어땠는지, 오늘과 어떻게 다른지 궁금할 테니까. 하지만 다 읽고 나면 차이점보다는 공통점이 더 많이 머릿속에 남지 않을까. 그것이 앞으로도 이 소설이 사랑받을 이 유일 것이다.

2018년 2월

조동섭